A ABADIA DE NORTHANGER

A ABADIA DE NORTHANGER

JANE AUSTEN

TRADUÇÃO E INTRODUÇÃO
Lêdo Ivo

EDITORA
NOVA
FRONTEIRA

Título original: *Northanger Abbey*

Editora Nova Fronteira Participações S.A.
Rua Candelária, 60 — 7º andar — Centro — 20091-020
Rio de Janeiro — RJ — Brasil
Tel.: (21) 3882-8200

Imagem de capa: *John Singer Sargent - Morning Walk*

Dados Internacionais de Catalogação na Publicação (CIP)

A933a Austen, Jane, 1775-1817

A abadia de Northanger/Jane Austen; tradução e introdução de Lêdo Ivo. - [Ed. especial]. - Rio de Janeiro: Nova Fronteira, 2022.
208 p.; 12,5 x 18cm; (Clássicos para Todos)

ISBN: 978-65-5640-579-7

Título original: *Northanger Abbey*

1. Literatura inglesa. I. Ivo, Lêdo. II. Título.

CDD: 823
CDU: 821.111

André Queiroz – CRB-4/2242

Conheça outros livros da autora:

Sumário

A causa de Jane Austen

Sob uma laje negra, repousa na Abadia de Winchester a autora deste livro, a romancista inglesa Jane Austen, nascida em 1775 e falecida em 1817.

Não é sem razão que seus romances são amados no mundo inteiro. Jane Austen praticou a mais pura forma de romance de costumes e caracteres de que temos notícia. Tudo em suas narrativas *é* simples e correntio, mas convém que o leitor não se deixe enganar por essa simplicidade, que esconde parcialmente uma maestria sem rupturas, a gentileza de uma arte fina e apurada. Romancista da vida doméstica, das ilusões e desilusões que atravessam a vida, Jane Austen mostra que a intriga romanesca habita qualquer aqui e agora, sem privilégios ou exclusões.

Há, em todos os seus romances, em *Emma* ou *Persuasão*, em *Orgulho e preconceito* ou *Mansfield Park*, um elemento de crítica que não é apenas de natureza social, mas se volta para o procedimento moral dos personagens com a sua reflexão e preceito. Integrante da grande tradição realista da literatura ocidental que vê no romance um espelho da vida, Jane Austen não separa, em suas histórias, a psicologia e o costume, a paixão das criaturas e os cenários em que elas se movem. Assim, de acordo com a lição perene de Stendhal, ela se inclui no elenco dos romancistas que são observadores do coração humano.

Escrito em 1798, mas editado somente em 1818, um ano após sua morte (pois passou vinte anos na gaveta de um editor que não sabia jogar na baixa), este *A Abadia de Northanger* é um dos mais belos livros dessa grande escritora sempre sensível à hora e ao lugar. Em sua comédia romanesca, ela soube transportar para a arte o que a vida de seu tempo tinha de mais peculiar e representativo, num estilo malicioso e admiravelmente poético, e colado à vida cotidiana — um desses estilos que o tempo não consegue tisnar, antes reaviva mais o seu frescor, a sua graça e o seu colorido.

Procedendo sempre, como todos os ficcionistas legítimos, a uma interação do imaginário com o documental, a uma fusão da vida larga e acordada com o sonho particular que guarda os grandes segredos da vida, e temperando o seu sólido e sadio realismo com elementos cômicos ou burlescos, Jane Austen faz respirar, neste *A Abadia de Northanger*, uma das mais vívidas reflexões sobre a arte do romance e o papel do romancista, ao estabelecer o cotejo, nas peripécias de sua personagem principal, entre o universo do imaginário e a vida real. As vicissitudes vividas por Catherine Morland, sob o império de suas leituras do romance gótico, especialmente das horripilantes histórias de terror e mistério da sra. Radcliffe (autora de *Os mistérios de Udolfo* e *O italiano*), testemunham, decerto, a força de contágio da ficção na vida real. Mas se Jane Austen de um lado satiriza o romance negro — que voltou a reconquistar o seu lugar perdido, neste tempo dos assassinos, como diria Rimbaud, em que vivemos todos —, do outro ela procede a um dos mais certeiros e comoventes elogios que um romancista já fez ao seu e nosso ofício. Denuncia os inimigos do romance, quase tão numerosos quanto os seus leitores. E, reconhecendo que "nenhuma espécie de composição tem sido tão escarnecida como a nossa", celebra no romance "a mais completa ciência da natureza humana".

Este malicioso e delicado *A Abadia de Northanger* haverá de convidar o leitor a reconhecer que ninguém perde seu tempo lendo romances. Antes o ganha, já que a arte de ver e narrar de Jane Austen, unindo a imaginação à memória, resgata a vida de seu próprio e inevitável olvido. O destempo mais uma vez volta a ser "*le vierge, le vivace et le bel aujourd'hui*" festejado por Mallarmé. A vida guardada pela arte fiel que nega o esquecimento e a morte não está perdida. Ela será sempre reencontrada pelo leitor que, ouvindo um rumor de cabriolé, a música de um baile ou o vento contra uma janela, sabe mais uma vez que está lendo um romance, no dia infindável. E no silêncio dessa fidelidade ouvimos todos a voz de Jane Austen, como uma advertência e uma profissão de fé: "Não desertemos de nossa própria causa." E essa é, também, a causa do leitor.

Lêdo Ivo

I

Ninguém que tivesse conhecido Catherine Morland em sua infância a imaginaria nascida para ser uma heroína. Sua situação no mundo, o caráter de seus pais, sua própria pessoa e suas aptidões, nada a predestinava a isso. Seu pai era pastor, sem ser descuidado ou pobre, e uma pessoa muito respeitada, embora se chamasse Richard e nunca tivesse sido bonito. Possuía uma apreciável fortuna pessoal, além de duas boas freguesias em sua paróquia, e não pretendia, por coisa alguma deste mundo, ter suas filhas guardadas a chave. A sra. Morland era uma mulher de grande juízo, de bom caráter e, o que é mais notável, de boa constituição física. Ela tivera três filhos antes do nascimento de Catherine, e, em lugar de morrer pondo esta no mundo, como se devia esperar dela, viveu ainda, viveu para ter mais seis filhos, para vê-los crescer ao seu redor e para gozar ela mesma de uma próspera saúde.

Uma família de dez filhos pode sempre ser considerada uma bela família quando há bastantes cabeças, braços e pernas para distingui-los; mas os Morland eram em geral bem feios, e Catherine, por muitos anos de sua vida, foi tão feia quanto os outros. Era magra e malfeita, tinha a pele pálida, cabelos negros e lisos e traços grossos. Tanto quanto sua pessoa, seu espírito não a destinava para a função de heroína. Ela gostava muito de todas as brincadeiras dos rapazes, preferindo principalmente o críquete não somente às bonecas, como também aos mais poéticos divertimentos infantis, como cuidar de um arganaz ou de um canário, ou regar uma roseira. Efetivamente, ela não tinha nenhum gosto pelos jardins, e, se colhia flores, era principalmente pelo prazer de estragá-las, pelo menos assim se conjecturava ao vê-la sempre escolher aquelas que lhe proibiam de tirar. Tais eram seus gostos. Suas opiniões eram não menos extraordinárias. Não aprendia ou não compreendia nada antes que lhe ensinassem — nem mesmo depois, algumas vezes, porque era frequentemente desatenta, e às vezes estúpida. Sua mãe consagrara três meses a lhe ensinar a recitar a "Oração do mendigo", e depois disso Sally, sua irmã mais nova, a recitava melhor que ela. Não que Catherine fosse sempre estúpida; ela aprendeu a fábula *A lebre e os muitos amigos* sem esforço, tão depressa quanto qualquer menina da Inglaterra. Sua mãe desejava que se lhe ensinasse música, e Catherine estava persuadida de que tomaria gosto nisso, porque sentia grande prazer em fazer soar as teclas da velha espineta abandonada. Ela começou aos oito anos. Estudou um ano e não quis continuar. A sra. Morland, que não se obstinava em forçar o talento das filhas, permitiu que ela desistisse. O dia em que despediram o professor de música foi um dos mais felizes da vida de Catherine. Seu gosto pelo desenho era medíocre. Todavia, quando metia a mão em qualquer pedaço de papel, desenhava nele casas e árvores, galinhas e pintinhos. Não conseguia, é verdade, diferenciar essas imagens. A escrita e o cálculo lhe eram ensinados por seu pai; o francês, por sua mãe. Seus progressos em nenhuma dessas matérias eram notáveis, e ela fazia o possível para fugir das lições.

Que estranha e inconcebível natureza! Isso porque, com todos esses aflitivos sintomas, aos dez anos não tinha nem mau coração, nem mau caráter, era raramente teimosa, quase nunca levada, muito gentil para com os irmãos menores, com raros momentos de tirania. Ela era, aliás, turbulenta e despótica, detestava a reclusão e a limpeza, e a coisa de que mais gostava no mundo era rolar de cima para baixo do declive relvado de detrás da casa.

Assim era Catherine Morland aos dez anos. Aos 15, as aparências melhoraram. Ela começou a frisar os cabelos e sonhava em ir aos bailes. Sua tez tomava brilho, seus traços se suavizavam em curvas e cores, seus olhos ganhavam em animação e sua pessoa, em importância. Como antes gostava de se sujar, gostava agora de enfeitar-se, e sentia prazer em ouvir algumas vezes seu pai e sua mãe notarem essas transformações. "Catherine ficou realmente uma menina bonita, hoje ela está quase bela", eram palavras que escutava de tempos em tempos, e como eram bem-vindas! Parecer *quase* bela para uma menina que parecera bastante feia durante seus 15 primeiros anos é mais delicioso que todos os elogios que uma moça bonita possa receber desde o berço.

A sra. Morland era uma mulher de muito valor e que desejava ver seus filhos tanto quanto possível bem-sucedidos na vida. Mas dedicava todo o seu tempo a colocar no mundo e educar seus petizes, de sorte que suas filhas mais velhas deviam elas mesmas pôr-se a salvo das dificuldades. Assim, era bem natural que Catherine, que não tinha uma natureza de heroína aos 14 anos, preferisse o críquete, os jogos de barra e correr pelos campos aos livros, ou pelo menos aos livros instrutivos, pois, uma vez que nenhum ensinamento estivesse incluído neles e estivessem cheios de histórias e livres dissertações, ela não manifestava contra eles nenhuma hostilidade. Mas, dos 15 aos 17 anos, seguiu um regime de heroína. Leu os tais livros que as heroínas devem ler para enriquecer a memória dessas citações que são tão cômodas e reconfortantes nas vicissitudes de sua vida aventureira.

De Pope, ela aprendeu a vituperar aqueles que

...vão por toda parte zombando do infortúnio;

de Gray, que

Muitas flores nasceram para desabrochar despercebidas,
E espalhar seu perfume no ar deserto.

de Thompson, que

...É uma tarefa deliciosa
Ensinar à ideia jovem como despontar.

E, de Shakespeare, adquiriu todo um lote de informações: soube que

...Bagatelas ligeiras como o ar
São, pelo ciumento, tomadas seriamente
Como palavras da Escritura;

que

O escaravelho que pisamos
sofre tanto em sua agonia
como um gigante quando morre.

E que uma moça apaixonada é sempre semelhante

...à Resignação sobre um pedestal
Sorrindo à Dor.

Nesse ponto, sua cultura era suficiente. Em muitos outros, aproximava-se da perfeição, pois se Catherine não escrevia sonetos, aplicava-se a lê-los. E, embora não conseguisse, ao piano, lançar em êxtase um público com um prelúdio de sua autoria, podia ouvir sem grande fadiga a música dos outros. Onde ela falhava era em manejar um lápis. Não tinha nenhuma noção de desenho, nem mesmo para esboçar o perfil do seu namorado. Aí os direitos que ela poderia ter à qualidade de heroína eram nulos. Mas, a essa altura, ela ignorava a sua deficiência, pois não tinha namorado de quem fazer o retrato. Atingira a idade de 17 anos sem ter visto o amável rapaz que despertasse sua sensibilidade, sem ter inspirado paixões reais e sem ter provocado admirações, senão muito moderadas e bem fugazes. Eis o que era estranho, na verdade! Mas se pode geralmente explicar as coisas estranhas quando se procura com cuidado a causa delas. Não havia nenhum lorde na vizinhança, nem mesmo um baronete. Nenhuma família amiga educara um menino inopinadamente encontrado no limiar da porta, nenhum rapaz cuja origem fosse desconhecida. Seu pai não tinha pupilo, nem o fidalgo da paróquia tinha filhos.

Mas quando uma jovem está destinada a ser uma heroína, o capricho de quarenta famílias da redondeza não saberia prevalecer contra ela. Algo deve acontecer e acontecerá para lançar um herói no seu caminho.

O sr. Allen, que possuía a maior parte das terras que cercavam Fullerton, a aldeia do Wiltshire onde viviam os Morland, foi aconselhado a passar uma temporada em Bath, estação de águas que convinha melhor à sua constituição gotosa. E sua mulher, que estimava muito a srta. Morland, e provavelmente achava que, se as aventuras não sucedem a uma moça em sua própria vila, esta moça deve procurá-las noutra parte, convidou-a a ir com eles. O sr. e a sra. Morland concordaram de boa vontade, e Catherine ficou muito alegre.

II

No momento em que Catherine Morland vai ser lançada nas dificuldades e perigos de uma permanência de seis semanas em Bath, e no caso de as páginas seguintes não conseguirem documentar suficientemente para o leitor, acrescentaremos algumas palavras ao que já foi dito sobre ela. Seu coração era afetuoso, e seu caráter, alegre e aberto, sem vaidade nem afetação. Suas maneiras estavam perdendo o acanhamento e a timidez. Seu aspecto era gracioso e, nos bons dias, ela chegava a ser bonita. Quanto à sua inteligência, era mais ou menos tão inculta como o é ordinariamente uma menina de 17 anos.

Poder-se-ia supor que, aproximando-se a hora da partida, a ansiedade da sra. Morland fosse muito cruel. Mil pressentimentos dos males que poderiam resultar, para sua querida Catherine, dessa terrível separação deviam abater seu coração e "lançá-la nas lágrimas" durante o último ou os dois últimos dias de sua vida em comum; e os conselhos mais triviais deviam naturalmente fluir de seus lábios prudentes no decorrer do momento de adeus, em seu quarto. As instruções visando a frustrar as violências de tais nobres e baronetes, que se divertem em arrebatar de viva força as moças e levá-las para qualquer fazenda isolada, deviam, em um tal momento, aliviar o transbordamento de seu coração. Quem não pensaria nisso? Mas a sra. Morland sabia tão poucas coisas a respeito de lordes e baronetes que não disse uma palavra sobre a habitual malignidade deles nem desconfiou do perigo que suas maquinações podiam fazer correr sua filha. Seus conselhos se restringiram aos pontos seguintes: "Eu lhe peço, Catherine, para, à noite, agasalhar bem o pescoço, e desejo que tenha sempre em dia a conta de suas despesas. Eis um pequeno livro para isso."

Sally, ou antes Sara (como uma moça de grandes maneiras esperaria 16 anos sem dar a seu nome de todos os dias uma forma mais romântica?), deve, por força das circunstâncias, ser, no caso, a amiga íntima e a confidente de sua irmã. Entretanto (é bastante extraordinário!), ela não obrigou Catherine a fazer tais promessas solenes: escrever a cada mala postal, fornecer informações sobre todo mundo, relatar minuciosamente as conversas ouvidas em Bath.

Realmente todas as coisas relativas a essa importante viagem foram tratadas pelos Morland com uma moderação e uma calma mais de acordo com os usos da vida corrente do que com esta sensibilidade afinada e as ternas emoções que deveriam caracterizar a primeira separação de uma heroína e sua família. Seu pai, em vez de abrir-lhe uma conta ilimitada com seu banqueiro ou mesmo colocar-lhe na mão uma centena de libras em bilhetes de banco, deu-lhe somente dez guinéus e prometeu-lhe enviar mais dinheiro quando ela tivesse necessidade.

Sob esses modestos auspícios, a viagem começou. Foi desprovida de acontecimentos. Nem salteadores, nem tempestades intervieram, nem o acidente de uma carruagem propício à apresentação de um herói. Não se produziu nada de mais alarmante que um receio — saber se a sra. Allen não esquecera seus tamancos em um albergue. E, felizmente, esse temor era sem fundamento.

Eles chegaram a Bath. Catherine estava ansiosa e deliciada. Seus olhos erravam por aqui, por lá, por toda parte, maravilhados. Ela viera para ser feliz, e já se sentia feliz.

Foram logo instalados em confortáveis aposentos em Pulteney Street. A sra. Allen era da numerosa classe das mulheres cujo trato não pode provocar senão uma emoção: a surpresa de existirem homens capazes de amá-las bastante para as desposar. Ela não tinha nem finura, nem beleza, nem talento. Seu ar de mulher mundana, sua calma, sua bondade, aliás inerte, seu espírito frívolo, era tudo que podia explicar que ela tivesse sido eleita pelo homem sensível e inteligente que era o sr. Allen. Apesar disso, ela estava admiravelmente apta para esse papel de apresentar à sociedade uma moça, pois, tanto e mais que qualquer jovem, estava curiosa para ir a toda parte e tudo ver. Vestir-se era sua paixão. Tinha um prazer muito ingênuo em andar bem-vestida.

Nossa heroína não pôde fazer sua entrada na sociedade senão três ou quatro dias depois. Era preciso que a sra. Allen se informasse minuciosamente do que se usava e escolhesse, com bom conhecimento de causa, um vestido do último modelo. Catherine fez também algumas compras. E terminados todos esses preparativos, chegou a importante noite em que ela deveria aparecer nos Upper Rooms. Seus cabelos foram penteados da melhor maneira do mundo, e com o maior esmero ela fizera sua toalete. A sra. Allen e a criada de servir declararam que ela estava muito bem. Fortalecida por tal encorajamento, Catherine esperava pelo menos não sofrer críticas. Se ela suscitasse admiração, tanto melhor, mas sua felicidade não dependia disso.

A sra. Allen demorou tanto a vestir-se que elas chegaram tarde ao salão de baile. A temporada daquela estação de águas estava no auge. Da forma possível, ambas foram penetrando na multidão. Quanto ao sr. Allen, refugiou-se imediatamente na sala de jogo, abandonando-as às delícias da balbúrdia. Com mais cuidado em sua toalete que em sua protegida, a sra. Allen abria caminho, tão depressa quanto o permitia a sua prudência, entre a multidão que obstruía a porta. Catherine apertava fortemente o braço de sua amiga, para que o tumulto do ambiente não viesse a separá-las. Mas, para grande estupefação sua, verificou que avançar pela sala não era o melhor meio de se desembaraçar da multidão. Esta, de instante a instante, parecia acrescida. Uma vez transposta a porta, facilmente se achariam cadeiras e se poderiam ver comodamente as danças. Mas isso — que ela imaginara — não correspondia de maneira alguma à realidade. Com uma aplicação obstinada, atingiram a outra extremidade da sala. No entanto, a situação não mudava: dos que dançavam, elas não viam senão as altas plumas de algumas damas. Recomeçaram a andar: justamente, acabavam de descobrir, em um lugar distante, uma posição conveniente. Por força e por astúcia, elas chegaram lá, e ei-las agora no alto dos palanques, de onde a srta. Morland dominava a multidão, tomando conhecimento dos perigos de sua recente passagem por meio dela.

Espetáculo esplêndido, e, pela primeira vez, ela começou a se sentir em um baile. Tinha grande desejo de dançar, mas não conhecia ninguém. A sra. Allen fez tudo o que poderia fazer em semelhante caso. De tempos em tempos, ela dizia, com um tom desinteressado: "Eu queria vê-la dançar, minha querida. Queria que achasse um cavalheiro." Nos primeiros momentos, sua jovem amiga manifestou o seu reconhecimento a esses desejos. Mas foram tantas vezes repetidos, e provados tão totalmente inúteis, que por fim Catherine se cansou deles e não teve mais vontade de agradecer.

Não puderam gozar durante muito tempo da posição eminente que tinham tão industriosamente adquirido. Depressa começou o movimento para o chá, e elas foram obrigadas a fazer como todo mundo. Catherine começava a experimentar algum desapontamento. Estava cansada de ser sem cessar imprensada entre as pessoas, sem mesmo poder atenuar o desgosto de seu aprisionamento trocando uma sílaba com algum desses anônimos companheiros de cativeiro. E quando, finalmente, se encontrou na sala onde se tomava chá, sentiu mais ainda o desapontamento de não conhecer ninguém, de não ter relações, nenhuma pessoa conhecida a chamar, nenhum cavalheiro a quem pedir socorro. Do sr. Allen, elas não viram nem sequer a sombra, e após terem procurado em vão um lugar mais cômodo, resignaram-se a sentar-se na extremidade de uma mesa onde um numeroso grupo já se instalara, sem que tivessem lá nada a fazer, sem que soubessem com quem falar, salvo uma com a outra.

Uma vez sentadas, a sra. Allen se felicitou por ter preservado seu vestido de qualquer dano.

— Teria sido horrível rasgá-lo, não é? — disse ela. — É uma musselina tão delicada. De minha parte, não vi aqui nada que me agradasse tanto, eu lhe asseguro.

— Como é penoso — suspirou Catherine — não ter nenhum conhecido aqui...

— Sim, minha querida — respondeu a sra. Allen, com uma perfeita serenidade. — É muito desagradável, efetivamente.

— Que fazer? Os senhores que estão nesta mesa e as damas nos olham como admirados de nos ver aqui. Damos a impressão de nos intrometer em seu grupo.

— E é bem o que fazemos. Como é então desagradável! Desejaria que tivéssemos muitos conhecidos aqui.

— Eu quereria que tivéssemos *pelo menos um*. Seria alguém a quem nos dirigir.

— Realmente, minha querida. E se conhecêssemos alguém, não importa quem, nós nos reuniríamos a ele imediatamente. Os Skinner estavam aqui o ano passado. Desejaria que estivessem aqui agora.

— Não faríamos melhor indo embora? Veja que não há aqui nem uma xícara de chá para nós.

— Não há mais, efetivamente. Como é contrariante! Mas penso ser mais conveniente permanecermos tranquilas. Na multidão, a gente vai terminar amarrotando os vestidos. Meu penteado, em que estado se acha, minha querida? Alguém me deu uma tapona, e eu tenho medo de que ele se tenha desarranjado.

— Não, realmente, está muito bem. Mas, querida sra. Allen, está certa de que não há ninguém que a senhora conheça nesta multidão? Estou persuadida de que deve conhecer alguém.

— Não, sob minha palavra. Eu desejaria conhecer alguém. De todo o meu coração desejaria ter muitos conhecidos aqui, e então encontraria para você um par. Eu ficaria tão feliz se você dançasse! Olha! Olha essa mulher. Que vestido esquisito! Tão fora de moda! Olha as suas costas!

Após algum tempo, um de seus vizinhos lhes ofereceu chá, que foi aceito com reconhecimento, e elas trocaram algumas palavras com o cortês cavalheiro. Em toda a noite, fora o único momento em que alguém lhes dirigira a palavra, até que, terminado o baile, foram descobertas pelo sr. Allen, que se reuniu a elas.

— Então, srta. Morland? — perguntou ele imediatamente. — Espero que o baile lhe tenha parecido agradável.

— Muito agradável, efetivamente — respondeu ela, tentando em vão reprimir um bocejo.

— Eu queria que ela pudesse dançar — disse a sra. Allen. — Gostaria que pudéssemos achar um par para ela. Eu disse o quanto seria feliz se os Skinner tivessem vindo este inverno mais cedo que da última vez. Ou se os Parry tivessem vindo, como haviam dito um dia. Ela teria podido dançar com George Parry. Estou tão triste que ela não tenha arranjado um cavalheiro!

— Nós teremos mais sorte outra noite, espero — disse o sr. Allen à guisa de consolação.

Acabado o baile, a multidão diminuía. Agora se podia circular com facilidade. E para uma heroína que não desempenhara ainda um papel muito distinto nos acontecimentos da noite, chegara o momento de se pôr em destaque. De cinco em cinco minutos, graças às mudanças de lugar da multidão, aumentavam as oportunidades de sucesso de Catherine. Muitos rapazes podiam olhá-la, pois, na multidão, não a haviam visto. Nenhum, entretanto, estremeceu em uma admiração entusiástica. Nenhum murmúrio de perguntas solícitas se propagou. E ninguém a chamou de deidade. Contudo, Catherine ostentava "suas vantagens"! Quem a tivesse visto três anos antes a acharia *agora* muito mais bela.

Ela foi olhada entretanto, e com alguma admiração, pois, ao alcance de seu ouvido, dois cavalheiros a declararam uma bela moça. Essas palavras tiveram um efeito mágico. Imediatamente, ela achou a noite mais alegre. Sua pequena vaidade estava satisfeita. Sentiu-se mais grata para com os jovens, por esse simples elogio, do que uma heroína de qualidade diante de 15 sonetos celebrando seus encantos, e foi para sua carruagem reconciliada com todo mundo e perfeitamente satisfeita com a parte de atenção que lhe concedera o público.

III

Cada manhã tinha agora seu cortejo de deveres regulares: visitar as lojas, ver alguma parte nova da cidade, passar uma hora nas termas de Pump-Room, onde olhavam todo mundo e não falavam com ninguém. A sra. Allen não deixava de manifestar o desejo de ter em Bath numerosas relações, e o reiterava todas as manhãs, embora a experiência lhe provasse cotidianamente que, ali, ela não conhecia ninguém.

Elas fizeram sua aparição nos Lower Rooms, e dessa vez, a fortuna foi mais favorável à nossa heroína. O mestre de cerimônias lhe apresentou, como par, um rapaz muito distinto. Ele se chamava Tilney. Vinte e quatro ou 25 anos, alto, a figura agradável, o olhar muito inteligente e vivo, as maneiras corteses — um rapaz se não muito bonito, pelo menos muito perto de sê-lo. Catherine estava encantada. Conversaram pouco, dançando. Mas quando se sentaram para tomar chá, ele se mostrou tal como Catherine imaginara que fosse: falava com facilidade, e, à sua maneira, possuía uma finura e uma jovialidade que a impressionaram. Após ter falado do que viam em torno deles, disse-lhe de repente:

— Até aqui, senhorita, faltei a todos os deveres de um par. Não lhe perguntei ainda há quanto tempo está em Bath, se nunca veio aqui antes, se esteve em Upper Rooms, no teatro, no concerto ou se gosta desta cidade. É imperdoável. Mas lhe agradaria agora satisfazer-me nesses pontos? Caso queira, eu começo...

— Não se aflija com isso, senhor.

— Não há problema, eu lhe asseguro, senhorita.

Então, compondo sua fisionomia e suavizando sua voz, ele perguntou precisamente:

— Está há muito tempo em Bath?

— Faz uma semana, senhor — respondeu Catherine, esforçando-se para não rir.

— Realmente! — disse ele, com uma admiração divertida.

— De que se admira?

— Efetivamente, de quê? — perguntou ele, em um tom natural. — É estranho que pareça experimentar uma certa emoção com sua resposta. Revela mais surpresa do que qualquer outro sentimento. Continuemos. Nunca esteve aqui antes, senhorita?

— Nunca, senhor.

— Oh! Mas já honrou os Upper Rooms com sua presença?

— Sim, senhor. Estive lá segunda-feira.

— Foi ao teatro?

— Sim, senhor. Terça-feira.

— Ao concerto?

— Sim, senhor. Quarta-feira.

— Bath lhe agrada?

— Sim, muito.

— Agora convém que eu sorria com mais afetação. E em seguida nós nos poderemos tornar naturais.

Catherine virou a cabeça para o outro lado, não sabendo se poderia aventurar-se a rir.

— Vejo o que pensa de mim — disse ele gravemente. — Farei mesquinha figura em seu diário de amanhã.

— Meu diário!

— Sim, eu sei exatamente o que dirá: "Sexta-feira, fui aos Lower Rooms. Tinha posto meu vestido de musselina com flores guarnecido de azul, sapatos pretos. Estava como queria. Mas fui estranhamente molestada por um parlapatão que quis dançar comigo e cuja falta de senso muito me afligiu."

— Certamente, eu não direi isso.

— Dir-lhe-ei o que deveria dizer?

— Eu lhe peço.

— "Dancei com um rapaz muito amável apresentado pelo sr. King. Conversei muito com ele. Parece um homem excepcional. Espero saber mais coisas dele." *Eis*, senhorita, o que *desejo* que diga.

— Mas, talvez, eu não tenha diário.

— Talvez não esteja sentada nesta sala, e eu não esteja sentado a seu lado. São pontos onde a dúvida é inegavelmente lícita. Não ter um diário! O que farão as primas de que está separada para seguir o curso de sua vida em Bath sem um diário? Como se lembrar dos vestidos que usou, como descrever o estado de seu espírito e o de sua cabeleira em toda sua diversidade se não puder relatar isso constantemente em um diário? Minha cara senhorita, não sou tão ignorante a respeito do que fazem as moças, como imagina... Todo mundo reconhece que o talento de escrever uma carta é particularmente feminino. A natureza pode estar lá para qualquer coisa. Mas, estou certo disso, ela é poderosamente ajudada por esse encantador hábito que têm as mulheres de possuir um diário.

— Eu me pergunto muitas vezes — disse Catherine, hesitante — se as mulheres realmente escrevem uma carta muito melhor que os homens... Isto é... Não creio que a superioridade esteja sempre de nosso lado.

— Pelo que julgo, parece-me que o estilo habitual das cartas de mulher é sem defeito, salvo em três coisas.

— E quais são?

— Uma habitual falta de assunto, uma total falta de cuidado pela pontuação e um desconhecimento frequente da gramática.

— Sob minha palavra, eu nada tinha a temer contradizendo o cumprimento. O senhor tem uma opinião muito alta de nós, nesse ponto.

— Não direi que as mulheres escrevem melhor uma carta, e também não direi que elas cantam melhor um dueto ou desenham melhor uma paisagem. Em toda coisa que depende de gosto, o mérito está mais ou menos igualmente repartido entre os sexos.

Eles foram interrompidos pela sra. Allen.

— Minha querida Catherine — disse ela —, tire este alfinete de minha manga, temo que ele haja feito um rasgão nela. Isso me desolaria. É um de meus vestidos preferidos, se bem não tenha custado senão nove xelins o metro.

— É precisamente o preço que eu pensava, minha senhora — disse o sr. Tilney olhando a musselina.

— O senhor entende de musselinas?

— Muito, mesmo. Eu compro sempre minhas gravatas e sou considerado um homem de muito bom gosto. Muitas vezes minha irmã tem confiado em mim para a escolha de um vestido. Comprei-lhe um, outro dia, que foi considerado uma prodigiosa oportunidade por todas as damas que o viram. Não paguei senão cinco xelins o metro... e é uma musselina da Índia admirável.

A sra. Allen estava deslumbrada com tanto gênio.

— Habitualmente, os homens se ocupam tão pouco com essas coisas! — disse ela. — O sr. Allen é absolutamente incapaz de distinguir meus vestidos uns dos outros. O senhor deve ser um grande auxílio para sua irmã.

— Eu ouso crer nisso, minha senhora.

— E, diga-me, senhor, que pensa do vestido da srta. Morland?

— Muito bonito, minha senhora — disse ele, examinando-o gravemente. — Mas não creio que seja lavável. Tenho medo de que se desfie.

— Como pode — disse Catherine rindo — ser tão...? — Ela quase dissera singular.

— Também sou de sua opinião, senhor — respondeu a sra. Allen —, e eu o disse à srta. Morland quando ela o comprou.

— Mas a senhora sabe que a musselina pode sempre ser utilizada. A srta. Morland saberá certamente fazer dela um lenço, um chapéu ou um vestido curto. A musselina encontra sempre um emprego. Ouvi dizer isso quarenta vezes por minha irmã, quando ela extravagantemente comprava mais que o necessário ou quando a cortava desastradamente.

— Bath é um lugar encantador, senhor. Há tantas boas lojas aqui. Nós, no campo, estamos tristemente longe de tudo. Sem dúvida, há lojas muito bem abastecidas em Salisbury, mas é tão longe de nossa casa! Oito milhas, é um longo caminho. O sr. Allen acha que são nove bem medidas. Mas estou certa de que não podem ser mais de oito, e é ainda uma grande estirada! Eu volto morta de cansaço. Aqui, uma vez na rua, podemos fazer nossas compras em cinco minutos.

O sr. Tilney era muito cortês para não parecer se interessar pelo que ela dizia, e ela o prendeu a respeito da questão das musselinas até que a dança recomeçasse. Catherine, que escutava a conversa, teve medo de que ele se divertisse um pouco com as franquezas dos outros.

— Em que pensa tão gravemente? — perguntou-lhe ele, ao entrarem na sala de baile. — Espero que não seja em algo referente ao seu par, porque, julgando pelos seus meneios de cabeça, suas meditações são severas.

Catherine enrubesceu e disse:

— Não pensava em nada.

— Eis uma resposta hábil e profunda. Responda-me logo que não me quer dizer. Gostaria mais disso.

— Bem. Então não quero.

— Obrigado. Tenho agora o direito de importuná-la algumas vezes. Nada como a impertinência para a amizade progredir.

Dançaram novamente. A noite terminada, despediram-se com um vivo desejo de se rever — pelo menos, esse desejo Catherine tinha.

Eu não afirmarei que, bebendo sua sangria e preparando-se para dormir, Catherine não tenha pensado no sr. Tilney o bastante para sonhar com ele, ou então quero crer que estava em um meio-sono. Pois, se é verdade, como pretendeu um escritor célebre, que uma moça não possa decentemente cair enamorada antes que o cavalheiro se declare, deve ser muito inconveniente que ela sonhe com ele antes que se saiba que ele sonhou com ela.

Que o sr. Tilney estivesse apto para o papel de sonhador ou de namorado, isso não preocupava ainda o sr. Allen. Contudo, ele julgara de bom aviso informar-se, no começo da noite, sobre esse rapaz que dançava com Catherine. Soube que o sr. Tilney era um pastor, e de uma família muito respeitável de Gloucestershire.

IV

No dia seguinte, Catherine se apressou mais ainda que habitualmente para ir a Pump-Room, com a certeza íntima de ver o sr. Tilney antes que a tarde passasse e pronta para saudá-lo com um sorriso. Mas nenhum sorriso foi necessário, pois o sr. Tilney não apareceu. Todas as pessoas de Bath, com exceção dele, eram visíveis lá nos diversos minutos dessas horas elegantes; as pessoas iam e vinham incessantemente, subiam os degraus, desciam-nos, pessoas que lhe eram indiferentes e que ela não desejava ver. Só ele estava ausente.

— Lugar encantador, Bath! — disse a sra. Allen, quando elas se sentaram sob o grande relógio, fatigadas de se terem pavoneado. — E como seria alegre se tivéssemos pessoas conhecidas aqui!

Esse desejo tinha sido manifestado tantas vezes, e em vão, que não havia mais nenhuma razão para crer que ele se convertesse numa realidade. Mas é preciso

Não desesperar nunca do que se quer esperar:
Por uma aplicação infatigável alcançaremos o fim.

E sua infatigável aplicação em desejar todos os dias a mesma coisa devia com o tempo ter sua justa recompensa. Apenas estava ela sentada havia dez minutos quando uma dama, que estava sentada perto dela, olhou-a com muita atenção e lhe disse muito amavelmente:

— Eu creio, minha senhora, não me enganar. Há muito tempo que não tenho o prazer de vê-la, mas não é a sra. Allen?

Quando ela respondeu afirmativamente, a estrangeira pronunciou seu nome, Thorpe, e a sra. Allen no mesmo instante reconheceu os traços de uma de suas companheiras de aula, antigamente sua amiga íntima. Elas não haviam se visto senão uma vez após seus casamentos respectivos, e isso não era recente. Sua alegria em se encontrar foi transbordante, como é natural entre pessoas que viveram sem nada saber uma da outra durante 15 anos. Elogios — que boa fisionomia a sua! etc. — foram trocados, em seguida, após diversas considerações sobre esse inesperado encontro em Bath e o prazer de reconhecer uma antiga amiga, elas permutaram indagações e responderam uma à outra, falando ambas ao mesmo tempo, muito mais apressadas em dar informações que em recebê-las, e cada uma delas preferindo falar a ouvir. A sra. Thorpe, entretanto, tinha sobre a sra. Allen uma grande vantagem como oradora: dispunha de uma numerosa família, e estendeu-se a respeito do talento de seus filhos e da beleza de suas filhas, expôs sua situação na vida, seus projetos, especificou que Johan estava em Oxford; Edward, em Merchant Taylor's; William, na Marinha; e eram mais amados e mais respeitados em seus diferentes papéis que nenhum outro trio de pessoas não importa de onde. A sra. Allen, não obstante, não tendo nenhuma informação sensacional para impor ao ouvido maldisposto e incrédulo de sua amiga, era forçada a fingir que se interessava por essas efusões maternais consolando-se, contudo, com a descoberta, que seus olhos perspicazes cedo fizeram, de que a peliça da sra. Thorpe era muito menos bonita que a sua.

— Eis minhas queridas filhas! — exclamou a sra. Thorpe, designando três atraentes e jovens pessoas que, de braços dados, dirigiam-se em sua direção. — Minha cara sra. Allen, estou impaciente para apresentá-las. Elas ficarão tão alegres ao vê-la! A mais alta é Isabella, minha primogênita. Não é uma bela menina? As outras são também muito admiradas, mas eu acho Isabella mais bonita.

As srtas. Thorpe foram apresentadas, e a srta. Morland, até então esquecida, foi também apresentada. O nome pareceu chocá-las a todas, e a mais velha das moças fez bem alto este reparo:

— Como a srta. Morland se parece com seu irmão!

— É, realmente, seu retrato! — exclamou a mãe.

— Em qualquer parte eu a reconheceria como irmã do sr. Morland — acrescentou a moça.

E toda a turma repetiu em coro essas observações. O espanto de Catherine foi de curta duração. Logo a sra. Thorpe e suas filhas começaram a contar a história de suas relações com James Morland. Catherine se lembrou de que seu irmão mais velho estabelecera, recentemente, relações de amizade com um de seus colegas de nome Thorpe e passara na casa dos Thorpe, perto de Londres, a última semana das férias de Natal.

Tudo se esclarecia. Uma grande quantidade de coisas amáveis foi dita pelas srtas. Thorpe: seu desejo de se ligar com Catherine, o encanto de se considerarem já suas amigas, em razão da amizade que unia os irmãos etc. Catherine ouvia tudo isso com prazer, e lhes respondia da melhor maneira possível. Em sinal de simpatia, a mais velha das srtas. Thorpe lhe ofereceu o braço, e elas deram uma volta pela sala. Catherine estava encantada com a extensão de seus conhecidos em Bath. Ao falar com a srta. Thorpe, ela quase esquecia o sr. Tilney. A amizade é certamente o melhor bálsamo para os sofrimentos do amor não correspondido.

Sua conversa girou sobre esses motivos que favorecem tão bem o nascimento da intimidade entre as moças: toaletes, bailes, flertes etc. A srta. Thorpe, quatro anos mais velha que a srta. Morland e experimentada pelo menos quatro anos mais, tinha uma vantagem bem marcada sobre sua interlocutora. Ela podia comparar os bailes de Bath com os de Tunbridge, as modas de Bath com as modas de Londres, retificar a opinião de sua jovem amiga sobre a estética do vestuário, descobrir um flerte no indício de um sorriso, apanhar um gracejo no ar. Essas qualidades tiveram boa acolhida por parte de Catherine, para quem tinham a atração da novidade, e ela manifestou uma maneira de admiração que seria pouco conciliável com a familiaridade se, de havia muito, a alegria fácil da srta. Thorpe e sua cordialidade não tivessem proscrito todos os outros sentimentos que não a simpatia. Uma meia dúzia de voltas pelas termas de Pump-Room não podia bastar para satisfazer sua crescente amizade: durante a volta a srta. Thorpe foi então convidada para acompanhar a srta. Morland até a porta da casa dos Allen. Lá elas se separaram com um aperto de mão, que prolongaram afetuosamente, e combinaram que ver-se-iam no teatro, naquela noite, e rezariam na mesma igreja na manhã do dia seguinte. Catherine subiu rapidamente a escada e, da janela do salão, olhou a srta. Thorpe descer a rua. Ela admirava o seu gracioso modo de andar, seu ar elegante, e sentia alguma gratidão ao destino, a quem devia tal amiga.

A sra. Thorpe era uma viúva sem grande fortuna, uma mulher corajosa, uma mãe indulgente. Sua filha mais velha era muito bonita, e suas outras filhas — que se jactavam de o ser não menos — imitavam as maneiras da mais velha e se vestiam no mesmo estilo, no que faziam muito bem.

Com este breve resumo, poupamos três ou quatro capítulos em que minuciosamente seriam relatadas as aventuras e os dissabores passados pela sra. Thorpe, sua indignação a respeito dos lordes e procuradores e suas tagarelices sobre coisas de vinte anos atrás.

V

Naquela noite, no teatro, Catherine não estava tão interessada na peça e em responder aos acenos de cabeça e sorrisos de srta. Thorpe — embora estes lhe tomassem muito tempo — que negligenciasse inspecionar, em honra do sr. Tilney, todos os camarotes que seu olhar inquisitivo podia alcançar. Mas tudo era em vão. O sr. Tilney desdenhava o teatro, como desdenhava as termas.

Ela esperou ser mais feliz no dia seguinte. E quando, na manhã do dia seguinte, viu o sol realizar seus desejos de bom tempo, não teve nenhuma dúvida do bom resultado de seu outro desejo, porque um bom domingo em Bath esvaziava todas as casas de seus habitantes, e cada um se aproveitava disso para passear e dizer às pessoas de suas relações: "Ah, como faz bom tempo!"

Terminado o serviço religioso, os Thorpe e os Allen tornaram a se encontrar ansiosamente; e, após terem permanecido em Pump-Room tempo suficiente para descobrir que a multidão ali estava insuportável e que não havia um rosto gentil para ver, o que cada um descobria em cada domingo da temporada, eles se apressaram em ir ao Crescent respirar o ar fresco de uma melhor companhia. Lá, Catherine e Isabella, de braços dados, gozaram novamente das doçuras da amizade, em uma conversa sem constrangimento.

Elas falaram muito e alegremente. Mas de novo Catherine ficou decepcionada na esperança de reencontrar seu par — que não era encontrado em nenhuma parte.

Todas as buscas resultaram igualmente infrutíferas. Nem nos passeios da manhã ou reuniões da tarde, nem nos Upper Rooms, nem nos Lower Rooms, nos bailes de traje a rigor ou nos bailes habituais, não se via nenhum traço dele. Nem entre os passantes, os cavalheiros, os condutores de cabriolés da tarde. Seu nome não estava inscrito nos registros das termas de Pump-Room, e toda a curiosidade malograva. Ele devia ter abandonado Bath, embora não tivesse dito que sua permanência fosse tão curta. Essa espécie de mistério, tão conveniente a um herói, exaltou sua pessoa e suas maneiras na imaginação de Catherine, e avivou seu desejo de o conhecer melhor. Pelos Thorpe ela não podia saber de nada, pois estavam em Bath havia apenas dois dias quando encontraram a sra. Allen. Era, contudo, um motivo para muitas vezes conversar com sua amiga, de quem recebia todos os encorajamentos possíveis para pensar nele. A impressão deixada em seu espírito pelo sr. Tilney não corria o perigo de empalidecer. Isabella estava convencida de que devia ser um rapaz encantador. Ela estava não menos convencida de que ele devia estar enamorado de Catherine e, consequentemente, cedo voltaria. Ela via com simpatia sua condição de pastor, "pois confessava sua inclinação pela gente da Igreja"; e alguma coisa como um suspiro lhe escapava enquanto dizia isso. Talvez Catherine estivesse errada em não lhe perguntar a causa dessa gentil emoção, mas ela não estava muito ao corrente das finuras do amor e dos deveres da amizade para saber quando uma delicada zombaria tem sua razão de ser ou quando convém forçar uma confidência.

A sra. Allen sentia-se agora inteiramente satisfeita por estar em Bath. Ela encontrara relações e, por felicidade, na família de uma antiga amiga querida entre todas; e, por cúmulo da sorte, essa amiga estava longe de apresentar-se tão bem-vestida como ela. Seus desabafos diários não eram mais: "Como gostaria de ter relações em Bath!", e sim: "Que felicidade conhecermos a sra. Thorpe!" E ela estava tão ansiosa em provocar o encontro das duas famílias como o podiam estar Catherine e Isabella. Nunca se sentia satisfeita com seu dia se não consagrasse a maior parte dele aos pés da sra. Thorpe, ao que ela chamava uma conversa, e que quase nunca era uma troca de opiniões, e muitas vezes não tinha mesmo um motivo comum, pois a sra. Thorpe falava principalmente de seus filhos, e a sra. Allen, de seus vestidos.

Os progressos da amizade de Catherine e Isabella foram tão rápidos como seu começo fora caloroso. Entre elas não havia mais reservas. Chamavam-se por seus nomes de batismo, davam-se sempre o braço nos passeios, pregavam seus alfinetes antes do baile e, nas danças, não queriam nunca separar-se.

Quando fazia mau tempo, elas se encontravam ainda, sem consideração à chuva ou à lama, e se fechavam no quarto para ler romances juntas. Sim, romances; porque eu não adotarei este mesquinho e desastrado hábito, que têm os autores de romances, de depreciar, para descrédito do gênero, toda uma categoria de obras das quais eles mesmos têm aumentado o número, unindo-se assim a seus inimigos para lançar os mais desagradáveis epítetos naquelas obras e não permitindo nunca a leitura à sua heroína, que, se abre por acaso um romance, não fará certamente senão folheá-lo, e com desgosto. Ah! Se a heroína de um romance não é patrocinada pela heroína de um outro romance, de quem poderá ela esperar proteção e atenções? Deixemos aos críticos o cuidado de incriminar toda a efusão de imaginação e de lamentar, de modo miserável, as ninharias que fazem agora gemer os prelos. Não desertemos de nossa própria causa. Somos uma casta muito desacreditada. Embora as nossas produções tenham proporcionado um prazer mais sincero e extensivo do que as de qualquer outra corporação literária do mundo, nenhuma espécie de composição tem sido tão escarnecida como a nossa. Por causa de vaidade, ignorância ou moda, nossos inimigos são quase tão numerosos como nossos leitores — e enquanto o prestígio do 900º abreviador da *História da Inglaterra* ou o do senhor que reúne e publica 12 versos de Milton, de Pope, de Prior, com um trecho do

Espectador e um capítulo de Sterne, é exaltado por mil penas, parece que há um cuidado quase geral em contestar a importância e em desvalorizar o trabalho do romancista, e em desprezar as obras que não se recomendam senão pela invenção, espírito e gosto. "Não sou um leitor de romances; quase não leio romances; não imagine que eu leia frequentemente romances; isso não é mau para um romance!" Essa é a balela comumente dita. "E o que lê, senhorita?" "Oh! Não é senão um romance!", replica a jovem pessoa, deixando cair seu livro com uma indiferença afetada ou alguma vergonha. Não é senão *Cecília*, ou *Camila*, ou *Belinda*: é, em suma, uma obra na qual as mais belas faculdades do espírito são prodigalizadas e que oferece ao mundo, com uma linguagem escolhida, a mais completa ciência da natureza humana, a mais feliz imagem de suas variedades, as mais vivas efusões do espírito e do humor. Mas, se ela estivesse ocupada com um volume do *Espectador*, como orgulhosamente exibiria o livro e proclamaria o seu título! Embora seja pouco provável que uma jovem pessoa de gosto possa ler qualquer parte dessa volumosa publicação, por causa de seus assuntos e estilo. O material nela contido consiste habitualmente em informações sobre acontecimentos improváveis, personagens artificiais e tópicos de conversas que não dizem respeito às pessoas vivas. E também a sua linguagem é frequentemente tão grosseira que não nos dá uma ideia muito favorável da época que conseguiu suportá-la.

VI

A conversa seguinte, que se efetuou entre as duas moças em Pump-Room, uma manhã, oito ou nove dias após se haverem conhecido, documentará o leitor a respeito de sua amizade, delicadeza e discrição, originalidade da maneira de pensar e gosto literário.

Elas tinham marcado um encontro e, como Isabella chegara cinco minutos antes de sua amiga, suas primeiras palavras foram naturalmente:

— Minha querida, por que demorou tanto? Eu a espero há um século.

—Verdade? Lamento muito. Mas imaginava chegar a tempo. É uma hora em ponto. Espero que não esteja aqui há muito tempo...

— Oh! Pelo menos dez séculos. Certamente, estou aqui há uma meia hora. Vamos nos sentar no outro lado da sala. Tenho mil coisas a lhe dizer. Primeiramente, tive medo de que chovesse esta manhã. No momento em que eu saía, o céu estava muito ameaçador, e isso me angustiou muito. Você sabe, vi o mais belo chapéu que se possa imaginar, na vitrine de uma loja de Milsom Street; muito parecido com o seu, mas com fitas cor de papoulas, e não verdes; tive um desejo louco de tê-lo... Minha querida Catherine, que fez hoje pela manhã? Continuou lendo *Udolfo*?

— Sim, não parei de ler desde que acordei. Estou no capítulo do véu negro.

—Verdade? Não é delicioso? Oh! Não lhe direi por nada deste mundo o que há atrás do véu negro. Não está impaciente para o saber?

— Oh! Sim, totalmente. Que pode ser isso?... Não me diga! Não quero que me diga o quer que seja. Eu sei que deve ser um esqueleto. Estou certa de que é o esqueleto de Laurentina. Oh, estou encantada com esse livro. Eu queria passar toda a minha vida lendo-o, asseguro-lhe. Se não fosse o desejo de vê-la, nada poderia fazer com que o deixasse.

— Minha querida, como lhe sou grata! E quando tiver acabado *Udolfo*, leremos juntas *O italiano*. Fiz para você uma relação de dez ou doze obras do mesmo gênero.

— É mesmo! Oh, como estou contente! E quais são os títulos?

—Vou lê-los. Estão em minha caderneta. *O castelo de Wolfenbach*, *Clermont*, *Avisos misteriosos*, *O bruxo da Floresta Negra*, *O sino de meia-noite*, *O órfão do Reno* e *Os mistérios terríveis*. Levaremos algum tempo com esses.

—Tanto melhor! Mas são todos terríveis? Está certa de que são todos terríveis?

— Inteiramente certa, porque uma de minhas amigas íntimas, a srta. Andrews, uma moça encantadora, uma das criaturas mais encantadoras deste mundo, os leu todos. Eu queria que conhecesse a srta. Andrews, você ficaria encantada. Ela fez ela mesma a mais linda capa que você pode imaginar. Eu a acho bela como um anjo, e fico tão irritada com aqueles que não a admiram... E os descomponho a todos furiosamente por isso.

— Você os descompõe? Você os descompõe porque eles não a admiram?

— Sim. Não há nada que eu não faça pelas pessoas que são realmente minhas amigas. Não posso amar alguém pela metade. Isso não está em minha natureza. Meus afetos são sempre muito fortes. Em uma das reuniões deste inverno, eu dizia ao capitão Hunt que não dançaria com ele, a menos que concordasse ser a srta. Andrews bela como um anjo. Você sabe... Os homens nos acham incapazes de verdadeira amizade. Mas estou decidida a lhes provar o contrário. Se me fosse dado agora ouvir alguém falar de você com poucas atenções, eu me encolerizaria. Mas isso não é para se temer, porque você é precisamente o gênero de moça que agrada aos homens.

— Oh, querida! — exclamou Catherine ruborizada. — Como pode dizer isso?

— Eu a conheço muito bem. Você tem tanta animação... O que justamente falta à srta. Andrews. Devo confessar-lhe, há nela alguma coisa de insípida. Oh! Deixe que lhe diga... Quando nos despedíamos ontem, vi um rapaz que a olhava com insistência. Estou certa de que está enamorado de você.

Catherine novamente enrubesceu e protestou. Isabella ria.

— É verdade, palavra de honra! Mas eu vejo o que há: você é indiferente aos elogios, salvo aos de alguém que não mencionaremos. Não posso reprová-la. — E Isabella se tornou grave: — Compreendo seus sentimentos. Quando se tem o coração enamorado, sei o quanto se fica pouco sensível à atenção das pessoas. Tudo é tão insípido, tão desprovido de interesse quando não se relaciona com o objeto amado... Eu compreendo perfeitamente seus sentimentos.

— Mas não me persuada a pensar tanto no sr. Tilney. Talvez não o reveja nunca.

— Não o rever. Minha querida amiga, não diga isso. Tenho certeza de que esse pensamento a tornaria infeliz.

— Decerto, não. Eu não deveria. Não quero dizer que sua companhia não me agradaria muito. Mas, quando leio *Udolfo*, parece-me que nada me pode tornar infeliz. Oh, o terrível véu negro! Minha querida Isabella, estou certa de que ele esconde o esqueleto de Laurentina.

— Parece-me tão espantoso que você nunca tenha lido *Udolfo*! A sra. Morland é talvez hostil aos romances?

— Não. Ela lê muito frequentemente *Sir Charles Grandison*. Mas os livros novos não chegam até nós.

— *Sir Charles Grandison* é um livro espantosamente horrível, não é? Recordo-me de que a srta. Andrews não conseguiu ler o primeiro volume até o fim.

— Não se assemelha nada a *Udolfo*. Entretanto, creio que é muito interessante.

— Mesmo? Você me espanta. Eu imaginava que não era legível. Mas, minha querida Catherine, sabe já o que vai vestir esta noite? Resolvi, em todo o caso, trajar-me exatamente como você. Os homens notam isso algumas vezes, você sabe...

— Que importância tem isso? — perguntou muito inocentemente Catherine.

— Que importância?... Céus! Com efeito, tenho por norma não me ocupar nunca do que dizem. Eles são espantosamente impertinentes, se você não os trata à altura e não os mantém a distância.

— São assim? Nunca observei isso. Eles são sempre polidos comigo.

— Oh! Eles se dão esses ares... São seres tão enfatuados! Creemse de uma tal importância! A propósito: embora tenha pensado nisso mil vezes, sempre me esqueço de lhe perguntar qual é o seu tipo favorito. Prefere os morenos ou os louros?

— Não sei. Nunca pensei muito nisso. Entre os dois, imagino. Moreno. Não louro. E não muito moreno.

— Muito bem, Catherine. É ele inteiramente. Não esqueci o retrato que você me fez do sr. Tilney: pele morena, olhos negros, cabelo antes escuro. Meu gosto é diferente. Eu prefiro os olhos claros, a tez pálida. Não me atraiçoe se você encontrar alguém que corresponda a esse sinal!

— Traí-la? Que quer dizer com isso?

— Não, não me atrapalhe. Creio que já disse muito... Esqueçamos isso.

Catherine, espantada, aquiesceu, e, após um instante de silêncio, estava a ponto de voltar ao que mais a interessava em todo o mundo, o esqueleto de Laurentina, quando sua amiga exclamou:

— Pelo amor de Deus, mudemos de lugar! Sabe que há dois odiosos rapazes que estão olhando para mim durante toda esta meia hora? Realmente, estou confusa. Vamos ver quais são os novos recém-chegados. Isso nos libertará desses dois senhores.

Elas foram consultar o registro das termas, e, enquanto Isabella examinava os nomes, Catherine se encarregava de vigiar a conduta desses alarmantes rapazes.

— Eles não vêm deste lado, não é? Espero que não tenham a impertinência de nos seguir. Peço-lhe, caso eles venham, para me dizer; estou resolvida a não levantar os olhos.

Um instante depois, Catherine, com uma satisfação fingida, anunciou que ela podia ficar descansada, pois os rapazes acabavam de deixar Pump-Room.

— E que caminho tomaram? — perguntou Isabella, voltando-se vivamente. — Um deles era um moço de rosto muito bonito...

— Eles tomaram o rumo do cemitério.

— Estou infinitamente contente de me haver livrado deles. E agora, se fôssemos a Edgar's Buildings?... Eu lhe mostraria meu novo chapéu. Você me disse que estava curiosa para vê-lo.

Catherine aceitou, acrescentando ainda:

— Mas talvez encontremos os dois rapazes...

— Oh! Não importa! Se nos apressarmos, passaremos à frente deles imediatamente, e estou louca para lhe mostrar meu chapéu.

— Mas, se esperássemos simplesmente alguns minutos, não nos arriscaríamos a reencontrá-los.

— Não lhes farei esta honra, certamente! Não faço muito caso dos homens. Seria um bom meio de os embaraçar.

A tal argumento, Catherine nada tinha a opor. Para afirmar a independência da srta. Thorpe e sua resolução de humilhar o sexo, começaram a andar o mais depressa possível em perseguição aos dois rapazes.

VII

Meia hora depois, tinham atravessado os jardins das termas e achavam-se no Arco em frente à Union Passage. Mas lá, elas se detiveram. Quem conhece Bath se lembra da dificuldade que há em atravessar Cheap Street nesse lugar. É, em verdade, uma rua muito movimentada e tão desastradamente ligada às grandes estradas de Londres e de Oxford e ao principal hotel da cidade, que a todo momento as senhoras — por importantes que sejam seus afazeres, estejam em busca de pastelarias, penduricalhos ou (como no caso presente) de rapazes — são detidas pelas equipagens, cavaleiros e carroças. Esse aborrecimento, Isabella o experimentava e deplorava pelo menos três vezes por dia desde que se encontrava em Bath, e estava destinada a experimentá-lo e deplorá-lo mais uma vez, porque, justamente no momento de chegar defronte à Union Passage e ao alcance dos dois rapazes que cortavam a multidão, o caminho lhes foi interceptado por um cabriolé que um condutor enfurecido precipitava sobre a rua trepidante com uma veemência de modo a encurtar suas vidas, a dele, a de seu companheiro e a de seu cavalo.

— Oh! Esses odiosos cabriolés! — exclamou Isabella, levantando os olhos. — Como os odeio!

Essa raiva tão justa foi de curta duração, pois, tendo olhado novamente, ela exclamou:

— Oh, que alegria! O sr. Morland e meu irmão!

— Deus do céu! É James! — exclamou ao mesmo tempo Catherine.

Nesse momento os rapazes as viram.

O cavalo estancou prontamente, empinou com uma violência que o lançou quase sobre o ventre, e eles saltaram da carruagem dando ordens ao doméstico.

Catherine não esperava de modo nenhum este encontro. Acolheu seu irmão com a alegria mais expansiva; e ele, que era de boa índole e muito ligado a ela, deu provas de igual satisfação enquanto o podia fazer, pois os olhos brilhantes da srta. Thorpe reclamavam sua atenção. Ele lhe apresentou então suas homenagens com uma mistura de alegria e de embaraço que teria podido alertar Catherine — se ela fosse mais esperta em destrinçar os sentimentos dos outros e menos absorvida pelos seus — de que seu irmão, ele também, achava Isabella encantadora.

John Thorpe, que dera as ordens relativas ao cavalo, reuniu-se logo ao grupo, para oferecer a Catherine o tributo que lhe era devido, pois, enquanto tocava com uma mão rápida e distraída a mão de sua irmã, a distinguiu com uma reverência completa.

Era um rapaz gordo, de estatura mediana, com um rosto grosseiro e formas desgraciosas, que parecia temeroso de estar muito elegante, a menos que estivesse vestido de criado, e muito cavalheiresco, a menos que se sentisse muito à vontade num lugar em que deveria ser cortês, e insolente quando deveria estar à vontade.

Ele tirou o relógio:

— Quanto tempo pensa que gastamos de Tetbury até aqui, srta. Morland?

— Não conheço a distância.

Seu irmão lhe disse que eram 23 milhas.

— Vinte e *três*! — exclamou Thorpe. — Vinte e cinco, e muito bem medidas!

Morland invocou a autoridade dos mapas, dos estalajadeiros e das marcas miliárias das estradas. Mas seu amigo as desdenhava todas. Ele tinha um critério melhor:

— São 25! Eu o sei pela duração do trajeto. Agora é uma e meia. Saímos do pátio do hotel, em Tetbury, quando o relógio da cidade marcava 11 horas. E eu desafio não importa quem na Inglaterra para obter de meu cavalo atrelado menos de dez milhas a hora. Isso perfaz justamente 25 milhas.

— Você perdeu uma hora — disse Morland. — Não eram senão dez horas quando deixamos Tetbury.

— Dez horas! Eram 11 horas, pela minha alma! Eu contei cada pancada. Seu irmão quer fazer crer que não regulo bem, srta. Morland. Olhe este cavalo. Em sua vida, já viu um animal que corresse tanto quanto este? — O criado subira para o cabriolé e estava indo embora. — Um puro-sangue! Três horas e meia para não fazer senão 23 milhas! Mas olhe então esse animal, e diga-me se isso lhe parece possível!

— Ele me parece estar muito suado.

— Suado! Nem um pelo arrancado quando chegamos à igreja de Walcot! Olhe seu peito, olhe suas ancas! Veja, olhe somente como ele anda. É impossível que esse cavalo faça menos de dez milhas a hora. Prenda-lhe as patas e ele se safará. Que diz de meu cabriolé, srta. Morland? Não é ótimo? Muito bonito, última moda. Possuo-o há apenas um mês. Ele foi feito para um pastor da Christ Church, um excelente colega que não se serviu dele senão algumas semanas. Procurei alguma coisa desse gênero. Na verdade, eu estaria muito inclinado por um carrinho assim, mas tive a sorte de encontrar o amigo em Magdalen Bridge, quando ele corria em Oxford. "Ei! Thorpe", disse-me ele, "não deseja uma pequena coisa como esta? Ela é de primeira ordem, mas estou velhacamente cansado dela." "Oh!", disse eu. "Sou a pessoa de quem você precisa; quanto quer?" E quanto imagina que ele me pediu, srta. Morland?

— Não o adivinharei nunca...

— Cabriolé suspenso, veja, assento, baú, caixa para espadas, para-lamas, lanternas etc., e tudo, veja bem, completo; a ferragem tão boa como se estivesse nova, ou melhor. Ele pediu cinquenta guinéus. Ajustei logo com ele, reduzi a soma, e a carruagem era minha.

— Muito bem — disse Catherine. — Estou tão pouco a par dessas coisas, que seria incapaz de julgar se é bom ou mau negócio.

— Nem um, nem outro. Eu poderia comprá-la por menos, ouso dizê-lo. Mas odeio negociar, e o pobre Freemen tinha necessidade de dinheiro.

— Fez muito bem — disse Catherine muito comovida.

— Oh!... Quando se tem os meios de prestar um serviço a um amigo, sem se incomodar, como não! Detesto a mesquinhez.

Os rapazes perguntaram então às moças aonde iam, e ficou estabelecido que as acompanhariam a Edgar's Buildings e apresentariam seus cumprimentos à sra. Thorpe. James e Isabella abriram o caminho. Isabella, encantada, dedicava-se a tornar o passeio agradável a seu companheiro que tinha dupla recomendação de ser o amigo de seu irmão e o irmão de sua amiga. Seus sentimentos eram tão sinceros e tão desprovidos de galanteria que, tendo cruzado, em Milson Street, os dois audaciosos rapazes de pouco antes, voltou-se para eles só três vezes.

Não é preciso dizer que John Thorpe fez companhia a Catherine e, depois de alguns minutos de silêncio, voltou a falar de seu cabriolé.

— Concorde, portanto, srta. Morland, que, de igual modo, esse negócio poderia passar por vantajoso, pois eu poderia vender o cabriolé por dez guinéus a mais, desde o dia seguinte. Jackson, de Oriel, ofereceu-me na primeira oportunidade sessenta. Morland estava lá.

— Sim — disse Morland, que confirmou esse apelo ao seu testemunho —, mas você se esquece de que esse cavalo estava incluído no negócio.

— Meu cavalo! Em nome de Deus! Eu não venderia meu cavalo nem por cem guinéus, cem! Gosta de andar em carruagem descoberta, srta. Morland?

— Sim, muito. Raramente tenho a oportunidade de andar em carruagem descoberta, mas gosto muito disso.

— Felicito-a por isso. Eu a farei passear todos os dias na minha.

— Eu lhe agradeço — disse evasivamente Catherine, indecisa a respeito da acolhida que devia fazer a esse convite.

— Eu a levarei amanhã ao alto da encosta de Lansdown.

— Eu lhe agradeço... mas seu cavalo não terá necessidade de repouso?

— De repouso! Ele não fez mais que 23 milhas hoje! Então vamos! Nada estraga mais os cavalos que o repouso. Nada os derreia tão rapidamente. Não, não, o meu cavalo andará, em média, quatro horas por dia, enquanto eu estiver aqui.

— Pretende fazer isso? — perguntou Catherine muito seriamente. — Isso perfará quarenta milhas por dia.

— Quarenta? Eh, cinquenta! Isso não me importa! Bem! Eu a levarei amanhã ao cimo da encosta de Lansdown; conte com isso.

— Como será encantador — exclamou Isabella, voltando-se. — Querida Catherine, eu a invejo. Mas, meu irmão, temo que não haja lugar para uma terceira pessoa?

— Uma terceira? Não, não. Eu não vim a Bath para levar minhas irmãs para passear. Seria engraçado, palavra de honra! Morland cuidará de você.

Isso provocou entre Isabella e o irmão uma troca de amabilidades cujas minúcias e conclusões escaparam a Catherine.

Entretanto, Thorpe, até aqui tão fértil em discursos, tornara-se lacônico. Seus propósitos reduziam-se agora a breves julgamentos, de censura ou aprovação, sobre todas as mulheres que encontrava. Catherine, após ter escutado e aquiescido, enquanto lhe foi possível, com a moderação de uma moça que teme emitir — sobretudo no que se refere à beleza das mulheres — uma opinião pessoal em oposição à de um homem tão seguro de sua infalibilidade, tentou mudar o tema da conversa para uma questão que refreava havia muito tempo:

— Leu *Udolfo*, sr. Thorpe?

— *Udolfo*! Oh, meu Deus, não eu! Não leio nunca romances. Tenho outras coisas a fazer.

Catherine, humilhada e envergonhada, ia desculpar-se de sua pergunta, mas ele a antecipou, dizendo:

— Todos os romances são um montão de absurdos e ninharias. Não apareceu um só tolerável depois de *Tom Jones*, exceto *O monge*. Li este aqui outro dia. Mas os outros são o que há de mais estúpido no mundo.

— Penso que gostaria de *Udolfo*, se consentisse em lê-lo. É tão interessante!

— Não eu! Sob minha palavra! Não, se os leio, são os da sra. Radcliffe. Seus romances são bastante divertidos. Merecem ser lidos. São engraçados e naturais.

— *Udolfo* é da sra. Radcliffe — disse ela, com uma hesitação ao pensamento de que podia ofendê-lo.

— Não! É mesmo? É... Eu me lembro, efetivamente. Pensava nesse outro livro inepto escrito por essa mulher com a qual houve tantas dificuldades e que desposou o emigrado francês.

— Suponho que quer referir-se ao *Camila*.

— Sim, é esse livro. É cheio de absurdos! Um velho que brinca de balanço!... Uma vez, tomei o primeiro volume e lhe dei uma olhada. Cedo descobri que não avançaria, adivinhei logo que droga devia ser. Logo que soube que ela desposara um emigrado, fiquei certo de não poder ir até o fim.

— Nunca li esse livro.

— Não perdeu nada, asseguro-lhe, é a mais horrível estupidez que se possa imaginar. Não há nada... senão um ancião que brinca de balanço e que estuda latim. Pela minha alma, não há outra coisa.

Essa crítica, da qual a pobre Catherine não podia infelizmente apreciar o valor, ocupou-os até a porta da sra. Thorpe, e os sentimentos do judicioso e imparcial leitor de *Camila* cederam aos sentimentos do filho respeitoso, quando ele se achou em presença de sua mãe.

— Ah! Mamãe, como está? — disse, dando-lhe um vigoroso aperto de mão. — Onde comprou o diabo desse chapéu? Com isso sobre a cabeça, tem o ar de uma velha bruxa. Eis: Morland e eu viemos passar alguns dias com a senhora. É preciso, pois, trazer-nos um par de boas camas da vizinhança.

Essa alocução pareceu satisfazer os mais ternos desejos do coração maternal, pois a sra. Thorpe acolheu o filho com efusão. Ele, em seguida, distribuiu partes iguais de sua ternura às suas duas irmãs menores: perguntou-lhes como iam e observou que ambas estavam muito feias.

Esses modos desagradavam a Catherine. Mas ele não era o amigo de James e o irmão de Isabella? E o que se seguiu não fez senão modificar seu julgamento. Como se recuassem para examinar o novo chapéu, Isabella disse a Catherine que John a achava a mais encantadora moça do mundo. Por outro lado, John, no momento da despedida, pediu-lhe para dançar com ele na mesma noite. Fosse mais velha ou vaidosa, e amabilidades dessa espécie teriam pouco efeito. Mas como Catherine, tão jovem e tão pouco confiante em suas opiniões, poderia resistir ao encanto de ser chamada de a mais deliciosa moça do mundo e de ser, tão cedo, convidada para o baile? Após uma hora passada na casa da sra. Thorpe, os dois Morland pediram licença para irem ter com o sr. Allen. Assim que a porta se fechou atrás deles, James perguntou:

— Então, Catherine, que acha de meu amigo Thorpe?

E ela, em lugar de responder, como teria feito se tivesse visto duramente em si mesma, "Não gosto absolutamente dele", retrucou:

— Ele me agrada muito. Parece muito amável.

— É o melhor rapaz do mundo, um pouco tagarela, mas isso não é um crime ao pé das damas. E que achou do resto da família?

— Eles me agradam muito, muito, realmente. Sobretudo Isabella.

— Estou muito feliz em ouvi-la falar assim. Era bem uma moça dessa espécie de que você precisava para amiga. Ela tem tanto bom senso, é tão perfeitamente natural! Sempre desejei que vocês se conhecessem, e ela parece estimá-la muito. Ela faz de você os mais vivos elogios, e o elogio de uma moça como a srta. Thorpe, mesmo você, Catherine — tomou-lhe afetuosamente a mão —, pode ficar orgulhosa dele.

— Sinto-me orgulhosa dele — respondeu ela. — Eu a estimo de todo meu coração, e estou encantada em descobrir que você a estima também. Você nunca me falou dela nas cartas que me escrevia quando de sua permanência na casa dos Thorpe.

— Porque eu pensava que a veria muito em breve. Espero que estejam frequentemente juntas em Bath. É uma moça tão encantadora, de uma inteligência superior... Como toda a família a ama! Ela é evidentemente a preferida. E como deve ser admirada aqui! Não o é?

— Sim, muito. O sr. Allen considera-a a mais bela moça de Bath.

— Isso não me admira. Não conheço melhor julgador de beleza que o sr. Allen. Não lhe pergunto se se sente feliz aqui, minha querida Catherine. Com uma amiga como Isabella, pode estar-se de outra maneira? E os Allen, estou certo, são muito gentis para com você.

— Sim, muito gentis. Nunca estive tão feliz; e, agora que você está aqui, será mais encantador que nunca. Como é gentil em vir de tão longe para *me* ver!

James aceitou esse agradecimento, e apaziguou sua consciência dizendo, com sinceridade:

— Em verdade, Catherine, eu a estimo muito.

Perguntas e respostas, concernentes aos irmãos e às irmãs, à situação de uns, ao crescimento dos outros, e muitas coisas do mesmo gênero, eles fizeram (uma única digressão, de James, em favor da srta. Thorpe) enquanto alcançavam Pulteney Street. James foi acolhido com uma grande amabilidade pelo sr. e pela sra. Allen, convidado por aquele para jantar e por esta para adivinhar o preço e apreciar os méritos de um novo regalo de peles e de uma peliça. Um compromisso já aceito em Edgard's Buildings o impediu de aceitar a amabilidade de um e o obrigou a se esquivar assim que satisfez a pergunta da outra. A hora da reunião das duas famílias no Salão Octogonal, tendo sido fixada com cuidado, Catherine se entregou inteira e voluptuosamente a *Udolfo*, longe das coisas do mundo — a toalete, o jantar. Ela era desde então incapaz de acalmar os temores da sra. Allen a respeito da demora de uma costureira ou mesmo de usufruir, um minuto que fosse, da felicidade de já estar comprometida para a noite.

VIII

Apesar de *Udolfo* e da costureira, os Allen e Catherine chegaram a tempo aos Upper Rooms. Os Thorpe e James Morland já estavam lá havia dois minutos. Isabella se precipitou em direção à sua amiga com uma pressa exultante. Depois de ter, como de hábito, elogiado o seu vestido e invejado as ondas do seu penteado, tomou-a pelo braço. Assim, precedidas por seus acompanhantes, entraram na sala de baile, cochichando entre elas quando lhes vinha uma ideia, substituindo as ideias por um aperto de mão ou um amável sorriso.

Alguns minutos após se terem sentado, a dança começou. Isabella e James estavam muito impacientes em tomar parte nela. Mas John fora falar com um de seus amigos na sala de jogos, e Isabella declarou:

— Por nada deste mundo eu me levantaria sem sua querida irmã, pois ficaríamos certamente separadas por toda a noite.

Catherine acolheu com gratidão essa gentileza e permaneceu sentada três minutos ainda. De repente Isabella, que falara à parte com James, voltou-se e, em voz baixa, disse:

— Minha querida amiga, é preciso que a deixe. Seu irmão está tão impaciente em dançar! Sei que você não quer isso. Estou certa de que John estará de volta em um instante, e que você me reencontrará sem esforço.

Catherine, um pouco decepcionada, era bastante boa para nada objetar. James e Isabella já se levantavam. Esta apertou a mão de Catherine e com um "até a vista, meu amor", desapareceu com o seu par. As outras moças Thorpe dançavam também, e Catherine foi deixada ao sabor da sra. Thorpe e da sra. Allen. Ela não podia deixar de sentir-se vexada com a ausência prolongada do sr. Thorpe, pois não somente estava louca para dançar, mas ainda porque, a dignidade real de sua situação sendo ignorada, ela sofria, com vintenas de outras moças, o descrédito que há em ficar sentadas, sem um par. Ser indevidamente desgraçada aos olhos de todos, suportar uma humilhação imerecida, ser vítima de um erro de outrem são desventuras clássicas da heroína, e suportá-las com coragem revela a nobreza de um caráter. Catherine tinha coragem. Ela sofria, mas nenhum murmúrio escapava de seus lábios.

Ao cabo de cinco minutos, sua humilhação cedeu a um sentimento mais agradável. Catherine via a alguns passos não o sr. Thorpe, mas o sr. Tilney. Ele parecia dirigir-se em sua direção, mas sem a ver. O sorriso e o rubor que esta reaparição repentina provocou em Catherine se dissiparam antes de poder empanar o estoicismo de sua atitude. Ele estava mais elegante e cortês do que nunca, e conversava com uma bela mulher jovem e atraente que se apoiava em seu braço e que Catherine presumiu ser sua irmã. Ela repelia, assim, uma boa ocasião de o crer casado e, assim, perdido para ela. Guiada apenas pelo que era simples e provável, ela não pensara jamais que o sr. Tilney pudesse ser casado. Suas maneiras de agir e de dizer não eram as das pessoas casadas que ela conhecera: ele nunca falara de sua mulher e falara de uma irmã. Disso resultava que essa jovem pessoa era sua irmã. Também, em lugar de empalidecer mortalmente e de ter uma crise de nervos, Catherine ficou bem-comportada, em perfeita posse de seus sentidos, com as faces um pouco mais rosadas que ordinariamente.

O sr. Tilney e sua companheira, que se aproximavam lentamente, eram precedidos por uma dama de seu conhecimento. Essa dama reconheceu a sra. Thorpe e deteve-se para lhe falar. Eles se detiveram também e Catherine leu nos olhos do sr. Tilney o prazer que sentia em revê-la. Ela lhe confiou seu sorriso com alegria. Ele estava agora perto de Catherine e da sra. Allen.

— Realmente — disse-lhe esta — sinto-me feliz em vê-lo. Estava com medo de que tivesse deixado Bath.

Ele lhe agradeceu esses cuidados e disse que estivera ausente por uma semana. Partira no dia seguinte àquele em que tivera o prazer de a encontrar.

— E, senhor, ouso dizer que não está aborrecido de ter voltado, pois Bath é um encantador lugar para a juventude e, em verdade, para todo mundo. Eu dizia ao sr. Allen (ele temia aborrecer-se) que estava certa de que seus temores eram vãos. É uma estada tão agradável! E mais vale estar aqui que em casa, nesta insípida época do ano. Disse-lhe que ele tinha bastante sorte em ter vindo para cá, por causa de sua saúde.

— E eu espero, minha senhora, que o sr. Allen seja forçado a amar Bath e reconhecer que esta estação de águas é muito eficaz para a sua saúde.

— Agradeço-lhe, senhor, não duvido que seja assim. Um de nossos vizinhos, o dr. Skinner, passou uma temporada aqui em Bath, no último inverno, e regressou inteiramente curado.

— Eis o que é muito encorajador.

— Sim, senhor, o dr. Skinner e sua família ficaram aqui três meses. Por isso, tenho dito ao sr. Allen que não tenha pressa em voltar para casa.

Foram interrompidos por uma solicitação da sra. Thorpe à sra. Allen: ela queria dar lugar à sra. Hughes e à srta. Tilney, o que foi feito. O sr. Tilney estava sempre de pé diante deles; ele convidou Catherine para dançar.

Esse convite, sendo tão delicioso, foi bem doloroso para a moça. Esquivando-se, ela exprimiu com tal calor sua tristeza que, se Thorpe, que se reuniu a ela logo em seguida, já estivesse lá, poderia pensar que essa tristeza era demasiadamente viva. O desembaraço com que lhe disse simplesmente "Eu a fiz esperar" não era para reconciliá-lo com a sorte, e sua conversa sobre os cavalos e os cães do amigo que vinha de deixar e sobre uma proposta de troca de *terriers* a interessava muito pouco: ela olhava para o ponto da sala em que deixara o sr. Tilney. Não via sua querida Isabella, a quem desejava particularmente mostrá-lo. Ela estava separada de todo o seu grupo, longe de todas as pessoas conhecidas. Uma mortificação sucedia-se a uma outra. E, de tudo isso, ela deduziu esta moralidade: ser convidada antecipadamente para um baile não aumenta necessariamente a felicidade que se achará nele. Ela foi tirada dessas especulações pela pressão de uma mão sobre seu ombro. A sra. Hughes, a srta. Tilney e um senhor, que os acompanhava, estavam diante dela.

— Eu lhe peço perdão pela liberdade que tomo, srta. Morland — disse a dama —, mas não consigo encontrar a srta. Thorpe, e a sra. Thorpe me disse que concordaria em que eu deixasse a srta. Tilney em sua companhia.

A srta. Tilney recebeu a mais gentil acolhida e exprimiu seus agradecimentos por tanta bondade. Catherine, com a verdadeira delicadeza de uma alma generosa, não dispensava nenhuma atenção a seus favores. A sra. Hughes, satisfeita de se ter descartado da moça confiada a seus cuidados, foi juntar-se à sra. Thorpe.

A srta. Tilney tinha um porte gracioso, um rosto bonito e, em sua atitude, sem ter o desembaraço da srta. Thorpe, possuía mais elegância. Seus modos não eram tímidos nem de uma franqueza afetada. Ela sabia ser jovem e atraente sem forçar a atenção unânime, e os miúdos incidentes de um baile se podiam suceder sem que ela manifestasse exageradamente sua alegria ou descontentamento.

Catherine, seduzida ao mesmo tempo pela sua aparência e por sua qualidade de irmã do sr. Tilney, falou sem hesitar cada vez em que achou alguma coisa para dizer. Mas o obstáculo que era à sua conversa a penúria dos motivos as impediu de ir além dos primeiros rudimentos da amizade: gostavam de Bath? Admiravam seus monumentos, suas cercanias? Dançavam, cultivavam música, cantavam? Andavam a cavalo?

De repente Catherine sentiu seu braço amigavelmente agarrado por sua fiel Isabella, que, ardentemente, exclamou:

— Até que enfim a encontro! Querida de minha alma, passei uma hora procurando-a. Por que motivo veio para este lado quando sabia que eu estava lá? Longe de você, eu me sentia inteiramente infeliz.

— Minha querida Isabella, como me seria possível juntar-me a você? Eu ignorava onde estava.

— É o que durante todo o tempo disse a seu irmão. Mas ele não quis me acreditar. "Venha e faça tudo para encontrá-la, sr. Morland", disse-lhe. Em vão. Ele não queria mover um polegar. Não é verdade, sr. Morland? Os senhores, homens, são tão desoladamente preguiçosos! Ralhei com ele, minha querida Catherine, a um ponto que a espantaria. Você sabe, eu não faço como esses rapazes.

— Olhe essa moça que tem pérolas brancas nos cabelos — sussurrou Catherine, separando o braço de sua amiga do de James. — É a irmã de sr. Tilney.

— Oh, céus! Não me diga! Deixe que a veja... Que moça encantadora! Nunca vi uma beleza assim! Mas onde o conquistador de seu irmão está? Na sala? Se está lá, mostre-me imediatamente. Estou louca para vê-lo. Sr. Morland, não escute. Não estamos falando do senhor.

— Mas por que motivo todos esses cochichos? O que está acontecendo?

— Ora! Eu estava certa disso. Os homens têm uma curiosidade tão inquieta! Falam da curiosidade das mulheres! Realmente, não é nada. Fique tranquilo: não saberá absolutamente de nada.

— Eu, ficar tranquilo? Acredita?

— Não tem suas compensações? Que lhe importa o que dizemos? Talvez falássemos de si. Eu o aconselho, então, a não escutar. Poderia ouvir coisas pouco lisonjeiras.

Sob esse fluxo de lugares-comuns que durou algum tempo, o motivo inicial de sua conversação parecia completamente submerso. Assim Catherine não pôde reprimir uma ligeira dúvida no tocante ao veemente desejo de Isabella de ver o sr. Tilney.

Quando a orquestra começou de novo a tocar, James quis tirar sua bela parceira. Ela resistiu:

— Eu lhe repito, sr. Morland: não, por nada deste mundo. Como pode contrariar-me assim? Imagine, minha querida Catherine, o que quer seu irmão! Quer que eu dance outra vez com ele. Digo-lhe que seria uma coisa inconveniente e inteiramente contra as regras. Enfim, se não trocamos de pares, Bath, em peso, dará com a língua nos dentes.

— Sob minha palavra — disse James —, não há regras para isso nas reuniões deste gênero.

— Que besteira! Como pode falar assim? Quando os senhores homens querem atingir seus fins, nada os detém. Minha doce Catherine, ajude-me. Convença seu irmão de que é de todo impossível. Diga-lhe que a chocaria ver-me fazer semelhante coisa. E isso não a chocaria?

— Absolutamente não. Mas se você acha que não lhe convém, mude de par.

— Veja! — exclamou Isabella. — Você ouviu o que disse sua irmã! E entretanto você não cede. Bem. Se inquietarmos todas as velhas damas de Bath, não será por culpa minha. Venha, minha querida Catherine, pelo amor do céu, e não me deixe.

Voltaram para seus lugares.

Entretanto, John Thorpe partira, e Catherine, desejando dar ao sr. Tilney a chance de renovar a agradável busca que a encantara a primeira vez, juntou-se no mesmo instante à sra. Thorpe, na esperança de encontrá-lo ainda junto a elas, esperança que julgou bem desrazoável quando viu que era inútil.

— Então, minha querida — disse a sra. Thorpe, impaciente de a escutar louvar seu filho —, penso que teve um agradável par.

— Muito agradável, minha senhora.

— Estimo muito isso. John possui uma alegria encantadora, não é?

— Encontrou o sr. Tilney, minha querida? — perguntou a sra. Allen.

— Não. Onde está ele?

— O sr. Tilney estava conosco não faz um momento. Estava tão cansado de não fazer nada que ia dançar um pouco. Talvez a tivesse convidado, se a tivesse visto.

— Onde poderá estar? — perguntou Catherine, procurando com os olhos.

Não precisou procurar muito tempo. Viu-o dando o braço a uma jovem.

— Ah! Ele tem um par. Gostaria muito se a convidasse — disse a sra. Allen. E, depois de um curto silêncio, acrescentou: — É um rapaz muito encantador.

— Realmente, sim, sra. Allen — disse a sra. Thorpe, sorrindo com condescendência. — Sou suspeita por ser sua mãe, mas devo confessar que não há no mundo rapaz mais encantador.

Uma declaração tão intempestiva embaraçaria muitas pessoas, mas não à sra. Allen, porque, após um momento de meditação, ela disse muito baixo a Catherine:

— Creio que ela pensa que eu falava de seu filho.

Catherine estava desapontada e vexada. Faltara tão pouco para seu desejo realizar-se! Essa falta de sorte não a predispunha a fazer uma resposta graciosa a John Thorpe, que, finalmente de volta, lhe dizia:

— Então! Srta. Morland, suponho que vamos novamente nos saracotear juntos.

— Oh, não! Eu lhe agradeço. Além do mais, estou cansada. Certamente não dançarei mais esta noite.

— Não dançará mais? Então, vamos passear e zombar das pessoas. Venha. Eu lhe mostrarei os quatro piores farsantes que existem por aqui: minhas duas irmãs mais novas e seus pares. Zombei deles em toda esta meia hora.

Catherine se escusou ainda e, por fim, ele foi sozinho zombar de suas irmãs.

Ela achou o resto da noite muito enfadonho. À hora do chá, o sr. Tilney permaneceu com o seu par. A srta. Tilney, que fazia parte do grupo de Catherine, não estava sentada perto dela. Uma terna conversação isolava James e Isabella. Esta não pôde conceder à sua amiga senão um sorriso, um aperto no braço e um único “minha muito querida Catherine”.

IX

A infelicidade de Catherine continuou progredindo desde os acontecimentos da noite. Primeiro, enquanto permaneceu no salão de baile, as pessoas que a cercavam lhe deram uma grande sensação de mal-estar, logo convertida em cansaço e em um ardente desejo de voltar para casa.

Esses sentimentos, com sua chegada a Pulteney Street, converteram-se em uma fome devoradora e, quando a fome foi acalmada, em um forte desejo de ir para a cama. Foi o ponto extremo de sua angústia, porque, uma vez deitada, mergulhou em um sono profundo que durou nove horas e do qual despertou perfeitamente disposta, com frescas esperanças e novos projetos.

O primeiro desejo de seu coração foi travar mais amplo conhecimento com a srta. Tilney, e seu primeiro projeto foi procurá-la com essa intenção em Pump-Room, naquele dia mesmo. Onde reencontrar, senão em Pump-Room, uma pessoa que estava em Bath há tão pouco tempo? Pump-Room, tão admiravelmente propícia às confidências e onde ela já descobrira a perfeição feminina nos traços da srta. Thorpe, seria, podia esperar, o lugar entre todos favorável à eclosão de uma nova amizade.

Traçado o seu plano da manhã, após a primeira refeição ela agarrou o *Udolfo* e sentou-se, decidida a dedicar-se inteiramente à sua leitura, até que o pêndulo marcasse uma hora. Entretanto, e sem que Catherine fosse importunada com isso (pois já estava habituada), frases desordenadas fluíam da sra. Allen. Ela nunca falava muito, por incapacidade de pensar, e pela mesma razão nunca estava completamente silenciosa. Se perdesse a agulha, partisse a linha, ouvisse o rolar de uma carruagem, ela o dizia, houvesse ou não alguém para a réplica. Ao meio-dia e meia, uma violenta pancada na janela abalou a casa. Ela teve somente tempo de dizer a Catherine que havia à porta duas carruagens descobertas, James Morland e a srta. Thorpe em uma, um criado na outra — e já John Thorpe subia quatro a quatro a escadaria e sua voz ressoava:

— Olá! srta. Morland, eis-me aqui! Será que a fiz esperar muito tempo? Não pudemos vir mais cedo. Um velho segeiro do diabo levou uma eternidade para fazer um conserto, o que de nada adiantou, pois a coisa quebrou de novo antes que dobrássemos a esquina! Como está, sra. Allen? Um grande baile, o da noite de ontem, hein? Vamos, vamos, srta. Morland, apresse-se. Os outros estão furiosamente apressados em partir. Têm pressa em dar cambalhotas.

— Que quer dizer? — perguntou Catherine. — Ir aonde?

— Aonde ir? Eh, esqueceu-se de nosso compromisso? Não ficou estabelecido que a gente passearia esta manhã? Que cabeça, a sua! Vamos para a costa de Claverton.

— Ele me falara nisso — disse Catherine, olhando a sra. Allen para aconselhar-se —, mas realmente eu não o esperava.

— Não me esperava! Eis uma boa! E que barulho não faria se eu não viesse!

O apelo silencioso de Catherine à sua amiga foi em vão. A sra. Allen, que nunca pensara em exprimir alguma coisa por um olhar, era inteiramente incapaz de discernir o que um olhar bem podia significar. (O desejo que Catherine tinha de rever a srta. Tilney foi, nesse momento, contrabalançado pelo seu desejo de ir passear em carruagem, e parecia-lhe que podia sem inconveniente aceitar a companhia do sr. Thorpe, como Isabella aceitara a de James.) Como a sra. Allen guardasse silêncio, Catherine foi obrigada a exprimir-se mais claramente:

— Sra. Allen, que diz disso? Posso deixá-la durante uma hora ou duas? Irei?

— Como lhe agradar, minha querida — respondeu a sra. Allen com a mais plácida indiferença.

Catherine saiu, deixou a sala apressada para mudar de roupa.

Apenas algumas frases em seu louvor tinham sido trocadas (depois de Thorpe ter obtido para seu cabriolé o elogio da sra. Allen) e já Catherine reaparecia. A sra. Allen desejou-lhe um bom passeio. Rapidamente eles desceram a escada.

— Meu coração — exclamou Isabella —, você gastou pelo menos três horas em preparar-se! Eu temia que estivesse doente. Que baile encantador, o de ontem à noite! Tenho mil coisas para dizer-lhe. Mas se apresse em subir à carruagem. Estou louca para alcançar a estrada.

Catherine dirigiu-se para o cabriolé, mas não tão rapidamente que não ouvisse sua amiga, que antes não tivera o cuidado de baixar o tom, dizer a James:

— Que menina encantadora! Estou completamente apaixonada por ela...

— Não se assuste, srta. Morland — disse Thorpe, como se a ajudasse a subir —, se meu cavalo se espantar um pouco antes de partir. Muito provavelmente, ele vai empinar uma ou duas vezes, depois ficará calmo. Mas cedo ele sentirá seu dono. É um bom cavalo, muito alegre, e não tem manhas.

Catherine não achava o retrato muito atraente. Mas era muito tarde para recuar, e ela era muito jovem para se confessar atemorizada. Abandonando-se ao seu destino e à experiência que o animal podia ter de seu dono, ela se sentou, e Thorpe tomou lugar a seu lado.

Tudo estando em ordem, ele disse com uma voz imperiosa ao doméstico que se encontrava à frente do cavalo.

— Faça-o ir!

E eles partiram da maneira mais calma, sem que o cavalo pensasse de maneira alguma em se empinar nem em fazer a mais modesta estrepolia. Catherine se felicitava por ter escapado, e manifestava seu contentamento com uma surpresa reconhecida. Seu companheiro explicou o fenômeno, que era devido à maneira particularmente hábil e judiciosa com que, naquele momento, ele tirara as rédeas e manobrava o chicote. Mas por que, com um tal domínio sobre seu cavalo, acreditava ele poder espantar uma viajante com a relação das astúcias do animal? Sem se demorar em refletir nisso, ela se regozijava em estar sob a proteção de um cocheiro tão perfeito. O animal perseverava em seu comportamento pacífico e não demonstrava nenhum gosto pelas aventuras. Catherine, considerando que esse passo cadenciado significava a rapidez tranquilizadora de dez milhas a hora, gozava com toda segurança o encanto reconfortante do ar fresco num belo e radioso dia de fevereiro.

Após um breve silêncio, Thorpe lhe perguntou bruscamente:

— O velho Allen é tão rico como um judeu, hein?

Catherine não compreendia. Ele repetiu sua pergunta, ajuntando, para elucidá-la:

— Sim, o velho Allen, o homem com quem está.

— Oh! Quer dizer, o sr. Allen... Sim, creio que é muito rico.

— E não tem filhos?

— Não, nem um só.

— Excelente para seus herdeiros próximos! Ele é seu padrinho, não é?

— Meu padrinho? Não.

— Mas está sempre com eles.

— Sim, muito frequentemente.

— Ah! É o que eu queria dizer. Ele parece ser um corajoso homem de bem. Estou certo de que ele soube viver bem a sua vida e divertir-se bastante. E, apesar de sofrer de gota, ainda esvazia uma garrafa por dia?

— Uma garrafa por dia! Mas não! Por que pensa em coisa semelhante? Ele é muito sóbrio. Não vá imaginar que ele estivesse embriagado ontem à noite.

— Que Deus a ajude! As mulheres acreditam sempre que os homens andam ébrios. Oh! Não suponha que uma garrafa seja suficiente para derrubar um homem. Eu afirmo que se cada pessoa bebesse uma garrafa por dia, haveria duas vezes menos doenças. Seria uma coisa formidável para todos!

— Não posso crer...

— Oh, senhor! Não se bebe na Inglaterra a centésima parte do vinho que se deveria beber. Nosso clima de nevoeiro precisa de auxílio.

— Entretanto, ouvi dizer que em Oxford bebe-se muito vinho.

— Oxford! Não se bebe mais em Oxford do que nos outros lugares, eu lhe asseguro. Não há lá um só bebedor. Dificilmente se encontra um homem que vá além de suas quatro pintas... e ainda!... Veja, na última reunião que houve em minha casa, o fato de termos bebido em média quase cinco pintas cada um foi considerado como uma coisa inteiramente extraordinária. É verdade que o *meu* vinho é fora de série e não se encontra facilmente um igual em Oxford. Agora tem uma ideia exata do que se bebe lá.

— Sim, isso me dá uma ideia — disse vivamente Catherine. — A ideia de que todos os senhores bebem muito mais vinho do que eu julgava. Entretanto, estou bem certa de que James não bebe tanto.

Essa certeza provocou uma ruidosa e violenta réplica, na qual nada foi claro, salvo as exclamações abundantes — quase juras — que a ornavam. No fim, Catherine estava mais do que convencida de que se bebia muito vinho em Oxford, mas que, comparando-se aos outros estudantes, seu irmão podia jactar-se de sobriedade.

Todas as ideias de Thorpe se voltaram então para os méritos de seu cavalo. Catherine foi convidada a admirar a destreza do animal e a relação harmoniosa entre os seus passos e arremeços e o balancear do veículo.

Ela procurou segui-lo em seus louvores e admirações. A erudição dele e a sua ignorância, tanta volubilidade ao lado de tanta modéstia, eram de molde a impedir qualquer entendimento. Incapaz de ter uma opinião própria, ela repetia em eco o que proclamava Thorpe. Em última análise, ficou estabelecido que aquela equipagem era, em seu gênero, a mais bela equipagem da Inglaterra. Nenhuma carruagem era tão bem provida. E onde havia melhor trotador que esse cavalo? E ele mesmo, Thorpe, parecia o cocheiro por excelência. Então Catherine, para variar a conversa, arriscou:

— Sr. Thorpe, acha que o cabriolé de James poderá quebrar?

— Quebrar? Oh, Senhor! Diga-me, viu jamais tão miserável conjunto? Não há uma peça da armadura que esteja em bom estado! As rodas, pelo menos há dez anos que rodam. E, quanto à caixa, pela minha alma! Bastará tocar nela para que vire migalhas. É a coisa mais detestável e raquítica que já vi! Agradeço a Deus, nosso cabriolé é melhor! Eu não queria, nem por cinquenta mil libras, ser condenado a rolar, dentro dele, o espaço de duas milhas.

— Oh! Meu Deus! — exclamou Catherine, realmente espantada. — Então, eu lhe peço, voltemos! Se formos mais longe, acontecer-lhe-á certamente uma desgraça. Voltemos, sr. Thorpe! Pare e fale a meu irmão, diga-lhe do perigo!

— O perigo? Oh, senhor, que perigo? Se a carruagem se quebra, muito bem! Eles simplesmente se levantarão do chão. Há muita lama... Excelente para se cair! Ah, maldição! A carruagem é bastante boa para quem sabe conduzir. Uma coisa dessa espécie, em mãos seguras, rolaria ainda vinte anos, antes de ficar fora de uso. Deus a proteja! Por cinco libras, eu a conduzirei a York e tornarei a trazê-la, sem perder um prego.

Catherine escutava espantada. Ela não podia conciliar opiniões tão contraditórias. Não tinha crescido em uma atmosfera de tagarelices, e não sabia a que asserções ociosas e a que impudentes mentiras leva o excesso de vaidade. Toda a sua família se compunha de pessoas positivas, que raramente faziam brincadeiras. Quando muito, seu pai aventurava um trocadilho, e sua mãe, um provérbio. Nenhum Morland tinha o hábito de mentir para aumentar sua importância nem de afirmar uma coisa para contradizer-se em seguida.

Durante algum tempo, ela refletiu, perplexa, sobre o que lhe dissera seu companheiro. E mais de uma vez ficou a ponto de reclamar do sr. Thorpe uma expressão mais clara de sua verdadeira opinião sobre o caso. Conteve-se: parecia-lhe que o sr. Thorpe não se sobressaía em tornar claras as coisas ambíguas. Quanto ao mais, suporia que sua irmã e seu amigo se expunham a um perigo de que ele podia facilmente preservá-los? Concluiu, então, que ele devia saber que a carruagem estava perfeitamente segura, e então cessou de se alarmar.

Ele mesmo parecera ter esquecido tudo, e sua conversação, ou antes, seu palavrório, não teve, então, mais outro assunto senão sua pessoa e afazeres. Falou de cavalos que comprara por uma bagatela e vendera por somas incríveis; de corridas, em que prognosticara, com um julgamento firme, o vencedor; de partidas de caça em que abatera (mesmo sem ter muita sorte) mais aves e pássaros que todos os seus companheiros juntos; e descreveu famosos dias de caça à raposa em que sua habilidade em dirigir os cães e sua perspicácia tinham reparado os erros dos caçadores mais experimentados. A cavalo, sua temeridade o lançara em muitos perigos. Ele sempre ficara a salvo, lá onde todos os outros quebrariam os pescoços.

Embora não estivesse habituada a julgar por si mesma e fossem muito vagas as suas noções sobre a qualidade dos homens, Catherine, enquanto recolhia essas tagarelices exaustivas, sentia nascer em si uma dúvida: o sr. Thorpe era realmente tão agradável como se dizia? Dúvida audaciosa: porque esse rapaz era o irmão de Isabella, e James lhe assegurara que suas maneiras eram para agradar a todas as mulheres. Apesar dessa garantia, ela não tardara em experimentar, na companhia do sr. Thorpe, um cansaço que foi crescendo até seu regresso a Pulteney Street, um enfado que a induzia, embora de forma moderada, a resistir a tamanha autoridade e a desconfiar da capacidade universal que tinha o sr. Thorpe em proporcionar prazeres.

À porta dos Allen, Isabella exprimiu seu espanto em ser tão tarde para entrar com sua amiga. "São mais de três horas!" Era inconcebível, incrível, impossível. Ela não quis acreditar nem em seu próprio relógio, nem no de seu irmão, nem nos dos criados.

Todas as evidências malograram diante de seu ceticismo, quando finalmente Morland tirou seu relógio e promulgou a hora. Desde então, a menor dúvida seria igualmente inconcebível, incrível e impossível. Mas Isabella se admirou ainda e mais uma vez que duas horas e meia tivessem passado tão depressa. Catherine foi invocada em testemunho. Catherine não podia mentir, mesmo para agradar a Isabella. Quanto ao mais, esta se furtava à tristeza de ouvir a voz discordante de sua amiga: ela não escutou sua resposta. Seus próprios sentimentos absorviam-na toda. Ela sofria por estar obrigada a voltar diretamente para casa; havia séculos que não podia conversar um instante com sua querida Catherine, e tinha mil coisas a dizer--lhe... Parecia-lhe que elas não deviam mais se rever. Assim, com um sorriso de infinita tristeza, disse adeus à amiga.

A sra. Allen, após suas costumeiras horas de ociosidade laboriosa, acabava de entrar. Catherine foi acolhida com um "Então, minha querida, já esta aqui" — verdade que ela não podia contestar.

— Espero que tenha feito um passeio agradável.

— Sim, senhora, obrigada, não podia haver tempo mais belo.

— A sra. Thorpe me disse isso mesmo. Ela estava muito satisfeita em saber que todos estavam passeando.

— Viu a sra. Thorpe?

— Sim, fui a Pump-Room após sua partida. Encontrei-a lá e conversamos muito. Ela disse que muito dificilmente se podia, esta manhã, encontrar carne no mercado. Está extraordinariamente escassa.

— Viu outras pessoas conhecidas?

— Sim, demos uma volta pelo Crescent, onde encontramos a sra. Hughes em companhia do sr. e da srta. Tilney.

— Ah, mesmo? Eles lhe falaram?

— Sim, passeamos juntos no Crescent durante uma hora e meia. Eles têm um ar muito gentil. A srta. Tilney trajava um vestido de musselina de bolinhas muito bonito. Pelo que pude ouvir, ela se veste sempre elegantemente. A sra. Hughes me falou muito da família Tilney.

— E que lhe disse?

— Oh! Muitas coisas. Ela não me falou de outra coisa.

— Disse-lhe de que parte de Gloucestershire eles são?

— Sim, mas não me lembro mais disso. São pessoas boas e muito ricas. A sra. Tilney é da família Drummond. A sra. Hughes foi sua companheira de classe. A srta. Drummond tinha uma grande fortuna e, quando se casou, seu pai lhe deu vinte mil libras, mais quinhentas para comprar seu enxoval de noiva. A sra. Hughes viu todas as peças quando elas chegaram da loja.

— E o sr. e a sra. Tilney estão em Bath?

— Sim, creio que estão aqui, mas não estou totalmente certa disso. Entretanto, creio lembrar-me de que ambos morreram, pelo menos sua mãe. Sim, estou certa de que a mãe morreu, porque a sra. Hughes me disse que o sr. Drummond deu à sua filha, quando ela se casou, um adereço de pérolas muito bonito e a srta. Tilney usa-o agora, pois passou a pertencer-lhe após a morte de sua mãe.

— E o sr. Tilney é o único filho homem?

— Eu não saberia precisar isso, minha querida. Creio vagamente que sim. Mas, o que quer que seja, é um rapaz perfeito, acha a sra. Hughes, e que irá longe.

Catherine não fez outras perguntas. Ela escutara muito para compreender que a sra. Allen era incapaz de dar uma informação geral, e se sentia particularmente infeliz por ter faltado a um encontro com o irmão e a irmã. Se tivesse previsto a possibilidade de um encontro, nada a teria feito decidir partir com os Thorpe. Nesse estado de coisas, ela só podia lamentar sua falta de sorte e sonhar com o que perdera, tanto que por fim viu claramente que o passeio não fora de maneira alguma agradável, e John Thorpe era uma pessoa muito desagradável.

X

À tarde, os Allen, os Thorpe e os Morland se encontraram no teatro. Catherine e Isabella ficaram uma ao lado da outra. Isabella ia finalmente contar-lhe as mil coisas que tinha a dizer-lhe desde o tão longínquo encontro anterior.

— Oh, Deus do céu! Minha bem-amada Catherine, é você enfim? — Foi sua pergunta, enquanto Catherine entrava no camarote e sentava-se perto dela. — Agora, sr. Morland — este era seu vizinho —, não lhe direi uma só palavra em toda a noite, advirto-o. Minha doce Catherine, como passou todo esse tempo? Mas não há necessidade de lhe perguntar isso, você está com uma fisionomia encantadora. Você se penteou em um estilo mais divino que nunca. Infeliz criatura, quer então cativar todo mundo? Asseguro-lhe que meu irmão já está apaixonado por você. E, quanto ao sr. Tilney (mas é uma coisa notória), mesmo sua modéstia não pode mais duvidar de seu amor. Sua volta a Bath é bastante eloquente a esse respeito. Oh! O que não daria para vê-lo! Eu me sinto com uma furiosa impaciência. Minha mãe diz que é o rapaz mais simpático que há no mundo. Ela o viu esta manhã, você sabe. É preciso que você me apresente a ele. Ele está aqui? Olhe bem, pelo amor de Deus! Asseguro-lhe, não viverei enquanto não o tiver visto.

— Não — respondeu Catherine —, não está aqui. Não o vejo em lugar nenhum.

— Oh, é terrível! Será que vou mesmo conhecê-lo? Gosta de meu vestido? Não creio que esteja mal. As mangas são de minha invenção. Sabe de uma coisa? Estou infinitamente cansada de estar em Bath! Seu irmão e eu concordamos, esta manhã, em que se bem nos sintamos bastante bem aqui em uma temporada de algumas semanas, não quereríamos viver aqui nem que nos dessem milhões. Cedo reconhecemos que nossos gostos eram exatamente os mesmos. Preferíamos uma temporada no campo a qualquer outra. Nossas opiniões eram tão exatamente semelhantes que chegava a ser ridículo. Não diferíamos em nenhum ponto. Por nada no mundo, não quereria que você estivesse então conosco. Você é uma criatura tão astuciosa que teria feito, estou certa disso, observações zombeteiras.

— Não, realmente, eu não teria feito isso.

— Oh, sim! Você teria feito isso. Eu a conheço melhor do que você me conhece. Você diria que parecíamos nascidos um para o outro, ou qualquer loucura dessa espécie, o que me teria perturbado bastante. As minhas faces se tornariam vermelhas como suas rosas. Por nada deste mundo eu teria gostado de que você estivesse lá.

— Realmente, você é injusta. Eu não faria uma observação tão inconveniente. E, além de tudo, estou certa de que não teria a menor ideia disso.

Isabella sorriu com um ar incrédulo, e, durante o resto da noite, ficou conversando com James.

Na manhã do dia seguinte, Catherine continuava decidida a empregar seus maiores esforços em reencontrar a srta. Tilney; e, até a hora habitual de ir a Pump-Room, ela viveu no temor de um contratempo. Mas isso não aconteceu. Nenhum visitante veio retardar a partida e todos os três entraram em Pump-Room na hora normal. O sr. Allen, após ter bebido seu copo d'água da Fonte, reuniu-se a alguns senhores. Falaram da política do dia e compararam as informações de seus jornais. As damas circulavam, observando cada rosto novo e cada novo chapéu. A parte feminina da família Thorpe, esperada por James Morland, apareceu na multidão ao cabo de um quarto de hora, e Catherine tomou imediatamente seu lugar costumeiro ao lado da amiga. James, que agora estava sempre alerta, manteve a posição habitual, e, estando separados do grupo, eles ficaram assim, até que Catherine começasse a pôr em dúvida as vantagens dessa posição que, associando-a inteiramente à sua amiga e ao seu irmão, lhe valia uma parte tão fraca da atenção de um e de outro. Eles estavam sempre empenhados em alguma discussão sentimental ou em alguma agradável querela; mas não falavam, cochichavam ou riam. E, embora sua opinião fosse frequentemente invocada por um ou por outro, Catherine não podia dar nenhuma, pois não ouvia uma só palavra do assunto. Por fim, ela teve de deixar sua amiga, pois queria de qualquer modo falar com a srta. Tilney, que entrava com a sra. Hughes e a quem ela logo se juntou. A srta. Tilney a acolheu graciosamente, cheia de amabilidades, e elas continuaram a conversar durante o longo tempo em que seus grupos permaneceram na sala. É provável não terem feito nenhuma observação ou empregado nenhuma expressão que já não tivesse sido feita e empregada milhares de vezes em cada temporada em Bath; contudo, marcadas de simplicidade, de sinceridade e de verdadeira cordialidade, suas palavras deviam ser alguma coisa de muito pouco comum.

— Como seu irmão dança bem! — foi, no fim dessa conversação, a exclamação ingênua de Catherine, que surpreendeu logo à primeira vista e divertiu a sua interlocutora.

— Henry? — respondeu ela com um sorriso. — Sim, dança muito bem.

— Ele deve ter achado estranho, outro dia, porque lhe disse que estava comprometida, enquanto ele me via sentada. Mas realmente estava comprometida, desde a manhã, com o sr. Thorpe.

A srta. Tilney se inclinou.

— Pode imaginar — acrescentou Catherine após um momento de silêncio — como fiquei surpresa em revê-lo. Eu que estava tão certa de que ele partira!

— Quando Henry teve o prazer de encontrá-la pela primeira vez, não estava em Bath senão por um par de dias. Viera aqui para nos alugar uma casa.

— Eu não teria adivinhado isso nunca. E, naturalmente, não o vendo em nenhuma parte, julguei-o longe. Não era a srta. Smith, a jovem que dançava com ele, segunda-feira?

— Sim, uma moça conhecida da sra. Hughes.

— Ela parecia muito feliz em dançar. Acha-a bonita?

— Não muito bonita.

— Ele não vem nunca a Pump-Room, não é?

— Sim, algumas vezes, mas saiu a cavalo, esta manhã, com papai.

A sra. Hughes veio ter com elas, então, e perguntou à srta. Tilney se estava pronta para partir.

— Espero ter o prazer de revê-la em breve — disse Catherine. — Estará no baile de amanhã?

— Talvez... Sim, estaremos lá certamente.

— Alegro-me por isso, todos nós estaremos lá.

Elas se separaram, a srta. Tilney com alguns dados sobre os sentimentos de sua nova amiga, e Catherine sem a menor consciência de lhe ter fornecido-os.

Ela voltou para casa muito feliz. A tarde correspondera a todas as suas esperanças. A noite do dia seguinte era agora o alvo de sua espera. Que vestido e que penteado usaria, eis o que se tomava o seu principal cuidado. A toalete é sempre coisa frívola e, concedendo-se-lhe muita solicitude, toma-se muitas vezes um caminho errado. Catherine sabia disso muito bem — sua tia-avó lhe dedicara, a esse respeito, uma leitura no último Natal. Contudo, uma vez na cama, ela ficou ainda acordada durante dez minutos, a deliberar sobre o vestido que usaria. Musselina estampada ou musselina bordada? A falta de tempo a impedia de comprar um vestido novo para aquela noite. Era um erro de julgamento, considerável ainda que nada raro, e contra o qual uma pessoa de outro sexo, mais depressa que uma pessoa de seu sexo, e um irmão mais depressa que uma tia-avó, poderia prevenir, pois só um homem pode saber quanto um homem é indiferente aos encantos de um vestido novo. Seria mortificar muitas e muitas damas ensinar-lhes — mas elas o entenderiam? — como o coração de um homem é pouco sensível ao que haverá de custoso ou de novo em seus objetos de uso, como é cego à tessitura de um tecido esse coração, e como é incapaz de optar, com conhecimento de causa, entre uma certa qualidade de musselina, a cambraia de linho, o nanzuque e o organdi, mesmo bordado? Uma mulher é elegante para sua única satisfação. Nenhum homem a admirará mais por isso, nenhuma mulher gostará mais dela por isso. Mas nenhuma dessas graves reflexões perturbava Catherine.

Ela entrou no salão de baile, quinta-feira à noite, com sentimentos bem diferentes daqueles que tivera na segunda-feira. Ela, que ficara então muito satisfeita em ser convidada por Thorpe, agora estava sobretudo cuidadosa em escapar à sua vista, temendo que ele a convidasse novamente. E, se bem não ousasse esperar que, pela terceira vez, o sr. Tilney a convidasse para dançar, seus desejos, esperanças e planos não se inclinavam para nenhum outro. Nesse momento crítico, toda mulher pode sentir minha heroína, pois toda mulher conheceu essas agitações. Todas estiveram ou, pelo menos, acreditaram estar expostas à perseguição de um desagradável importuno; todas ficaram ansiosas pelas atenções de alguém a quem desejariam agradar. Desde que os Thorpe entraram, a aflição começou. Catherine mudava de lugar quando John Thorpe se aproximava dela, furtava-se à sua vista o mais possível, e, se ele lhe falava, fingia não o escutar. O cotilhão acabara, iniciava-se a contradança, e nenhum traço dos Tilney.

— Não se inquiete, minha querida Catherine — cochichou Isabella. — Decididamente vou ainda dançar com seu irmão. Sei que isso é inteiramente inconveniente. Eu lhe disse que ele deveria ter vergonha, mas você e John nos farão companhia. Apresse-se, querida criatura, em juntar-se a nós... John acaba de sair, mas voltará em um instante.

Catherine não teve nem tempo nem desejo de responder. Eles se afastaram. John Thorpe estava chegando, e ela já se sentia sua presa. Para não parecer vê-lo ou esperá-lo, escondia obstinadamente os olhos atrás do leque. Esperar reencontrar os Tilney nessa multidão, e antes da volta de John Thorpe, era loucura, dizia-se a si própria, e, como pronunciasse assim sua condenação, subitamente ela escutou a própria voz do sr. Tilney, que a convidava para dançar. Com os olhos brilhantes, ela se levantou e, alegre, se afastou pelo seu braço. Escapar tão oportunamente de John Thorpe e ser tão cedo convidada para dançar pelo sr. Tilney — como se ele a tivesse procurado — não parecia a Catherine que a vida pudesse conter felicidade maior.

Porém, mal tinham encontrado um lugar, sua atenção foi despertada por John Thorpe, que se encontrava atrás dela:

— Como então, como então! Srta. Morland — dizia ele —, que é que isso significa? Eu pensava que devíamos dançar um com o outro.

— Espanta-me que tenha pensado nisso, se não me convidou.

— Essa é boa, por Júpiter! Eu a convidei desde a minha chegada, e ia justamente convidá-la de novo, mas não estava mais lá. Uma boa peça me pregou! Eu vim para dançar com *você*, e creio que estava comprometida comigo desde segunda-feira. Sim, sim, eu me lembro, convidei-a enquanto esperava sua capa no vestíbulo. Anunciei a todos os meus amigos que ia dançar com a moça mais bela de Bath. Se eles a veem com um outro, zombarão de mim sem piedade.

— Mas não, mas não; eles não pensarão nunca que eu seja a pessoa que descreveu deste modo.

— Pelos céus! Se eles não pensam assim, eu os jogarei fora daqui a grandes pontapés, como basbaques. Que companheiro é o seu?

Catherine satisfez sua curiosidade.

— Tilney — repetiu ele —, hum! Não o conheço. Bom porte e boas maneiras. Ele tem necessidade de um cavalo? Tenho aqui um amigo, Sam Fletcher, que tem um para vender. Um famoso animal para estrada, e custa somente quarenta guinéus. Tive cinquenta vezes vontade de comprá-lo, pois uma de minhas máximas é: quando encontrar um bom cavalo, compre-o. Mas esse não é o de que necessito. Não serviria para galopar pelos campos. Eu daria o dinheiro por um bom cavalo de caça. Tenho agora três deles, os melhores em que já se montou. Não os cederei por oitocentos guinéus. Fletcher e eu temos a intenção de ocupar uma casa no Leicestershire, na próxima estação de águas. É muito desconfortável viver em estalagem.

Foi a última sentença com que ele logrou fatigar Catherine, pois uma irresistível onda de saias o levou. O sr. Tilney se aproximou:

— Esse senhor — disse-lhe — teria esgotado minha paciência se tivesse demorado meio minuto a mais. Ele não tem o direito de desviar-me do meu par. Fizemos um contrato de amabilidade recíproca para uma noite, e a amabilidade de cada um de nós pertence ao outro em todo esse tempo. Ninguém pode forçar a atenção de um sem atentar contra os direitos do outro. Eu considero a contradança como o emblema do casamento. Em ambos, srta. Morland, a fidelidade e a afeição são os deveres principais, e as pessoas que não estão dispostas nem a dançar nem a se casar nada têm a fazer com os pares ou as esposas de seus vizinhos.

— São coisas tão diferentes...

—... não acredita que elas possam ser comparadas?

— Acredito-o. Mas as pessoas que se casam nunca devem separar-se. Aqueles que dançam ficam um diante do outro em uma grande sala durante meia hora.

— E tal é a sua definição do casamento e da dança! Sob esse prisma, sua semelhança não é certamente grande. Mas faço questão de mostrar-lhe que ela existe. Concorde comigo que, em ambos os casos, o homem tem a faculdade de escolher, e a mulher somente a de recusar. Nos dois casos, há entre o homem e a mulher um compromisso estabelecido para a vantagem de cada um. Uma vez concluído esse compromisso, eles pertencem exclusivamente um ao outro, até o fim. É a obrigação de cada um não dar a seu par nenhum motivo de queixa. Também é do interesse de cada um não dar atenção aos estranhos ou imaginar que com eles a vida teria sido mais bela. Concorda comigo em tudo isso?

— Sim, e tudo isso é belo e bom. Entretanto, são coisas bem diferentes. Não posso vê-las sob o mesmo ângulo nem crer que elas comportem os mesmos deveres.

— De certo modo, há, efetivamente, uma diferença. No casamento, supõe-se que o homem ocorra às necessidades da mulher, e a mulher torne a casa agradável a seu marido. Ele sustenta a casa, e ela sorri. Na dança, essas obrigações são exatamente inversas. A ele competem as graciosidades e as gentilezas, enquanto ela entra com o leque e o perfume. Era, imagino, a diferença de obrigações que a leva a achar impossível uma comparação.

— Não, realmente, eu não penso nisso.

— Então, não compreendo. Desejo fazer ainda uma observação. Essa disposição de seu espírito é para mim alarmante. Nega toda analogia nas obrigações. Posso deduzir disso que suas noções dos deveres de uma pessoa que dança não são tão precisas como seu par poderia desejar. Não tenho razão de temer que se o cavalheiro que lhe falava antes voltasse aqui, ou se algum outro cavalheiro viesse ao seu encontro, nada a dissuadiria de interromper a conversa com ele?

— O sr. Thorpe é um amigo íntimo de meu irmão. Se ele me fala, devo dar-lhe atenção. Mas, além dele, há apenas três rapazes na sala que eu conheço.

— E é esta, pois, a minha única garantia?

— Mas... não poderia dar-lhe uma melhor. Isso porque, se não conheço as pessoas, não lhes falarei. Quanto ao mais, não desejo falar com ninguém.

— Acaba de me dar uma prova de confiança, e eu posso continuar. Acha Bath tão agradável como no tempo em que tive a honra de perguntar-lhe sobre isso?

— Sim, certamente, e mais ainda. Realmente.

— Mais ainda! Tome cuidado, ou se esquecerá de cansar-se desta temporada no tempo conveniente. Deve fatigar-se dela no fim de seis semanas.

— Não penso que me possa cansar, uma vez que ficarei aqui seis meses.

— Bath, em comparação com Londres, é fastidiosa, e cada pessoa faz essa descoberta todos os anos. Para seis semanas, concordo em que Bath seja muito agradável. Mas, passado esse tempo, é o lugar mais enfadonho do mundo. Ouvirá dizer isso pelas pessoas de todas as classes, que vêm regularmente aqui todos os invernos, prolongam suas seis semanas em dez ou 12 e finalmente vão embora porque não conseguem ficar mais tempo.

— Bem, é preciso então julgar por si mesmo, e as pessoas que conhecem Londres podem desdenhar Bath. Mas eu, que moro numa pequena aldeia perdida no campo, não posso verdadeiramente achar Bath menos divertida que minha aldeia. Há aqui uma variedade de distrações, uma variedade de coisas para ver e fazer...

— Gosta muito do campo?

— Sim, muito. Vivi sempre lá e lá tenho sempre sido feliz. Mas certamente há mais monotonia na vida campestre que em Bath. Um dia no campo é semelhante ao dia seguinte e a todos os outros.

— Mas emprega seu tempo de uma maneira mais razoável, no campo.

— Crê?

— Não acredita?

— Não creio que haja grande diferença.

— Aqui está em busca de divertimentos durante o dia inteiro.

— E do mesmo modo no campo, mas lá achamos menos distrações. Aqui eu passeio, e o mesmo faço lá. Aqui, pelo menos, vejo as ruas cheias de gente, e lá não posso ver ninguém, fora a sra. Allen.

O sr. Tilney divertia-se muito.

— Não ver ninguém senão a sra. Allen! — repetia. — Que quadro de pobreza intelectual! Mas, quando voltar a cair nesse abismo, terá um novo assunto: falará de Bath e de tudo que fez aqui.

— Oh! Sim. Nunca me faltará motivo para conversar com a sra. Allen ou qualquer outra pessoa. Decerto falarei sempre de Bath quando voltar à minha casa. Gosto tanto de Bath! Se estivessem aqui papai e mamãe e o resto da minha família, eu seria muito feliz. A chegada de James, meu irmão mais velho, foi-me muito agradável; e, justamente, ele tinha por amigos íntimos os membros dessa família com a qual estamos ligados. Oh! Quem se cansaria de Bath?

— Não aqueles que trazem aqui esses sentimentos tão saudáveis. Mas pais, mães e irmãos, e amigos íntimos, tudo isso é bem antiquado para a maior parte dos frequentadores de Bath, e interessar-se pelo baile, pelo teatro e pelo espetáculo da vida cotidiana não o é menos.

Aqui terminou sua conversa, de conformidade com as exigências da dança.

Logo após o fim da dança, Catherine se sentiu olhada atentamente por um senhor que se conservava entre os espectadores, imediatamente atrás do sr. Tilney. Era um homem de belo porte e de fisionomia enérgica, na qual a juventude passara, mas não o frescor. Ela viu logo que ele, olhando-a sempre, dizia familiarmente algumas palavras em voz baixa ao sr. Tilney. Confusa por chamar atenção e ruborizada, ela voltou a cabeça. Quando esse senhor se afastou, o sr. Tilney aproximou-se dela:

— Vejo que está inquieta com o que me acaba de ser perguntado. Esse senhor conhece agora seu nome, cabe-lhe o direito de conhecer o dele. É o general Tilney, meu pai.

A resposta de Catherine foi simplesmente: "Oh!", mas foi um "oh!" expressivo. Seguiu com os olhos o general que circulava através da multidão. "Que bela família!", pensou.

Conversando com a srta. Tilney um instante depois, sentiu renascer nela uma nova fonte de felicidade. Ela nunca fizera uma excursão ao campo após sua chegada a Bath. Muitas vezes a srta. Tilney falava dos arredores, o que tornava Catherine ainda mais impaciente em os conhecer. Em vista do temor expresso de não encontrar ninguém que lhe mostrasse, o irmão e a irmã lhe propuseram acompanhá-la em um passeio, em uma daquelas manhãs.

— Isso me agradará mais que tudo no mundo — exclamou ela —, mas deixe-me pedir-lhes que seja amanhã.

Eles aceitaram, sob a reserva, feita pela srta. Tilney, de que se não chovesse — e Catherine estava convencida de que não choveria — ao meio-dia eles iriam buscá-la, em Pulteney Street. "Não se esqueça, ao meio-dia", foi a palavra de despedida de Catherine à sua nova amiga.

A outra amiga, a antiga amiga, Isabella, da qual ela experimentara durante 15 dias a fidelidade e os méritos, ela não a viu quase durante a noite. Ela quereria, no entanto, dizer-lhe de sua felicidade. Mas se submeteu alegremente ao desejo do sr. Allen, de voltar cedo para casa. E seu coração dançava dentro do peito, como intimamente ela dançava dentro da carruagem.

XI

Na manhã do dia seguinte, o tempo estava bastante indeciso. O sol fazia vagos esforços para aparecer. Catherine tirou disso o melhor presságio. Nessa época do ano, quando fazia bom tempo pela manhã, chovia à tarde, e uma tarde enevoada deixava o campo livre para todas as melhoras. Ela interrogou o sr. Allen a esse respeito, a fim de que ele confirmasse sua suposição. Mas o sr. Allen estava longe do céu de sua aldeia e do seu barômetro. Assim, recusou-se a anunciar bom tempo. Ela interrogou a sra. Allen, cuja opinião foi mais positiva. A sra. Allen não tinha a menor dúvida de que o dia correria como desejava — se as nuvens se dissipassem e se o sol aparecesse.

Lá pelas 11 horas, algumas gotas de chuva nas janelas chamaram atenção de Catherine, que suspirou desapontada.

— Oh! Creio que vá chover.

— Eu sabia que ia chover — disse a sra. Allen.

— Nada de passeio para mim hoje — suspirou. — Talvez não seja nada, talvez pare de chover antes do meio-dia.

— Talvez, mas então, minha querida, haverá muita lama.

— Oh! Não importa. Não me importo com a lama.

— Sim — respondeu muito placidamente sua amiga —, você não se importa com a lama.

— Chove cada vez mais forte — observou Catherine, de pé diante da janela, após uma pequena pausa.

— Realmente, e se continua a chover assim, as ruas vão ficar molhadas.

— Já passaram quatro guarda-chuvas abertos. Odeio os guarda-chuvas.

— É tão desagradável usá-los.

— A tarde se anunciava tão bem. Eu estava tão convencida de que não choveria.

— Quem não acreditaria nisso, efetivamente? Haverá tão pouca gente em Pump-Room se chover toda a tarde. O sr. Allen fará bem em usar seu capote quando sair. Mas estou certa de que não o usará. Tudo para ele, menos sair de capote! Admira-me que não goste dele. Deve ser tão confortável.

A chuva continuava a cair muito forte. De cinco em cinco minutos, Catherine ia até o relógio e, de volta, declarava que, se chovesse mais cinco minutos, ela cessaria de esperar. O pêndulo marcou meio-dia, e chovia sempre.

—Você não poderá sair, minha querida.

— Ainda não estou inteiramente desesperada. Não desistirei de esperar antes do meio-dia e um quarto. É justamente o momento do dia em que o tempo pode clarear. Já não está menos escuro? Oh! Meio-dia e vinte. Desisto. Oh! Se se fizesse aqui o tempo que fazia em *Udolfo* ou pelo menos na Toscânia ou no sul da França na noite em que o pobre Santo Albino morreu! Era um tempo tão belo!

Ao meio-dia e meia — e Catherine, então sem esperança, desistira de examinar o céu — o firmamento começou a clarear. Um raio de sol atingiu a moça. Ela levantou a cabeça. As nuvens se dissipavam. Ela se pôs em guarda diante da janela, para espiar e saudar a chegada do sol. Dez minutos mais tarde, evidenciava-se que a tarde seria muito bonita, o que justificava a opinião da sra. Allen, "que sempre pensara que o tempo clarearia". Mas Catherine podia ainda esperar a vinda de seus amigos? Não chovera em demasia para que a srta. Tilney se arriscasse a sair?

Havia muita lama para que a sra. Allen acompanhasse seu marido a Pump-Room. Então, o sr. Allen saiu só. Catherine ia apenas no fim da rua, quando sua atenção foi despertada por duas carruagens descobertas, transportando três pessoas, essas mesmas carruagens e essas pessoas cuja chegada a teria surpreendido muito alguns dias antes.

— Isabella, meu irmão e o sr. Thorpe! Eles vêm ao meu encontro, talvez, mas não irei. Realmente não posso ir, porque, bem o sabe, não sei ainda se a srta. Tilney vem ou não.

A sra. Allen concordou. Entretanto, John Thorpe subia a escada a grandes passadas.

— Apresse-se! Apresse-se, srta. Morland! — gritou ao abrir a porta. — Ponha depressa seu chapéu. Nenhum tempo a perder! Vamos a Bristol. Como vai, sra. Allen?

—A Bristol? Não é muito longe? Seja como for, não posso acompanhá-los, estou comprometida. Espero amigos a qualquer momento.

Thorpe protestava: "Não era uma razão." A sra. Allen foi chamada em sua ajuda, Isabella e James entraram para prestar socorro a John Thorpe.

— Minha querida Catherine, será delicioso, um passeio divino. Você nos deve, a seu irmão e a mim, muitos agradecimentos. A ideia desta excursão surgiu em todos dois, durante o almoço. E nós estaríamos em caminho há duas horas, se não fosse essa detestável chuva. Não importa. As noites estão claras. Faremos um passeio delicioso. Fico extasiada só em pensar em um pouco de campo e de tranquilidade. É bem melhor do que ir aos Lower Rooms. Iremos diretamente a Clifton, onde jantaremos. Logo após o jantar, se tivermos tempo, partiremos para Kingsweston.

— Duvido que possamos fazer tudo isso — disse Morland.

— Seu desmancha-prazeres! — exclamou Thorpe. — Faremos dez vezes mais. Kingsweston, eh! E Blaize Castle, também! E tudo isso de que ouvimos falar! Mas eis sua irmã que não quer vir!...

— Blaize Castle — exclamou Catherine —, que é isso?

— O mais belo recanto da Inglaterra. Merece que se faça cinquenta milhas, não importa quanto, para vê-lo.

— É realmente um castelo? Um velho castelo?

— O mais velho do reino.

— Como aqueles de que se fala nos livros?

— Exatamente. Completamente o mesmo.

— Mas tem realmente torres, corredores longos?

— Dezenas.

— Gostaria muito de vê-lo, mas não posso, não posso acompanhá-los.

— Não nos acompanhar, meu coração? Que quer dizer?

— Eu não posso, porque... — ela baixou os olhos, temendo o sorriso de Isabella — eu espero a srta. Tilney e seu irmão, que devem vir apanhar-me para um passeio no campo. Eles tinham prometido estar aqui ao meio-dia, a menos que chovesse. Agora que faz tão bom tempo, creio que em pouco eles estarão aqui.

— Não — exclamou Thorpe. — Quando passávamos por Broad Street, eu os vi. Não é uma carruagem de quatro rodas com dois belos alazões?

— Não sei.

— Sei que... Não é a pessoa com quem dançou ontem à noite, não é?

— Sim.

— Então! Eu o vi, quando subia Landsdow Road. Ele passeava com uma moça muito bonita.

— Viu-o, realmente?

— Vi-o, juro pela minha alma! Reconheci-o imediatamente! Pareceu-me mesmo que ele tinha belos cavalos.

— É curioso! Sem dúvida, ele pensava que haveria muita lama.

— E com razão. Em minha vida, nunca vi tanta lama. Passear! Antes roubar! Nunca houve tempo tão lamacento em todo o inverno. Lama até os tornozelos.

Isabella corroborou essa informação:

— Minha querida Catherine, você não faz ideia dessa lama. Venha, é preciso que você venha, você não pode mais recusar-se a vir.

— Eu gostaria de ver esse castelo... Mas... pode-se visitá-lo inteiramente? Pode-se subir cada escada, andar pelas salas?

— Sim, sim! Podemos ver todos os cantos.

— Mas eles poderiam ter saído por uma hora, até que o tempo ficasse mais seco, e em seguida viriam procurar-me.

— Esteja tranquila. Não há nenhuma possibilidade. Eu ouvi Tilney gritar a um cavaleiro que passava perto dele que iam a Wick Rocks.

— Então, quero ir. Posso ir, sra. Allen?

— Como quiser, minha querida.

— Sra. Allen, convença-a a vir! — Foi o grito unânime.

A sra. Allen não ficou surda a esse apelo:

— Bem, minha querida — disse ela. — Acho que deve ir!

Dois minutos após, tinham partido.

Catherine, enquanto subia à carruagem, estava dividida entre o desapontamento de perder um grande prazer e a esperança de experimentar um prazer diferente, mas não menor talvez. Ela não pensava que os Tilney tivessem agido inteiramente bem rompendo tão depressa seu compromisso, sem lhe enviar nem sequer uma palavra de desculpa. Não decorrera senão uma hora após o momento antes fixado para o passeio, e, apesar da desoladora descrição que se lhe fizera do estado dos caminhos, ela não tardou em perceber que se podia circular sem muitas dificuldades. Essa falta de consideração lhe era muito penosa. Por outro lado, a alegria de visitar um castelo semelhante ao de *Udolfo* (sua imaginação assim representava Blaize Castle) era uma compensação tão boa que quase a consolava.

Rapidamente eles desceram Pulteney Street e atravessaram Laura Place. Thorpe falava de seus cavalos. Ela pensava alternadamente nas promessas rompidas e em abóbadas desmoronadas, em carruagens e portas misteriosas, nos Tilney e em masmorras. Quando atravessavam Argyle Buildings, ela foi arrancada de suas reflexões por Thorpe:

— Quem é essa moça que a olhou tanto ao passar perto de nós?

— Quem? Onde?

— Lá embaixo. Agora deve estar fora do nosso alcance.

Catherine olhou, e viu a srta. Tilney de braço dado com o irmão. Ambos desciam lentamente a rua. Ela os viu voltar-se e olhá-la.

— Pare, pare, sr. Thorpe! — gritou com impaciência. — É a srta. Tilney, é ela! Como pôde dizer-me que eles tinham partido? Pare, pare! Quero descer imediatamente e juntar-me a eles.

Palavras vãs. Thorpe, muito simplesmente, soltou as rédeas, e o trote se acelerou. Os Tilney não se voltavam mais. Na esquina de Laura Place, desapareceram. Entretanto, o cabriolé atravessava em grande disparada Market Place, entrava por outra rua, e sempre Catherine suplicava a Thorpe:

— Eu lhe peço, eu lhe peço, pare, sr. Thorpe! Não posso ir mais longe, não quero ir mais longe! É preciso que eu vá encontrar-me com a srta. Tilney!

Thorpe se contentava em rir, fazia estalar seu chicote, encorajava o cavalo, dava grunhidos, e avançava sempre. Catherine, zangada e desolada ao mesmo tempo, foi obrigada a submeter-se. Mas não poupou Thorpe.

— Como pôde enganar-me assim, sr. Thorpe? Como pôde dizer-me que os vira subir Landsdown Road? Como eu gostaria de que nada disso tivesse acontecido! Eles devem achar muito estranho, muito grosseiro que eu passe tão perto deles sem uma palavra! Não pode saber a que ponto estou contrariada. Nada, em Clifton, nada, neste passeio me fará prazer. Acharia mesmo dez mil vezes melhor descer agora e juntar-me a eles. Como pôde dizer-me que os viu em uma carruagem?

Thorpe se defendia na medida do possível, assegurando que jamais vira dois homens tão parecidos, e se recusava a admitir que não tivesse visto o próprio Tilney.

O passeio, mesmo encerrada essa discussão, não podia ser muito agradável. A indulgência que Catherine experimentara antes desapareceu. Ela escutava Thorpe contra sua vontade, e suas respostas eram breves. Blaize Castle continuava sendo a sua única consolação — consolava-se de vez em quando. Antes de ser desfavoravelmente julgada pelos Tilney, ela renunciava, no entanto, às alegrias que esses muros escondiam: percorrer a longa fila de altas salas desabitadas havia anos, onde se eternizam restos de mobílias suntuosas; estacar no fim de um estreito e tortuoso subterrâneo, diante de uma porta baixa e que geme em seus gonzos; estremecer a um brusco golpe de vento, que apaga a lâmpada, a única lâmpada, e então ficar no escuro.

Entretanto, eles continuavam seu caminho sem incidentes e estavam nas imediações de Keynsham quando um "olá!" de Morland deteve Thorpe.

— Voltemos, Thorpe — disse Morland. — É muito tarde para ir mais longe hoje. É também a opinião de sua irmã. Há precisamente uma hora que deixamos Pulteney Street, e não fizemos mais de sete milhas. Além disso, temos a fazer pelo menos mais oito. É muito. Não saímos bastante cedo. É melhor adiarmos este passeio e voltar.

— Para mim, é indiferente — respondeu Thorpe.

Ele manobrou o cavalo, e voltaram para Bath.

— Se seu irmão não tivesse trazido essa besta suja para nos conduzir — disse ele —, teríamos muito bem ido até o fim. Em uma hora meu cavalo já estaria em Clifton. Quase quebrei meu braço mantendo-o no passo desse asmático sendeiro. Morland é um tolo em não possuir um cavalo e um cabriolé.

— Não, ele não é — retrucou Catherine, com afeto —, sei que ele não pode arcar com isso.

— E por que não pode?

— Porque não tem bastante dinheiro.

— E de quem é a culpa?

— De ninguém, pelo que eu saiba.

Thorpe, então, na estridente e indistinta maneira que lhe era habitual, emitiu muitas palavras. Era um sem-número de coisas sobre a avareza. Se as pessoas que nadavam em ouro não podiam possuir tudo, quem o poderia?... Catherine não tentou mesmo compreender. Decepcionada com o que a consolara de seu primeiro desapontamento, ela estava cada vez mais disposta a ser amável ou a achar assim seu companheiro. Voltaram para Pulteney Street sem que ela tivesse pronunciado vinte palavras.

Quando Catherine chegou, o porteiro lhe disse que um cavalheiro e uma dama tinham vindo procurá-la e que, ao saber de sua ausência, a dama perguntara se por acaso lhe deixara um recado, depois quisera deixar um cartão de visita, apercebera-se de que não tinham nenhum e partira. Pensando nessas notícias que lhe estraçalhavam a alma, Catherine subia a escadaria com lentidão. No alto, ela encontrou o sr. Allen que, sabendo da causa de seu breve retorno, proferiu:

— Estou satisfeito com o fato de seu irmão ter sido tão razoável e feliz que tenham voltado. Essa excursão era um plano extravagante e imprudente.

Foram todos passar a noite na casa dos Thorpe. Catherine estava taciturna. Quanto a Isabella, preferia partilhar, naquele ambiente, da companhia de Morland, jogando baralho, a gozar das alegrias campestres em uma hospedaria em Clifton. E, além disso, ela manifestou mais uma vez sua satisfação por não estar nos Lower Rooms.

— Como lamento as pobres pessoas que estão lá! Como me sinto feliz em não estar entre elas! Eu me pergunto se o baile terá êxito... Por nada deste mundo gostaria de estar lá. É tão delicioso a gente ter de tempos em tempos uma noite reservada para si! Estou certa de que não será um baile muito notável... Sei que os Mitchell não estarão lá... Como me compadeço da sorte dos que estão nesse baile! Mas me parece, sr. Morland, que está suspirando. Peço-lhe, ninguém aqui o impede de ir para lá. Palavra de honra, saberemos passar sem o senhor. Mas os senhores, os homens, julgam-se tão importantes.

E, à triste Catherine, ela oferecia, por descargo de consciência, esta consolação:

— Não fique tão triste, querida de minha alma! Você me despedaça o coração. É doloroso, certamente, mas os Tilney devem ser censurados. Por que não foram mais pontuais? As estradas estavam ruins, sem dúvida, mas que importava a lama? Certamente, John e eu não teríamos prestado atenção. Por uma amiga, eu atravessarei o fogo. Sou assim, eu. E assim é John. Há sentimentos de uma força!... Deus seja louvado, que excelente mão a sua! Rei, palavra de honra! Não fui mais feliz em minha vida! Gosto cinquenta vezes mais de ver esses reis em suas cartas que nas minhas...

E, agora, posso remeter Catherine para o leito de insônia, com o seu travesseiro cheio de espinhos e molhado de lágrimas, que convêm a uma heroína de romance. Que ela se dê por satisfeita se, no curso dos três próximos meses, tiver uma noite de sono calmo.

XII

— Sra. Allen — disse Catherine na manhã do dia seguinte — e se eu passasse na casa da srta. Tilney hoje?... Não ficarei tranquila enquanto não explicar tudo.

— Vá, minha querida. Mas use um vestido branco: a srta. Tilney sempre se veste de branco.

Catherine sabia que a moradia dos Tilney era em Milsom Street, mas não estava certa do número, e as informações vacilantes da sra. Allen não eram de molde a dissipar sua incerteza. Ela foi, então, a Pump-Room apanhar o endereço certo, depois se apressou em direção à casa do general, para explicar sua conduta à srta. Tilney e fazer-se perdoar. O coração batia rápido.

Ela atravessou depressa o cemitério da igreja. Voltou a cabeça ao passar diante de certa loja onde, segundo todas as probabilidades, encontravam-se Isabella e sua cara família. Atingiu enfim a casa, bateu à porta e perguntou pela srta. Tilney. O criado acreditava que sua patroa se achava em casa, mas não estava certo disso. Perguntou se a visitante queria dar seu nome. Ela entregou seu cartão de visitas. Alguns instantes depois, o criado voltou, e com um olhar que não confirmava as suas palavras, disse que se havia enganado: a srta. Tilney estava ausente. Catherine, ruborizada de vergonha, partiu. Estava quase certa de que a srta. Tilney se encontrava em casa, mas não queria recebê-la. Como tornasse a descer a rua, não pôde impedir-se de voltar os olhos para as janelas do salão. Não havia ninguém nelas. No extremo da rua, ela se voltou mais uma vez, e viu a srta. Tilney, não à janela, mas saindo de casa. Um senhor que a acompanhava, Catherine supôs ser o pai. Iam para Edgar's Buildings. Catherine, sentindo-se muito humilhada, continuou seu caminho. Ela poderia zangar-se com aquela indelicadeza, mas reprimiu qualquer ressentimento. Lembrou-se da própria ignorância. Não sabia como as leis mundanas julgavam a descortesia que cometera nem quais represálias, precisamente, devia esperar.

Assim desdenhada, salteou-a o impulso de não acompanhar seus amigos ao teatro naquela noite. Mas logo reconheceu que, em primeiro lugar, não tinha nenhuma desculpa para ficar em casa; e, em segundo, gostaria muito de ver a peça. Foram todos então ao teatro.

Nenhum Tilney apareceu lá para puni-la ou encantá-la. Ela temia que entre as numerosas qualidades da família não figurasse o gosto pelo teatro. Talvez estivessem habituados ao desempenho primoroso dos palcos de Londres, e que, ela o sabia pela autoridade de Isabella, tornava tudo o mais "inteiramente horrível". Catherine não se decepcionou em sua expectativa de prazer. A peça absorveu-a totalmente: quem a tivesse observado ao longo dos quatro primeiros atos não teria notado em seu rosto nenhuma expressão de desapontamento. No começo do quinto ato, a aparição súbita do sr. Tilney e de seu pai em um camarote fê-la novamente ansiosa. A peça, daí para diante, não cativou mais sua atenção. Seus olhos se dirigiam para o camarote e, durante duas cenas, ela procurou inutilmente cruzar seu olhar com o de Henry Tilney. Certamente não se podia mais suspeitar que ele não gostasse de teatro. A atenção dele, durante aquelas duas cenas, não abandonou o palco. Finalmente, ele olhou Catherine, saudou-a, mas que saudação! Não sorriu, não continuou a olhá-la, novamente seus olhos se fixaram sobre os atores. Catherine se sentia infinitamente infeliz. Por um triz, ela não se dirigiu ao camarote que ele ocupava para forçá-lo a ouvir uma explicação. Vê-se que sua alma não tinha a dureza heroica. Em lugar de ficar ressentida, deixando o castigo de esclarecer os fatos para quem lhe fazia a injúria de duvidar dela e de puni-la evitando-a ou galanteando uma outra, ela assumia a responsabilidade das aparências e procurava a ocasião de justificar-se. A peça terminou. O pano de boca caiu: no camarote só ficou o sr. Tilney pai. Talvez Henry estivesse se encaminhando para o camarote de Catherine. E, realmente, ele apareceu, abrindo caminho através da multidão já rarefeita. Falou com o mesmo tom de calma e polidez à sra. Allen e a Catherine.

Mas não foi com essa calma que Catherine o recebeu:

— Oh! Sr. Tilney, posso então falar-lhe e apresentar-lhe minhas desculpas. O senhor me deve ter julgado tão descortês... Mas na verdade não foi culpa minha, não é, sra. Allen? Não me disseram que o sr. Tilney e sua irmã haviam saído em uma carruagem? Que podia eu fazer? Eu teria preferido mil vezes ficar com o senhor. Não é, sra. Allen?

— Minha querida, você amarrota meu vestido. — Foi a resposta da sra. Allen.

A afirmação de Catherine causou seus efeitos. Ela provocou um sorriso mais cordial nos lábios de Henry Tilney, que respondeu não sem a afetação de uma ligeira reserva:

— Nós lhe fomos agradecidos, apesar disso, de nos ter desejado um bom passeio, depois de nos ter cruzado em Argyle Street. A senhorita teve a amabilidade de olhar para nós, realmente.

— Mas... não lhes desejei bom passeio. Não, não; desde que os vi, supliquei ao sr. Thorpe que parasse seu cavalo. Diga, sra. Allen, não tenho... Ah! A senhora não estava lá... Mas é verdade, eu lhe supliquei. E se o sr. Thorpe tivesse consentido em estacar seu cavalo, eu teria saltado da carruagem e corrido em sua direção.

Existe no mundo um Henry que fosse insensível a uma tal declaração? Henry Tilney não o foi. Com um belo sorriso, disse tudo que devia ser dito em relação à sua irmã: preocupação, pesar e confiança de que a conduta de Catherine seria explicada.

— Oh! Não diga que a srta. Tilney não está aborrecida! — exclamou Catherine. — Sei que ela o está. Não quis receber-me esta manhã, e eu a vi sair um momento depois. Isso me deixou triste, não ofendida. Talvez não soubesse que fosse eu.

— Eu não estava em casa, mas ouvi de Eleanor que ela desejava vê-la para lhe explicar... De fato, talvez pudesse dar-lhe a explicação eu mesmo. Ei-la: meu pai (eles estavam prontos para sair de casa) já se impacientava; e para não faltar ao passeio, disse ao criado que Eleanor não estava. É tudo, eu lhe asseguro. Minha irmã ficou muito contrariada com isso. Desejava apresentar-lhe suas desculpas o mais cedo possível.

Essa explicação acalmou Catherine. Contudo, persistia nela uma ligeira inquietude, da qual resultou, desprovida de artifício, mas um pouco desconcertante, esta pergunta:

— Mas, sr. Tilney, por que foi menos generoso que sua irmã? Se havia confiança dela nas minhas intenções, se ela pensava que não havia senão um mal-entendido, por que o senhor ficou tão depressa ofendido?

— Eu? Eu, ofendido!

— Sim, estou certa disso, seu olhar, quando o senhor entrou no camarote, era bem explícito: estava aborrecido.

— Aborrecido? Não tinha o direito.

— Ninguém pensaria que o senhor não tivesse esse direito ao ver a expressão de seu rosto.

Como resposta, ele lhe pediu para arranjar-lhe um lugar para sentar. Ficou lá durante algum tempo, falou da peça, foi encantador para com Catherine, o bastante para que ela pudesse sentir-se contente quando ele se despediu. Antes de se separarem, decidiram que o passeio projetado efetuar-se-ia o mais cedo possível. E, excluindo a tristeza que ele lhe causou ao deixá-la, foi ela então uma das mais felizes criaturas do mundo.

Enquanto ele falava, Catherine notara com alguma surpresa que John Thorpe não estava nunca no mesmo lugar dez minutos consecutivos, conversava com o general Tilney, e ela experimentou alguma coisa a mais, fora a surpresa quando acreditou, pelos seus olhares, ser o objeto da conversa. Que podiam dizer? Temia ter desagradado ao general. Para não retardar seu passeio de alguns instantes, ele impedira a filha de recebê-la.

— Como o sr. Thorpe conhece seu pai? — Perguntou-lhe, não sem um pouco de inquietação, designando-os a seu companheiro.

Ele ignorava isso. Seu pai, como todos os militares, tinha numerosas relações.

Acabada a representação, Thorpe se ofereceu para acompanhá-la. Catherine se tornou imediatamente o objeto de sua galanteria, e enquanto esperavam no vestíbulo, ele se antecipou às perguntas, dizendo-lhe, com ar importante:

— Não me viu falar ao general Tilney? Pela minha alma, é um senhor muito bondoso! Sólido, ativo! Parece tão jovem como seu filho. Tenho muita consideração por ele, asseguro-lhe. Um cavalheiro e o melhor homem da terra.

— Mas como o conhece?

— Como o conheço? Há poucas pessoas na sociedade de Londres que eu não conheça. Eu o encontrei antigamente em Bedford, e hoje o reconheci quando entrou no salão de bilhar. A propósito, é um dos mais fortes jogadores que temos. Jogamos uma partida juntos. Embora não o temesse, em um certo momento eu estava perdido; se não tivesse dado a tacada mais admirável que jamais foi dada. Eu ataquei sua bola de bilhar exatamente... Mas não posso explicar-lhe isso sem um bilhar... Enfim, eu o venci. Um bom folgazão! Rico como um judeu! Gostaria de jantar em casa dele: deve dar jantares formidáveis! Mas de que pensa que falamos? Da senhora. Sim, pelo céu! E o general acha-a a mais bela moça de Bath.

— Que absurdo! Como pode dizer isso?

— E que pensa que eu lhe disse? — baixou a voz. — Disse-lhe: "Bem, general, partilho inteiramente de sua opinião."

Catherine, menos lisonjeada com a admiração de Thorpe que com a do general Tilney, não se aborreceu pela sra. Allen tê-la chamado naquele momento. Thorpe quis acompanhá-las até a carruagem, o que fez descarregando em Catherine, que protestava em vão, suas delicadas amabilidades costumeiras.

O general Tilney, em lugar de não gostar dela, admirava-a. Isso era delicioso. Catherine se comprazia em pensar que de agora em diante não teria medo de encontrar nenhum dos Tilney. Para ela, a noite fora muito mais proveitosa do que esperava.

XIII

Segunda-feira, terça-feira, quarta-feira, quinta-feira, sexta-feira e sábado são agora passados em revista. Os acontecimentos de cada dia — esperanças e temores, aborrecimentos e alegrias — foram avaliados cada um por seu turno, e não resta a dizer senão os transes do domingo para que a semana seja encerrada.

Durante o passeio ao Crescent, o plano de ida a Clifton, que fora adiado, voltou à ordem do dia. Houve uma consulta reservada entre Isabella e James. Como Isabella desejava ir e ele queria agradar-lhe, ficou ajustado que, salvo mau tempo, a expedição se realizaria no dia seguinte, e que cedo pôr-se-iam a caminho, para não voltar tarde. Isso ajustado, e a aprovação de Thorpe tendo sido obtida, nada mais restava senão prevenir Catherine. Ela os deixara por alguns minutos para falar à srta. Tilney. No intervalo, o plano tinha sido completado, e Catherine, depois de voltar, foi convidada a aprová-lo. Mas, em lugar do alegre consentimento que Isabella esperava, Catherine, muito contrariada, lamentou não poder ir. Ela já uma vez faltara a um compromisso para acompanhá-los — inconveniência que não podia renovar. Ora, acabava de ser estabelecido entre ela e a srta. Tilney que seu passeio frustrado realizar-se-ia no dia seguinte. Isso estava completamente ajustado, e ela não podia, sob nenhum pretexto, faltar à sua palavra. Mas que ela *podia* e *devia* fazer isso, foi o grito veemente dos dois Thorpe. Queriam ir a Clifton no dia seguinte, e não saberiam ir lá sem ela. Achavam que o compromisso de Catherine poderia ser adiado, e não admitiam a sua recusa.

— Não insista, Isabella. Estou comprometida com a srta. Tilney. É impossível ficar com vocês.

Isso não serviu de nada. Os mesmos argumentos a assaltaram de novo.

— Ser-lhe-ia fácil dizer à srta. Tilney que você se esquecera inteiramente de uma promessa anterior, e pedir-lhe para transferir para terça-feira seu passeio.

— Não, isso não ser-me-ia fácil, eu não posso. Não fiz nenhuma promessa anterior.

Isabella instava cada vez mais, falando-lhe de modo o mais afetuoso possível, chamando-lhe os nomes mais acariciadores. Sua muito querida, sua tão doce Catherine, não repeliria o pobre pedidozinho de uma amiga que a amava tão ternamente... Sua bem-amada Catherine tinha um coração muito bom para não se deixar persuadir por aqueles a quem amava... Tudo isso era em vão.

Catherine sentia-se em seu direito e, embora emocionada por uma súplica tão terna e lisonjeira, não se deixava influenciar. Isabella adotou então um outro método. Censurou-a por ter mais afeição pela srta. Tilney que por seus velhos amigos e de se haver tornado fria e indiferente em relação a ela.

— Eu não me posso impedir de ter ciúmes, Catherine, quando me vejo preterida por estranhos, eu que a amo tão apaixonadamente! Meus afetos uma vez dados ficam para sempre. Mas creio que ninguém tem sentimentos mais fortes que os meus. Sim, eles são bastante fortes para a minha própria tranquilidade. E ver-me suplantada em sua amizade por estranhos, isso, eu o confesso, magoa-me muito. Esses Tilney, palavra de honra, querem engolir tudo.

Para Catherine, essa censura era estranha e inconveniente. Tratava-se realmente de uma amiga? Isabella lhe pareceu mesquinha e egoísta, não se interessando senão pela sua própria satisfação.

Essas penosas ideias se cruzavam em seu espírito. Ela não dizia nada. Isabella, ao mesmo tempo, tapava os olhos com o lenço; e Morland, desolado com esse espetáculo, achava bonito dizer:

— Não, Catherine, realmente não pode resistir mais. O sacrifício que lhe pedem é muito pouca coisa, e não o fazer por semelhante amiga seria realmente uma maldade.

Era a primeira vez que seu irmão se declarava abertamente contra ela. Completamente perturbada por ter incorrido em sua censura, ela propôs um acordo. Se consentissem em transferir para terça-feira seu projeto, o que podiam fazer facilmente, pois que isso dependia unicamente deles, ela os acompanharia, e todo mundo ficaria contente. "Não, não, não!" foi a imediata resposta. "Isso não pode ser, porque Thorpe não sabe se poderá ir a Clifton terça-feira." Catherine estava desolada, mas nada mais podia fazer. Houve um silêncio, cedo quebrado por Isabella, que disse, em um tom de frio ressentimento:

— Muito bem, é o fim de nosso passeio. Se Catherine fica, eu fico. Não haveria outra moça fora eu. Isso seria muito inconveniente.

— Catherine, é preciso que venha conosco — disse James.

— Mas por que o sr. Thorpe não leva uma outra de suas irmãs? Estou certa de que há uma delas a quem isso agradaria...

— Oh! Muito obrigado! — clamou Thorpe. — Eu não vim a Bath para passear minhas irmãs e fazer ar de um bobo. Não, se não vier, o diabo me leve se eu vou! Eu queria levá-la no meu cabriolé, não era para outra coisa.

— É um cumprimento que não me causa nenhum prazer.

Mas essas palavras ficaram perdidas para Thorpe, que acabava de safar-se bruscamente.

Os três outros ficaram ainda juntos, para suplício da pobre Catherine. Ora não ouvia nenhuma palavra, ora suportava súplicas ou censuras. As duas moças passeavam de braços dados, e seus corações estavam em guerra. Em certos momentos Catherine se apiedava, irritava-se em outros, sempre triste, mas sempre resoluta.

— Não pensei que você fosse tão teimosa, Catherine — disse James. — Habitualmente você não é tão difícil de ser convencida. Eu via em você a mais gentil de minhas irmãs.

— Não creio ter mudado — respondeu ela muito comovida. — Mas não posso ir. Se procedo mal, pelo menos faço o que julgo acertado.

— Duvido — disse Isabella a meia voz — que haja um grande motivo para isso.

Catherine ficou inquieta, retirou seu braço, ao que Isabella não fez nenhuma oposição. Dez longos minutos se tinham esgotado, quando Thorpe, o ar jovial, voltou, gritando:

— Bom! O negócio agora está resolvido. Nós poderemos ir todos amanhã e bem tranquilos. Fui à srta. Tilney e apresentei-lhe suas desculpas.

— O senhor não fez isso! — exclamou Catherine.

— Fiz, por minha alma! Acabo de deixá-la. Disse-lhe, de sua parte, que a senhorita se lembrara de um compromisso anterior, para ir a Clifton conosco amanhã, e que não teria o prazer de sair com ela antes de terça-feira. Ela disse que terça-feira também lhe convinha. Tudo feito. Uma bela ideia a que eu tive, hein?

Logo mais, Isabella era toda sorrisos e bom humor, e James, de novo, sentia-se feliz.

— Uma ideia divina, efetivamente! E agora, minha doce Catherine, nossos aborrecimentos estão terminados. Você está honrosamente livre, e faremos um passeio delicioso.

— Não será assim — disse Catherine —, não posso consentir nisso. Vou correr atrás da srta. Tilney e dizer-lhe a verdade.

Isabella a prendeu por uma mão, Thorpe pela outra, e as admoestações de todos os três caíram abundantemente sobre ela. James estava furioso. Quando tudo estava arranjado, quando a própria srta. Tilney concordava em que terça-feira era inteiramente conveniente, qualquer objeção era completamente absurda e ridícula.

— Não importa! O sr. Thorpe não devia inventar essa história. Se tivesse pensado em me desculpar, eu mesma teria ido falar com a srta. Tilney. E, antes de tudo, como saber o que fez o sr. Thorpe? Ele se enganou de novo, talvez. Ele já me fez cometer uma descortesia, com seu equívoco de sexta-feira. Deixe-me sair, sr. Thorpe. Isabella, não me prenda.

Thorpe declarou que seria inútil tornar a alcançar os Tilney. Eles dobravam a esquina de Brock Street quando os abordara, e agora estavam na casa deles.

— Então tornarei a encontrar-me com eles — disse Catherine. — Onde estejam, tentarei encontrá-los. Isso não é uma conversa. Depois de haver recusado uma coisa com conhecimento de causa, não deixarei que a imponham a mim pela surpresa.

Com essas palavras, ela se afastou bruscamente. Thorpe queria correr atrás dela, mas Morland o reteve.

— Que ela se vá, já que o quer.

— Ela é tão teimosa como...

Morland não completou sua comparação, que sem dúvida não era das mais delicadas.

Catherine caminhava, caminhava tão depressa quanto lhe permitia a multidão, temendo que a perseguissem, mas bem resolvida a persistir no seu intento. Caminhando ela refletia no que acabava de ocorrer. Era-lhe penoso desapontá-los e desagradar, sobretudo a seu irmão; mas não se arrependia de sua resistência. Pondo suas preferências de lado, não era correto faltar uma segunda vez ao seu compromisso para com a srta. Tilney e quebrar uma promessa feita de bom grado cinco minutos antes, e isso sob um falso pretexto. Ela não os contrariara motivada pelos seus próprios desejos, pois esses desejos a arrastariam precisamente para Blaize Castle. Não, era em atenção aos outros e à dignidade de seu caráter. Contudo, sua certeza em ter razão não bastava para acalmá-la; enquanto não falasse à srta. Tilney, não estaria tranquila. Ela saiu sem estorvo do Crescent, e foi quase correndo que atingiu o alto de Milson Street. Tão rápidos tinham sido seus passos, que os Tilney, apesar de seu avanço, apenas acabavam de entrar quando ela alcançou a habitação. O criado estava ainda na soleira da porta; sem mais, ela lhe disse que devia ver a srta. Tilney imediatamente, precedeu-o na escadaria e, abrindo a todo o transe uma porta, achou-se inopinadamente em presença do general Tilney, de seu filho e de sua filha.

Suas explicações iniciais foram algo confusas, dadas com os nervos excitados e a respiração cortada;

— Eu vim com a maior pressa. É um mal-entendido... Nunca prometi ir com eles... Desde o começo, disse-lhes que não podia... Corri, corri, para lhes explicar isso... Podem pensar de mim o que quiserem, mas não podia esperar.

Apesar dessas palavras, ou graças a elas, o enigma pouco a pouco se decifrou. Catherine soube que John Thorpe efetivamente a desculpara, e a srta. Tilney não dissimulara a surpresa que lhe tinham causado essas excusas. Henry teria ficado contrariado, ele também? Catherine não poderia decidir isso; ela tomara cuidado, em sua demanda, de se dirigir ao irmão tanto quanto à irmã. Além disso, qualquer que fosse seu estado de espírito antes de Catherine entrar, desde as suas primeiras palavras, a recepção fora afetuosa.

Encerrado o incidente, a srta. Tilney apresentou-a a seu pai, que lhe testemunhou a mais viva solicitude. Sem levar em conta o que houvera de extraordinariamente impetuoso na entrada da moça, ele se mostrou muito irritado com o criado que, por negligência, a obrigou a abrir, ela própria, a porta da sala. Em que pensava, então, William? Ele lhe faria uma pergunta a esse respeito. E talvez William, se Catherine não advogasse calorosamente sua causa, tivesse perdido, senão seu lugar, pelo menos a simpatia do seu patrão.

Ao cabo de um quarto de hora, Catherine se levantou para despedir-se. O general Tilney surpreendeu-a agradavelmente, pedindo-lhe para jantar e passar com sua filha o resto do dia. A srta. Tilney juntou seus desejos aos de seu pai. Catherine agradeceu. Ela estava muito lisonjeada, mas não podia dizer "sim"; o sr. e a sra. Allen esperavam-na de um minuto para outro. O general se inclinou diante dos direitos do sr. e da sra. Allen. Mas em um outro dia, em que se pudesse avisá-los a tempo, talvez não recusariam em se privar de Catherine em favor de Eleanor. Oh! Catherine estava certa de que eles não fariam nenhuma objeção, e ela teria grande prazer em vir. O general acompanhou Catherine até a porta da rua; ao descerem a escada, ele lhe dirigia mil cumprimentos, admirava a elasticidade de seu modo de andar, que correspondia à sua maneira graciosa de dançar. E, à despedida, fez-lhe uma das mais elegantes reverências que ela podia imaginar.

Encantada com o resultado de sua visita, Catherine rumou alegremente para Pulteney Street. Ela caminhava, dizia-se, com que elasticidade! De que jamais se apercebera. Chegou à sua casa sem ter encontrado ninguém do grupo Thorpe. Sentia-se vitoriosa; seu passeio com os Tilney estava assegurado, mas a agitação de seu espírito durava ainda — Catherine começou a duvidar que tivesse agido inteiramente bem. É sempre nobre sacrificar-se, e, no caso, ter descontentado uma amiga, encolerizado um irmão, arruinado um projeto caro a ambos, tudo isso não deixava de lhe perturbar a consciência. Para saber se se conduzira como era necessário, quis aconselhar-se com uma pessoa imparcial. Falou ao sr. Allen do projeto meio decidido dos Thorpe e de seu irmão para o dia seguinte. O sr. Allen levantou a cabeça:

— Pensa em acompanhá-los?

— Não. Estou comprometida com a srta. Tilney. E por causa disso não poderei acompanhá-los, não é verdade?

— Certamente, e estou feliz com o seu modo de pensar. Não é conveniente que rapazes e moças percorram assim o campo em cabriolé. De tempos em tempos, ainda passa. Mas ir juntos de estalagem em estalagem não é correto, e admira-me que a sra. Thorpe o permita. Estou feliz por não pensar em participar desse passeio. Isso não agradaria a sra. Morland. A sra. Allen não é de minha opinião? Não acha nada a repreender nesses modos?

— Sim, sou inteiramente de sua opinião, realmente. As carruagens descobertas são coisas bem horríveis! Sujam em cinco minutos um vestido. Ao subir, você fica enlameada, ao descer, também, e o vento desgrenha seu cabelo e leva seu chapéu. Por mim, odeio as carruagens descobertas.

— Eu sei. Mas não é esta a questão! Não acha inconveniente que moças e rapazes cujas famílias não se conhecem andem em carruagem descoberta? — insistiu o sr. Allen.

— Sim, minha querida Catherine, isso é muito inconveniente, na verdade. Não posso suportar ver isso.

— Querida senhora, então por que não me disse isso mais cedo? Se eu tivesse sabido que isso era incorreto, não teria saído com o sr. Thorpe. Mas eu pensava que a senhora não me deixaria nunca fazer alguma coisa que lhe parecesse fora de propósito.

— E assim farei, minha querida, pode estar certa disso. Como o disse à sra. Morland ao despedir-me dela, farei por você tudo que estiver ao meu alcance. Mas não devemos ser muito exigentes. A juventude será sempre a juventude, como sua boa mãe mesmo disse. Você se lembra muito bem de que eu a aconselhei, no começo de nossa permanência aqui, a não comprar essa musselina bordada. Mas você não quis escutar-me. A mocidade não gosta de ser contrariada.

— Mas, no caso que nos ocupa, tratava-se de um fato de real importância, e a senhora não teria achado difícil convencer-me.

— Até aqui o mal não é grande — disse o sr. Allen. — Eu queria somente aconselhá-la, minha querida, a não sair com o sr. Thorpe.

— É justamente o que eu ia dizer — acrescentou sua mulher.

Catherine, com a consciência acalmada, sentiu nascer dentro de si escrúpulos em relação a Isabella. Após um instante de reflexão, perguntou ao sr. Allen se não seria conveniente que ela escrevesse à srta. Thorpe para preveni-la. Ela se dizia que Isabella, em sua ignorância, iria talvez a Clifton, no dia seguinte. O sr. Allen dissuadiu-a de escrever.

— É melhor não se ocupar disso, minha querida — disse ele. — Isabella está na idade de saber o que tem a fazer, e, se não o sabe, sua mãe está lá. A sra. Thorpe, sem nenhuma dúvida, é muito indulgente. Não importa, é melhor que não intervenha. Sua amiga e seu irmão persistiriam em seu projeto, e você não conseguiria senão antipatia.

Catherine se submeteu, perturbada, contudo, com o pensamento de que sua amiga estivesse exposta a fazer uma coisa incorreta e, quanto a ela, feliz em que sua conduta tivesse a aprovação do sr. Allen. Graças a ele, tinha a boa sorte de estar agora sob sua guarda. Ter escapado à excursão de Clifton era um verdadeiro alívio. Que teriam pensado os Tilney se ela tivesse faltado à sua promessa — se ela se houvesse tornado culpada de uma infração às conveniências para cometer uma outra?

XIV

Fazia bom tempo no dia seguinte, e Catherine esperava um novo ataque do grupo Thorpe. Certa do apoio do sr. Allen, ela não tinha medo, mas preferia evitar uma luta em que a vitória não fosse penosa. Para sua alegria, nenhum Thorpe apareceu. Os Tilney vieram procurá-la à hora marcada.

Nesse momento, não surgiu nenhuma dificuldade: nada de convite inopinado nem de intrusão impertinente. E minha heroína — isso é bastante anormal! — pôde assim cumprir um compromisso ajustado com o próprio herói. Eles decidiram ir a Beechen Cliff — um dos lugares mais aprazíveis de Bath, com a sua majestosa colina e sua bela verdura e arvoredo — e puseram-se a caminho.

— Nunca olhei esta colina sem pensar no sul da França — disse Catherine.

Henry disse, um pouco surpreendido:

— Esteve no continente?

— Oh, não! É uma lembrança de leitura. Penso muito frequentemente no país em que viajaram Emília e seu pai nos *Mistérios de Udolfo*. Mas, sem dúvida, não lê romances.

— Por que não?

— Porque não é uma leitura muito séria. Os senhores leem livros mais graves.

— Deleitar-se em um bom romance não é senão dar uma prova de espírito. Eu li todas as obras da sra. Radcliffe, a maioria delas com grande prazer. Li os *Mistérios* em dois dias; meu cabelo se levantou sobre minha cabeça.

— Sim — acrescentou a srta. Tilney —, você começara a lê-lo para mim. Saí por cinco minutos, e ao voltar não o achei mais: você havia levado o volume para Hermitage Walk. Fui obrigada a esperar que acabasse de lê-lo.

— Obrigado, Eleanor. Eis um testemunho decisivo. Veja, srta. Morland, como suas suspeitas eram injustas. Cinco minutos, era muito tempo para minha impaciência; sem atenção pelas minhas promessas, abandonei minha irmã no momento mais patético e fugi com o volume, que contudo lhe pertencia. Eis o que me vai colocar em suas boas graças.

— Como me agrada! Agora não terei mais vergonha de amar *Udolfo*. Mas, asseguro-lhe, eu pensava que os rapazes desprezavam bastante os romances.

— O desprezo dos rapazes pelos romances é talvez excessivo. Eles os leem tanto quanto as mulheres. Pela minha parte, eu os li às centenas. Não imagine que pode rivalizar comigo no conhecimento das Júlias e das Luísas. Se, passando aos detalhes, nós nos empenhássemos na indagação interminável de "Leu este?" e "Leu aquele?", cedo eu a deixaria muito longe atrás de mim como... (procuro uma comparação própria ao caso)... Tão longe quanto sua amiga Emília ela mesma deixou o pobre Valencourt quando acompanhou sua tia à Itália. Considere que tenho sobre a senhorita muitos anos a mais. Eu fazia meus estudos em Oxford quando a senhorita era uma boa menina que se afligia com seu marcador de roupas.

— Não muito boa, é meu temor. Mas diga-me, realmente, não acha *Udolfo* o livro mais belo que existe?

— O mais belo? Porque a senhorita o julga, eu suponho, o mais belamente encadernado.

— Henry — disse a srta. Tilney —, você está muito impertinente. Srta. Morland, ele a trata como trata sua irmã. Ele procura sempre altercar comigo por alguma incorreção de linguagem, e eis que toma com você a mesma liberdade. A palavra "belo", empregada como o fez, não o satisfaz. É melhor escolher uma outra imediatamente, senão seremos massacradas com Johnson e Blair por todo o caminho.

— Eu não pensava dizer algo de incorreto. É um belo livro. E por que não empregaria essa palavra?

— Muito bem — disse Henry —, e o dia é muito belo, e fazemos um belo passeio, e são, ambas, moças bonitas. Oh! É uma bela palavra, realmente. Serve para todas as coisas. Hoje em dia, não importa que elogio, sobre não importa que motivo, as pessoas se exprimem com essa palavra.

— Venha, srta. Morland. Deixemos que ele medite sobre nossas faltas do alto de sua erudição enquanto louvaremos *Udolfo* nos termos que nos agradarem. É um livro dos mais interessantes. Gosta muito das leituras desse gênero?

— Para dizer a verdade, não gosto nada das outras.

— Realmente?

— Gosto muito de poesia, peças de teatro, coisas assim, e os livros de viagens me agradam bastante. Mas a História, a solene e real História, não me interessa. E você?

— Eu adoro a História.

— Como a invejo! Li um pouco disso, por obrigação. Mas não vejo lá nada que me irrite ou me desgoste: as brigas entre papas e reis, guerras ou pestes em cada página, homens que não valem grande coisa, e quase nada de mulheres — é muito enfadonho. E, algumas vezes, eu me digo que é extraordinário que seja tão aborrecido, pois uma grande parte de tudo isso deve ser obra de imaginação. As palavras postas na boca dos heróis, seus pensamentos, seus projetos, sim, tudo isso deve ser de pura invenção, e o que me agrada mais nos outros livros é precisamente a invenção; mas lá ela é pobre.

— Você acha — disse a srta. Tilney — que os historiadores não são sempre felizes em seus transportes de fantasia e que eles desenvolvem a imaginação sem excitar o interesse. Eu adoro a História e aceito o falso com o verdadeiro. Para os fatos essenciais, as fontes de informações são as obras anteriores e os arquivos. Isso não é nada, então? A gente crê em tantas coisas que não viu! Quanto aos enfeites de que você fala, gosto deles tais como são. Se um discurso é bem-feito, eu o leio com prazer, que me importa seu autor? E sem dúvida com um prazer bem maior se for obra do sr. Hume ou do dr. Robertson, do que se estiver reproduzindo as próprias palavras de Caractacus, de Agrícula ou de Alfredo O Grande.

— Você gosta da História! O sr. Allen e meu pai gostam dela também. Tenho dois irmãos a quem ela não desagrada. Noto que ela tem bem poucos acólitos em meu círculo restrito. Se os historiadores acham leitores, tudo está bem. Mas eu pensava que eles se obstinavam em encher grandes volumes, sem nenhum outro resultado senão atormentar rapazinhos e mocinhas.

— Que eles torturam as meninas e os meninos, não se pode negá-lo — disse Henry. — Mas tratemos deles menos ligeiramente. São perfeitamente aptos para torturar leitores nos quais a razão esteja inteiramente desenvolvida. Digo "torturar" de acordo com a expressão que usou, em lugar de "instruir", supondo que essas duas palavras se tornaram sinônimas.

— Acha-me tola por chamar o estudo de tormento. Mas se tivesse visto meninos, como sempre vi meus irmãozinhos e minhas irmãzinhas, passar dias e dias aflitos, aprendendo a ler ao ponto de ficarem estúpidos, convencer-se-ia de que "torturar" e "instruir" podem muitas vezes ser sinônimos.

— Seja. Mas os historiadores não são responsáveis pela dificuldade que há em aprender a ler, e concordo em que a gente pode muito bem se deixar torturar dois ou três anos para ser capaz de ler durante todo o resto de sua existência. Pense que, não se ensinando a ler, a sra. Radcliffe haveria escrito em vão ou não haveria escrito tudo.

Catherine aprovou a observação e fez um caloroso panegírico dessa autora. Os Tilney enveredaram, então, para uma outra conversa. Eles contemplavam a paisagem com olhos de pessoas habituadas a desenhar, e examinavam a possibilidade de converter em quadros o panorama de Beechen Cliff. A arte do desenho era misteriosa para Catherine. Ela escutava com uma atenção sem proveito, pois os termos que eles usavam não lhe despertavam nenhuma noção — do que tinha uma grande vergonha. Ela ignorava que, em uma moça graciosa e boa, saber desenhar é uma das qualidades instintivas que têm mais sedução. Ela confessou sua ignorância sobre desenho e bom gosto. Uma lição se seguiu imediatamente. As explicações do sr. Tilney eram tão claras que tudo que ele admirava se revestiu de beleza para Catherine, e ele se deliciava em ver, na atenção apaixonada da moça, uma marca de gosto natural. Ele falou de planos situados antes de outros, de distâncias, de planos situados por detrás de outros, de perspectiva, de luzes, de sombras, tanto, que quando se atingiu o cume de Beechen Cliff, Catherine, de sua própria iniciativa, rejeitou toda a cidade de Bath, como indigna de fazer parte de uma paisagem. Encantado com os seus progressos, mas temendo que muita ciência de uma só vez a fatigasse, Henry fez desviar a conversa. Falou de uma maneira geral de florestas, de terras incultas, dos domínios da Coroa, chegando assim, por ligeiras e hábeis transições, ao governo e à política, e da política chegou, naturalmente, ao silêncio.

O silêncio foi rompido por Catherine, que, com uma voz um pouco solene, pronunciou:

— Ouvi dizer que a notícia de acontecimentos espantosos cedo nos chegará de Londres.

A srta. Tilney, a quem essas palavras eram especialmente endereçadas, estremeceu e disse com vivacidade:

— Realmente! E que sorte de acontecimentos?

— De que modo, eu não sei, nem a quem deveremos isso. Disseram-me somente que seria mais horrível do que tudo que já se viu.

— Céus! Onde pôde ouvir essas coisas?

— Uma de minhas amigas íntimas recebeu ontem de Londres uma carta que falava assim. Será algo extraordinariamente espantoso. Espero ser um crime ou alguma coisa desse gênero.

— Você fala com uma calma surpreendente. Mas quero crer que suas notícias sejam exageradas. Se semelhantes intentos são conhecidos de antemão, medidas serão tomadas pelo governo para evitar que ocorram.

— O governo — disse Henry, esforçando-se para não sorrir — não ousa nem deseja intervir nessas coisas. Mesmo que haja assassinatos, o governo não dará muita importância.

As moças se olharam. Ele acrescentou, rindo:

— Vejamos, devo explicar a ambas do que se trata ou deixá-las desorientadas? Serei generoso. Não imitarei esses homens que desdenham fazer-se compreender pelos seus semelhantes. Talvez ao espírito das mulheres falte aplicação, discernimento, atividade...

— Srta. Morland, não dê atenção ao que ele diz. Mas tenha a bondade de me dar satisfações relativas a esse terrível tumulto.

— Um tumulto? Que tumulto?

— Minha cara Eleanor, o tumulto está unicamente em sua cabeça. A sua confusão é escandalosa. O que deve aparecer em Londres (e a srta. Morland falou de outra coisa) é uma nova obra em três volumes de 276 páginas cada um com duas pedras tumulares e uma lanterna na capa do primeiro volume, compreende? Srta. Morland, minha pobre irmã interpretou mal tudo que disse e que era tão claro. Falava de horrores que estão sendo esperados em Londres. Em lugar de compreender, como faria uma pessoa razoável, que suas palavras não se referiam senão a histórias de gabinete de leitura, ela viu imediatamente 3 mil homens esmagados em Saint-George's Field, o Banco da Inglaterra atacado, a Torre ameaçada, as ruas de Londres alagadas de sangue, um destacamento do 12º Batalhão (a esperança da Nação) chamado de Northampton para reprimir a revolta, e o galante capitão Frederick Tilney, no momento de ficar à frente de sua tropa, lançado debaixo de seu cavalo por um tijolo jogado de uma janela. Perdoe-lhe. Os temores de minha irmã juntaram-se à fraqueza da mulher, mas, habitualmente, ela não tem nada de ingênua.

Catherine parecia circunspecta.

— E agora, Henry — disse a srta. Tilney —, que você nos explicou do que se tratava, poderia também tornar sua pessoa mais compreensível à srta. Morland, senão você se arrisca a que ela o ache intoleravelmente exigente para com sua irmã e de uma grande descortesia para com as mulheres em geral. A srta. Morland não está lá habituada aos seus modos extravagantes.

— Ficarei muito feliz se ela se habituar a eles.

— Seja. Mas isso não é uma explicação.

— Que devo fazer?

—Você o sabe muito bem. Sendo um homem galante, torne-lhe compreensível seu caráter. Diga-lhe que tem uma opinião muito alta da inteligência das mulheres.

— Srta. Morland, eu tenho uma opinião muito alta da inteligência de todas as mulheres, sobretudo daquelas, sejam quais forem, em cuja companhia me encontro.

— Isso não é suficiente. Seja mais sério.

— Srta. Morland, ninguém pode ter da inteligência das mulheres melhor opinião que eu. Na minha opinião, a natureza as dotou de tal modo que elas não acham nunca necessário empregar mais da metade dessa inteligência.

— No momento, não há nada de sério a tirar disso, srta. Morland. Mas não é preciso tomar essas palavras ao pé da letra, quando ele parece injusto para com as mulheres ou descortês para com sua irmã.

Catherine não precisava fazer nenhum esforço para considerar Henry Tilney impecável. A expressão, convinha, podia algumas vezes surpreender, mas a ideia era sempre nobre, e, de resto, o que ela não compreendia estava também inclinada a admirar tanto como o que compreendia. O passeio foi delicioso do começo ao fim, embora tivesse acabado muito cedo. Seus amigos reconduziram-na a sua casa, e a srta. Tilney obteve da sra. Allen a permissão de ter Catherine para jantar dois dias depois. Por parte do sr. Alley, não houve empecilho; e a única dificuldade por parte de Catherine foi o excesso de alegria.

O tempo passara de uma maneira tão agradável que, durante o passeio, Catherine não pensara uma única vez em Isabella e James. Quando os Tilney foram embora, sua solicitude para com Isabella voltou; mas a sra. Allen não guardava nenhuma informação que pudesse tranquilizar Catherine. Esta se apercebeu, então, de que tinha necessidade de alguns metros de fita. Necessitava comprá-los com a maior urgência e sem um instante de demora. Ela saiu e, em Bond Street, encontrou a segunda das moças Thorpe que estava passeando na direção de Edgard's Buildings com duas deliciosas moças que tinham sido suas amigas queridas por toda a tarde. Ela soube assim que a excursão a Clifton se efetuara.

— Eles partiram esta manhã às oito horas — disse Anne —, e não os invejo. Tivemos sorte em ter ficado. É um passeio muito incômodo. Não há uma só alma em Clifton neste momento. Bella estava com seu irmão, e John, com Maria.

Catherine exprimiu seu prazer em saber que Maria fora na excursão.

— Sim, Maria está com eles. Ela estava louca de alegria por ir. Achava que seria um ótimo passeio. Que gosto esquisito! De minha parte, desde o primeiro momento, estava decidida a não acompanhá-los, mesmo que me pedissem insistentemente.

Catherine, um pouco incrédula, não pôde impedir-se de dizer:

— Que pena vocês não terem ido todos!

— Eu lhe agradeço. Mas isso me era indiferente. Por nenhum preço quereria ir. Eu o dizia justamente a Emily e a Sophia quando você nos viu agora.

Catherine permaneceu cética. Mas se sentia feliz em saber que Anne tivera por consolação a amizade de uma Emily e de uma Sophia, e lhes disse adeus sem tristeza; voltou para casa alegre porque a excursão não falhara com a sua recusa.

Desejava que ela tivesse sido bastante agradável, para que James e Isabella não guardassem má impressão de sua resistência.

XV

No dia seguinte, cedo, uma carta de Isabella solicitava, da maneira mais afetuosa e para uma comunicação de alta importância, a presença imediata de Catherine. Esta se apressou em direção a Edgard's Buildings, toda curiosidade e pronta, ela também, às confidências. As duas Thorpe mais novas estavam no pequeno salão e, enquanto uma ia chamar sua irmã, Catherine pediu à outra alguns pormenores sobre a excursão da véspera. Maria não se fez rogar: o passeio fora o mais delicioso do mundo, extraordinariamente encantador, mais agradável que tudo que se pudesse conceber — e assim foi durante os cinco primeiros minutos da conversa. Os cinco seguintes foram do mesmo tom quanto às minúcias. Tinham ido diretamente até o Hotel de York, tomado uma sopa, encomendado o jantar; depois, tinham descido até as termas, saboreado a água, despendido algum dinheiro em compras miúdas, tomado sorvetes em uma pastelaria. Em seguida, voltaram ao hotel e jantaram rapidamente a fim de regressarem antes da noite. E essa volta tinha sido encantadora. Contudo, a lua estava ausente — e chovia um pouco — e o cavalo do sr. Morland estava tão cansado que tiveram muita pena em fazê-lo andar. Catherine escutava com satisfação. Parecia que Blaize Castle tinha estado fora de cogitação, e o resto não valia a pena.

— Que pena — disse Maria, terminando — que minha irmã Anne não tenha podido ir. Ela estava furiosa por ter sido excluída da excursão. Não me perdoará nunca isso, tenho certeza. Mas é que... John quis levar-me, e não a ela. Achou-a muito gorda. Ela ficou de mau humor por muito tempo... Quanto a mim, isso não é coisa que me zangasse.

Isabella entrou com um passo ágil e alegrando-se toda para monopolizar a atenção. Maria foi despachada sem cerimônia, e Isabella, abraçando Catherine, começou assim:

— Sim, minha querida Catherine, é verdade. Sua perspicácia não foi um defeito. Que olhar observador é o seu! Vê através de tudo.

Catherine respondeu com um olhar de ignorância pasmada:

— Não, minha querida, minha doce querida, acalme-se. Estou extremamente agitada, como você vê. Sentemo-nos e conversemos. Portanto, você o adivinhou ao receber minha carta, moça astuta? Oh, minha querida Catherine, você que é a única a conhecer meu coração, você pode julgar minha alegria. Seu irmão é o homem mais encantador que já vi. Desejaria somente ser digna dele. Mas que dirão seu excelente pai, sua excelente mãe? Céus! Quando penso neles, fico tão agitada.

Catherine começava a compreender e, com o rubor natural a uma emoção tão inesperada, exclamou:

— Céus! Minha querida Isabella, que quer dizer? É possível, é realmente possível que você esteja enamorada de James?

E, efetivamente, esses doces sentimentos de Isabella para com James, em nome dos quais se celebrava tão gratuitamente a perspicácia de Catherine, tinham-se mostrado recíprocos, na véspera, durante o passeio. Nunca Catherine fora a confidente de uma notícia tão emocionante: seu irmão e sua amiga estavam noivos! Inexperiente nessas coisas, sua importância lhe parecia prodigiosa, e ela viu nisso um desses acontecimentos que não se repetem no curso ordinário da vida. Sua alegre emoção, que ela não podia traduzir, agradou a Isabella. Dando-se o nome de irmãs, elas misturaram seus beijos e suas lágrimas felizes.

Mas, por mais encantada que Catherine estivesse com a perspectiva dessa união, Isabella a ultrapassava em suas carinhosas antecipações:

— Você me será infinitamente mais querida, minha Catherine, que Anne ou mesmo Maria. Sinto que serei mais ligada à minha querida família Morland que à minha própria família.

Catherine renunciava a se elevar a essas alturas da amizade.

— Você é tão semelhante ao seu querido irmão, Catherine — continuava Isabella —, que eu me apaixonei por você desde o primeiro momento. Para mim é sempre assim, o primeiro momento decide tudo. No dia em que Morland foi à nossa casa, no último Natal, no instante em que o vi, meu coração era seu, irrevogavelmente. Eu usava, lembro-me, meu vestido amarelo, tinha o cabelo entrançado, e quando, à minha entrada no salão, John me apresentou a ele, pensei que jamais vira alguém tão bonito.

Catherine descobria o poder do amor. Ela amava seu irmão e com que parcialidade: entretanto, não pensara nunca que ele fosse bonito.

— Eu me lembro ainda. A srta. Andrews tomava chá conosco naquela noite. Ela trajava seu vestido de tafetá fino. Estava divina, tanto que pensei ver seu irmão ficar enamorado dela. Oh, Catherine, quantas noites de insônia seu irmão me deu! Eu não quereria que você sofresse a metade do que sofri! Fiquei desoladamente magra, eu o sei. Mas não quero fazê-la sofrer, descrevendo-lhe minhas angústias. Você já sabe o bastante. Sinto que já me revelei o mais possível. Sinto que me traí perpetuamente; estava desprotegida contando minha paixão na Igreja! Mas sabia bem que com você o meu segredo estava bem guardado.

Catherine concordou para si mesma que nada no mundo jamais estivera em tanta segurança. Mas, envergonhada de sua própria ignorância, não ousou pôr em dúvida esse dom de perspicácia e de simpatia que lhe era conferido por Isabella.

James se preparava a toda pressa para partir para Fullerton. Ia pedir a seus pais consentimento para o casamento. Isso era para Isabella uma fonte de agitações reais. Catherine esforçava-se por convencê-la, e ela própria estava convencida, de que nem o pai nem a mãe se oporiam aos desejos de seu filho.

— É impossível — dizia — que haja pais melhores, mais desejosos da felicidade de seus filhos. Não duvido de seu "sim" imediato.

— Morland disse exatamente a mesma coisa — respondeu Isabella —, e entretanto não ouso esperar. Meu dote é tão pequeno! Eles não consentirão nunca! Seu irmão poderia pretender a mão de não importa que herdeira.

Nisso Catherine ainda discerniu o poder do amor.

— Realmente, Isabella, você é muito modesta. A diferença de fortuna não tem aqui nenhuma importância.

— Oh! Minha doce Catherine, por seu generoso coração, não teria nenhuma importância. Mas como é raro um tal desinteresse! Quanto a mim, não desejaria senão uma coisa: que nossas situações estivessem invertidas. Se eu tivesse milhões, se eu fosse dona do mundo inteiro, é a seu irmão ainda que eu escolheria.

Esse sentimento encantador rememorou agradavelmente a Catherine todas as heroínas de seu conhecimento, e ela pensou que sua amiga nunca fora mais encantadora do que agora, formulando uma declaração tão magnânima. E ela não cessava de dizer:

— Estou certa de que eles consentirão. Tenho certeza de que você lhes agradará muito.

— De minha parte — dizia Isabella —, meus desejos são tão modestos que o menor rendimento me bastará. Quando se ama verdadeiramente, a pobreza é opulência. Eu odeio a riqueza. Não gostaria de morar em Londres por nada deste mundo. Uma choupana, em um pequeno burgo retirado, seria adorável. Há pequenas e encantadoras casas de campo em redor de Richmond.

— Richmond! — exclamou Catherine. — É preciso que você more perto de Fullerton. É preciso que esteja perto de nós.

— Se ficarmos longe de você, eu me sentirei muito infeliz com isso. Se eu pudesse somente estar perto de você, Catherine, eu ficaria contente. Mas as palavras são inúteis. Não quero pensar nessas coisas enquanto a resposta de seu pai não for conhecida. Morland disse que se sua carta sair de Salisbury nesta noite, teremos a resposta amanhã. Amanhã! Não terei nunca a coragem de abrir sua carta. Será minha sentença de morte, eu o sinto.

Seguiu-se um instante de devaneio. Depois Isabella falou e foi para dissertar sobre o tecido de que seria feito seu vestido nupcial.

Essa conferência terminou quando o jovem enamorado, a ponto de partir para Wiltshire, veio exalar seu suspiro de adeus. Catherine quereria muito felicitá-lo, mas toda sua eloquência se refugiara em seus olhos. James compreendeu facilmente. Impaciente por estar em sua casa e ver suas esperanças florescerem, fez rápidas despedidas. Elas seriam ainda mais breves, se sua bela prometida não o tivesse retido várias vezes com sua prolixa insistência em induzi-lo a partir. Duas vezes ele atingiu a porta, duas vezes ela o fez voltar, impaciente de que ele se pusesse a caminho.

— Em verdade, Morland, é preciso que eu mande você embora. Você vai para longe, pense nisso. Não posso suportar vê-lo demorar tanto. Pelo amor do céu, não perca mais seu tempo. Vamos, vá embora, vá, eu o quero.

As duas amigas não se separaram durante todo o dia e as horas decorreram em projetos de felicidade fraternal.

A sra. Thorpe e seu filho, que estavam ao corrente de tudo e pareciam esperar apenas o consentimento do sr. Morland para dar largas à sua alegria, foram provocados por Isabella para esse jogo de palavras em subentendidos e olhadelas cúmplices que deviam exasperar a curiosidade das irmãs menores. Essas maneiras pareciam pouco generosas e corretas a Catherine, que não poderia impedir-se de fazer notar isso se, naquele ambiente, elas não fossem costumeiras. Mas Anne e Maria acalmaram cedo seus escrúpulos com a sagacidade de seus "Nós sabemos, nós sabemos...". E houve por toda a noite frases espirituosas, em que os adversários se mostraram igualmente virtuosos, e manobras que visavam a salvaguardar ora o mistério de um pretenso segredo, ora o de uma descoberta que não se definia.

Catherine passou o dia seguinte com sua amiga, para apoiá-la no curso das longas horas que deviam decorrer antes da chegada do correio — ajuda necessária, porque, enquanto essas horas diminuíam, a perturbação de Isabella ia crescendo. Ela chegara laboriosamente a uma angústia autêntica quando a carta finalmente chegou.

Mas, quando a abriu, para onde foi a sua aflição? "Não tive nenhuma dificuldade em obter o consentimento de meus bons pais e tenho a promessa de que tudo que estiver em suas mãos será feito para apressar minha felicidade..."

Tais eram as três primeiras linhas.

Logo tudo foi uma alegre segurança. Um belo rubor tingiu instantaneamente as faces de Isabella. Os cuidados e ansiedades pareciam distantes. Seus sentimentos ficaram tão elevados que estavam a ponto de escapar a qualquer controle. Sem hesitação, ela se declarou o mais feliz dos mortais.

A sra. Thorpe, com lágrimas de alegria, abraçou sua filha, seu filho, a visitante, e teria abraçado de boa vontade a metade dos habitantes de Bath. Sua alma transbordava de ternura. Era "querido John", "querida Catherine", em cada palavra. "Querida Anne" e "querida Maria" participaram incontinenti das manifestações de regozijos, e duas "querida" colocadas ao mesmo tempo diante do nome de Isabella foram pouco para ela. O próprio John manifestava seu contentamento. Ele declarou ser o pai Morland um homem excelente e intrépido e vociferou seus louvores.

A carta que dispensava tanta felicidade era curta. Ela não continha senão a notícia do sucesso e contava pormenores. Estes, Isabella era de natureza a aceitá-los: o sr. Morland dissera o essencial e se comprometera a remover as dificuldades. Como seriam constituídos os rendimentos do jovem casal — por transferência de propriedades territoriais ou de rendas sobre o Estado — eram bagatelas de que Isabella não se ocupava; ela podia contar, e em breve tempo, com um honroso modo de vida. Dando livre curso a seus sonhos, ela já se via a provocar o deslumbramento de suas novas relações em Fullerton e a inveja de suas amigas de Pulteney Street. Teria uma carruagem às suas ordens, um outro nome em seus cartões de visita e, em seus dedos, anéis fulgurantes.

John Thorpe, que retardara sua partida para Londres até a chegada da carta, podia agora pôr-se a caminho.

— Eis-me: venho dizer-lhe adeus — disse à srta. Morland, que encontrou sozinha na sala.

Catherine desejou-lhe uma boa viagem. Sem parecer ouvi-la, ele foi até a janela, voltou, trauteou uma ária. Parecia muito preocupado.

— Não chegará bastante tarde a Devizes? — perguntou-lhe Catherine.

Ele não respondeu e, após um momento de silêncio, sua palavra fez irrupção:

— Uma coisa muito boa é esse projeto de casamento, pela minha alma! Uma feliz ideia a de Morland e de Bella! Que pensa disso, srta. Morland? A meu ver, a ideia não é má.

— É realmente uma ideia muito feliz.

— Sim! Pelos céus! Sinceramente. Estou encantado que não seja inimiga do casamento. Conhece a velha canção: "Um casamento leva a outro." Virá ao de Isabella?

— Sim, prometi à sua irmã assistir ao seu casamento se me for possível.

— E então, já sabe — e ele se torcia, alegre —, digo então já sabe, poderemos cantar a velha canção.

— A velha canção? Mas eu não canto... Bem, desejo-lhe uma boa viagem. Eu janto com a srta. Tilney hoje, e devo voltar para casa.

— Oh! Não se apresse! Quem sabe quando voltaremos? Não que eu não deva estar de volta para o fim da quinzena, uma quinzena que me parecerá diabolicamente longa!

— Então por que se ausentar durante tanto tempo? — perguntou Catherine, vendo que ele esperava uma resposta.

— É gentil de sua parte, realmente, gentil e de bom coração. Não me esquecerei disso. Mas a senhorita é muito bondosa e além de tudo tem uma parte de bondade... colossal. E não é somente de bondade, mas tem tanto, tanto de tudo! A senhorita tem uma tal... Pela minha alma! Não conheço ninguém como a senhorita.

— Oh! Há muita gente como eu, e, tenho certeza, um grande número que vale mais. Adeus.

— Mas, srta. Morland, irei a Fullerton para apresentar-lhe meus respeitos antes de pouco tempo, se isso não lhe desagrada.

— Faça o favor de ir. Meu pai e minha mãe ficarão muito contentes em vê-lo.

— E eu espero, eu espero, srta. Morland, que a senhorita não ficará aborrecida em ver-me.

— Oh! Absolutamente. Há pouca gente que me aborreça ver. É sempre agradável ter uma companhia.

— É justamente minha maneira de pensar. Que eu tenha somente alegres companheiros, que eu esteja com pessoas a quem estimo, que eu esteja onde me agrade estar e com quem me agrade, para o diabo o resto, digo eu! E sou extremamente feliz em ouvi-la dizer a mesma coisa. Penso, srta. Morland, que a senhorita e eu somos quase sempre da mesma opinião.

— Talvez. Mas nunca pensei nisso. Antes de tudo, não há muitas coisas das quais conheça minha própria opinião.

— Por Júpiter, é como eu! Não é de meu hábito quebrar a cabeça em coisas que não me dizem respeito. Minha maneira de ver é bastante simples. Que eu tenha a moça de que gosto, digo, uma casa confortável para morar, para que me inquietar com o resto? A fortuna não é nada. De minha parte, estou certo de um bom rendimento. E se ela não tiver um níquel, bem! Tanto melhor.

— Nesse ponto, penso como o senhor. Se de uma parte há qualquer fortuna, não é necessário que o haja do outro. Que seja ele ou ela que sejam ricos, não importa. Não compreendo que uma grande fortuna procure uma outra. Casar-se por dinheiro me parece a coisa mais imoral que há. Adeus. Ficaremos contentes em vê-lo em Fullerton, quando lhe agradar aparecer por lá.

Os galanteios de seu interlocutor não conseguiram retê-la por mais tempo. Tinha pressa em anunciar o noivado de James à sra. Allen e de fazer os preparativos para ir ao encontro da srta. Tilney. Partiu, e Thorpe ficou lá encantado com o seu procedimento e com o encorajamento, para ele ostensivo, que lhe dera a moça.

A emoção que sentira ao saber do compromisso de seu irmão lhe fazia augurar que o sr. e a sra. Allen ficariam também bastante perturbados com a surpreendente notícia. Grande foi seu desapontamento. Essa surpreendente notícia, da qual ela preparou o enunciado por muitos circunlóquios, fora prevista por eles desde a chegada de James. Limitaram-se a exprimir um voto de felicidade para os jovens. O sr. Allen acrescentou uma referência sobre a beleza de Isabella, e a sra. Allen sobre sua felicidade. Uma tal impassibilidade pareceu surpreendente a Catherine. Contudo, a sra. Allen abjurou sua calma ao saber da partida, na véspera, de James para Fullerton. Repetidas vezes, ela lamentou que o segredo tivesse sido necessário a essa viagem, deplorou não ter sido informada da viagem, de não ter visto James no último momento: ela encarregá-lo-ia certamente de dar suas melhores lembranças ao sr. e à sra. Morland e apresentar seus cumprimentos aos Skinner.

XVI

Catherine se havia prometido um tal prazer em sua visita a Milson Street que uma decepção era inevitável. Sim, sem dúvida, o general Tilney a recebera com muita cortesia e sua filha a acolhera de uma maneira muito graciosa. Sim, Henry estava lá. Não havia outra convidada fora ela. E, contudo, reconheceu, ao voltar para casa e sem precisar de muito tempo para refletir, que fora a esse encontro esperando uma felicidade que não encontrara.

Longe de sua intimidade fazer progressos, parecia que as duas moças estavam menos amigas que antes. Henry Tilney, no quadro familiar, poderia pôr em destaque sua personalidade; ora, jamais ele falara tão pouco, jamais fora tão pouco afável. Em suma, apesar das amabilidades quase excessivas do pai, com os seus convites, agradecimentos e elogios, ir embora fora para ela um alívio. Ficou confusa ao se dar conta de tudo isso. Não poderia ser culpa do general Tilney. Que ele era agradável e de boa índole, além de ser um homem muito encantador, não havia dúvida, pois era alto e bonito, e pai de Henry. Ele não poderia ser culpado pela falta de entusiasmo dos filhos nem pela falta de prazer dela em sua companhia. "De resto", pensou Catherine, "a falta de animação de seus filhos podia ser imputada ao acaso, e meu desapontamento se deveu à minha tolice."

A interpretação de Isabella, ao ouvir os acontecimentos daquela noite, foi diferente: — Orgulho, orgulho, insuportável altivez e orgulho, eis o que revelavam as maneiras dos Tilney. Havia muito tempo ela suspeitava que eles tivessem esse defeito. Suas suspeitas estavam agora confirmadas. Em sua vida não vira nada tão inconveniente como a conduta da srta. Tilney. Não se dignar a fazer as honras de sua casa! Tratar uma visita com uma tal arrogância! Mal chegar a conversar com ela!

— Mas você exagera, Isabella. Ela não estava arrogante, estava muito delicada.

— Oh! Não a defenda! E o irmão, que parecia ter tanta afeição por você! Céus, como os sentimentos de certas pessoas são incompreensíveis! Então, durante todo o dia, mal a olhou.

— Não diga isso. Ele não parecia estar muito bem disposto.

— Como é desprezível! De todas as coisas do mundo, é a inconstância a que me inspira mais aversão. Eu lhe peço, querida Catherine, não pense nele nunca mais. Realmente, é indigno de você.

— Indigno! Não penso que ele tenha nunca pensado em mim.

— É justamente o que digo: ele não pensa em você. Que inconstância! Oh, como são diferentes dele, seu irmão e o meu! Creio verdadeiramente que John tem o coração mais constante que há.

— Quanto ao general Tilney, asseguro-lhe que é impossível ser mais cortês e mais atencioso. Parecia que sua única preocupação era a de me ser agradável.

— Oh! Dele eu não digo nada. Não penso que seja orgulhoso. Creio que ele é um cavalheiro. John tem uma alta opinião dele. E o julgamento de John...

— Bem, verei como agirão comigo esta noite. Devemos encontrar-nos no baile.

— E eu, irei?

— Não tem essa intenção? Eu pensava que estivesse combinado.

— Desde que você queira... Não posso recusar-lhe nada. Mas não espere ver-me alegre. Meu coração, como você sabe, estará a quarenta milhas daqui. Quanto a dançar, não me fale disso, rogo-lhe: seria inútil. Charles Hodges me atormentará até a morte, tenho certeza, mas eu o afastarei claramente. Há dez contra um para apostar como ele adivinhará a razão de minha recusa, e é justamente o que eu quereria evitar. Chegada a ocasião, eu lhe pedirei para guardar suas conjecturas para si mesmo.

A opinião de Isabella sobre os Tilney não teve eco. Catherine estava certa de que não houvera nenhuma insolência na atitude do irmão e da irmã, e essa certeza foi justificada nessa mesma noite.

A srta. Tilney mostrou-se muito amável, e Henry várias vezes convidou Catherine para dançar.

Tendo sabido, na véspera, em Milson Street, que o irmão primogênito, o capitão Tilney, estava sendo esperado a qualquer momento, ela não precisou adivinhar o nome do atraente e elegante jovem que ela jamais vira antes e estava na companhia deles. Ela o fitava com grande admiração, e admitia mesmo ser possível que algumas pessoas o julgassem mais bonito que o irmão, embora, a seus olhos, tivesse um ar mais arrogante e a expressão de seu rosto fosse menos agradável. Decididamente sua educação e suas maneiras não eram aprimoradas, pois, sabendo que ela estava a ouvi-lo, não só protestou à ideia de dançar, achando a ideia impossível, mas ainda riu abertamente de Henry.

Por essa circunstância, pode-se presumir que qualquer que fosse a opinião de nossa heroína a respeito do capitão, a admiração deste por ela não suscitava animosidade entre os irmãos nem a expunha a perseguições. Não seria ele quem encarregaria três sacripantas de lançá-la, de viva força, em uma cadeira de posta atrelada por quatro cavalos furiosos. Catherine, antes de tudo, não estava perturbada por nenhum pressentimento de infortúnio, salvo o temor de que a dança terminasse muito cedo em vista do pequeno número de pares que ali se encontrava. Ela se entregava toda a essa felicidade já familiar de se sentir junto de Henry. Escutava-o com os olhos alegres e, achando-o irresistível, ela própria se tornava irresistível.

Após a primeira dança, o capitão Tilney aproximou-se deles e, para seu desapontamento, separou-a do irmão. Eles se afastaram falando em voz baixa. Se bem não considerasse como indubitável que o capitão Tilney ouvira qualquer dito calunioso a seu respeito, e que estivesse prestes a comunicá-lo a seu irmão, na esperança de afastá-los para sempre, ela não podia ver Henry desaparecer sem experimentar uma sensação muito desagradável. Ao cabo de cinco minutos, e Catherine acreditava que já decorrera um quarto de hora, eles reapareceram. Henry perguntou a Catherine, que recobrou assim sua calma:

— Sua amiga, srta. Thorpe, consentiria em dançar? Meu irmão ficaria muito feliz em lhe ser apresentado.

Sem hesitação, Catherine respondeu que a srta. Thorpe desejava não dançar. Transmitida a cruel resposta, o capitão se foi.

— O seu irmão não se importará — disse ela —, pois eu o escutei dizer que tinha horror à dança. Mas ele não é senão muito amável. Viu Isabella sentada e supôs que ela desejava um convite. Enganava-se. Isabella não dançará por nada deste mundo.

Henry sorriu.

— Com que desembaraço distingue o motivo das ações de outrem!...

— Como?

— Para a senhorita a pergunta não se propõe assim: "Qual é, do modo mais verossímil, o motivo que fez tal pessoa agir em tal circunstância, sendo dados sua idade, sua situação, os hábitos de sua vida?" Não. A senhorita pergunta simplesmente: "Que motivo me haveria feito agir, eu, de tal maneira?"

— Eu não o compreendo.

— Então estamos nas posições mais desiguais, porque eu a compreendo perfeitamente.

— Realmente, eu não falo bastante bem para ser incompreensível.

— Bravo! Excelente sátira em linguagem moderna.

— Rogo-lhe, explique-se.

— Explicar-me? A senhorita o quer? Mas seria bem imprudente para a senhorita. Isso a colocaria em um embaraço cruel, e, certamente, chegaríamos a um desacordo.

— Mas não, absolutamente, não tenho medo.

— Seja. Eu queria simplesmente dizer que, ao atribuir à bondade esse desejo de meu irmão, convenceu-me de que é melhor do que ninguém no mundo.

Catherine ruborizou-se, protestou, e assim as predições do rapaz se converteram em realidade. Havia, entretanto, nessas palavras alguma coisa que a encantava confusamente, e ela esquecia de falar, de escutar, ela esquecia quase onde se encontrava, quando enfim, despertada pela voz de Isabella, levantou os olhos e viu sua amiga e o capitão Tilney, que se preparavam para dançar.

Isabella, evasiva, levantou as espáduas, sorriu: única explicação oportuna de uma mudança tão extraordinária, porém ainda insuficiente para Catherine, que manifestou francamente a Henry sua surpresa:

— Como é possível? Isabella estava tão decidida a não dançar.

— E Isabella não muda nunca de opinião?

— Oh! Mas... é que... e seu irmão? Depois do que eu lhe disse, como pensou ele em convidá-la?

— Meu irmão? Devo confessar que isso não me surpreende. A senhorita me convida a ficar surpreendido no tocante à sua amiga:

também o estou. Mas a conduta de meu irmão não tem nada que me confunda. A beleza de sua amiga era para ele um argumento suficiente. Ela resolvera não dançar, seja; mas somente a senhorita poderia depositar em uma tal resolução uma fé tão viva.

— O senhor ri. Mas eu lhe asseguro que Isabella tem habitualmente muita firmeza.

— Muita firmeza? De resto, não mudar nunca de opinião, chamaremos isso de teima. Mudar de opinião com conhecimento de causa é a ação de alguém dotado de esperteza. Sem aludir a meu irmão, penso que a srta. Thorpe não fez má escolha agora.

As amigas não puderam ficar juntas para trocar confidências antes do fim do baile. Mas então, como atravessassem a sala de braços dados, Isabella se explicou:

— Não me admiro de sua surpresa, e estou morta de cansaço. Que tagarela! Muito divertido, se meu pensamento estivesse livre. Mas teria dado tudo deste mundo para ficar sentada tranquilamente.

— Então... por que não permaneceu sentada?

— Oh! Minha querida, isso teria parecido tão singular! E você sabe como me aborrece singularizar-me. Repeli suas insistências durante muito tempo. Mas ele não queria admitir uma recusa. Como ele insistia, você não pode fazer uma ideia disso. Eu lhe pedi para desculpar-me, procurar um outro par. Ele não cedia. Depois de me haver escolhido para dançar, não existia ninguém na sala em quem ele suportasse pensar. Não que desejasse absolutamente dançar... Ele desejava estar comigo. Como é absurdo! Disse-lhe que seguira um mau meio de me persuadir, que eu odiava palavras bonitas e galanteios, disse-lhe... Que não lhe disse eu! Quando enfim vi que não teria paz se não me levantasse. Por outra parte, a sra. Hughes, que me apresentara a ele, podia escandalizar-se com uma recusa persistente, e seu querido irmão, estou certa disso, teria lamentado se em toda a noite eu não tivesse dançado. Tenho a cabeça cansada de ter escutado tanta tolice. E depois, elegante como ele é, todos os olhos estavam assentados sobre nós.

— Ele é muito bonito, realmente.

— Bonito? Sim, penso que se pode considerá-lo belo. Mas não é de todo meu tipo de beleza. Odeio homens fortes e de olhos negros. Não importa, ele está muito bem. Assombrosamente enfatuado de si mesmo, sem dúvida. Você sabe, eu lhe rebati várias vezes o palavrório, à minha maneira.

No dia seguinte, quando as moças se encontraram juntas, chegou a segunda carta de James, expondo as intenções do pai. Uma freguesia da qual o sr. Morland era titular e que lhe rendia cerca de quatrocentas libras por ano seria a cedida a James, assim que este estivesse em idade de casar-se — e não era uma parcela insignificante sobre o rendimento de uma família com dez filhos. Bens de um valor mais ou menos igual lhe eram assegurados como sua parte futura de herança.

James exprimia a sua gratidão. Quanto à importuna necessidade de adiar durante dois ou três anos seu casamento, ele se sujeitava a ela sem descontentamento, pois sempre esperara por ela. Catherine, cujas noções sobre a fortuna de seu pai eram bastante vagas para que pudesse ter, no caso presente, uma opinião pessoal, conformava-se com os sentimentos de James. Ela estava feliz, pois ele o estava, e felicitou Isabella do rumo que tomava o acontecimento.

— É como desejo, realmente — dizia Isabella, com um ar grave.

— O sr. Morland agiu muito liberalmente — disse a amável sra. Thorpe, olhando sua filha com ansiedade. — Eu desejaria poder fazer o mesmo. Não podíamos esperar melhor dele, você sabe. Se, no futuro, ele vir que pode fazer mais, estou certa de que o fará, pois imagino que deve ser um excelente homem e ter um bom coração. Quatrocentas libras, isso não é mais que um pequeno rendimento para um jovem casal. Mas seus gostos, Isabella, são tão modestos. Você é tão pouco exigente, minha querida.

— Não é para mim que eu desejo mais, mas não posso suportar a ideia de ser uma carga para o meu caro Morland, se ele se estabelecer com uma renda apenas suficiente para uma só pessoa. Não falo de mim: eu não penso nunca em mim.

— Eu o sei, minha querida, mas seu desinteresse não é sem compensação. Todos aqueles que a conhecem bem adoram-na. E estou certa de que, quando o sr. Morland a conhecer, minha querida menina... Mas não fatiguemos Catherine com essas coisas. O sr. Morland se comportou com muita generosidade, você sabe. Tenho sempre ouvido elogiá-lo como um homem excelente, e você sabe, minha querida, não temos suposições a fazer, mas é que... se você tivesse uma fortuna suficiente, ele teria dado mais. Estou bem certa de que é um homem verdadeiramente liberal.

— Ninguém pode ter do sr. Morland melhor opinião que eu. Mas cada um tem suas fraquezas, e cada um tem o direito de dispor à sua vontade de seu dinheiro.

Catherine estava chocada com essas insinuações.

— Tenho a certeza — disse ela — de que se meu pai não prometeu mais, é porque seus meios não lhe permitem dar mais nada.

Isabella observou:

— Quanto a isso, minha doce Catherine, não pode haver nenhuma dúvida, e você me conhece bastante para saber que um rendimento bem menor ainda me satisfaria. Não é a falta de mais dinheiro que me preocupa neste momento. Eu odeio o dinheiro. Se nosso casamento pudesse efetuar-se agora, e não tivéssemos senão um rendimento de cinquenta libras, todos os meus desejos estariam satisfeitos. Ah! Minha Catherine, você me adivinhou. Lá está a ferida. Os longos, os longos dois anos e meio sem fim, que devem decorrer antes que seu irmão receba a freguesia.

— Sim, minha querida Isabella — disse a sra. Thorpe —, lemos perfeitamente em seu coração. Ele não tem subterfúgios. Compreendemos perfeitamente sua tristeza, e qualquer de nós a amará ainda por sua ternura tão nobre e tão sincera.

Catherine começava a sentir-se menos mal. Ela queria crer que a demora do casamento fosse a causa única das tristezas de Isabella. E quando, no encontro seguinte, ela a viu tão alegre e amável como de costume, procurou esquecer suas suspeitas de um minuto. James chegou pouco tempo depois de sua carta. Ele foi recebido com a mais lisonjeira amabilidade.

XVII

Começava a sexta semana da temporada dos Allen em Bath. A última? Catherine sentiu seu coração bater. Suas relações com os Tilney já iam então se interromper? Enquanto a pergunta não fosse respondida, parecia que toda a sua felicidade estava em perigo. Mas eis que ela reencontrou a tranquilidade, pois eles decidiram conservar a casa mais uma quinzena.

Que ela pudesse experimentar, no decorrer dessa nova quinzena, outras emoções além do prazer de ver Henry Tilney, isso preocupava pouco Catherine. Uma ou duas vezes, é verdade, depois que o noivado de James e Isabella lhe revelara as possibilidades, ela se havia permitido um íntimo "talvez". Mas, em suma, a felicidade de estar com ele limitava, no presente, suas vistas. O presente estava compreendido em um novo período de três semanas, e, sua felicidade estando assegurada por esse espaço de tempo, o resto de sua vida se perdia em distâncias sem interesse.

À tarde, ela visitou a srta. Tilney para lhe manifestar os seus alegres sentimentos. Mas estava escrito que este seria um dia decisivo. Assim que exprimira sua alegria em não deixar Bath imediatamente, a srta. Tilney lhe anunciou que seu pai acabara de fixar sua partida para o fim da semana seguinte. Golpe cruel! A esperança se convertera em desapontamento! Catherine sentiu-se desfalecer, e com uma voz que revelava suas angústias, repetiu as últimas palavras da srta. Tilney:

— ... no fim da semana próxima.

— Sim. Meu pai não gosta muito de vir à estação de águas. Ele ficou decepcionado por não encontrar aqui os amigos que deviam vir. E como ele se sente melhor, está com pressa de voltar para casa.

— Estou triste com isso — disse Catherine consternada. — Se soubesse disso...

— Talvez — disse a srta. Tilney com hesitação — você gostasse muito... Eu ficaria tão feliz se...

A entrada do pai abreviou essas amabilidades, precursoras — começava a presumir Catherine — da proposta de trocar cartas.

Tendo saudado Catherine com a sua cortesia habitual, voltou-se para sua filha:

— Então, Eleanor, posso felicitá-la pelo sucesso de sua gestão junto à sua graciosa amiga?

— Eu ia justamente fazer-lhe meu pedido quando o senhor entrou.

— Bem, faça o possível. Sei como deseja, de coração, um bom resultado. Minha filha, srta. Morland — e ele continuou sem deixar à sua filha o tempo de intercalar uma palavra —, está com um desejo muito temerário. Nós vamos deixar Bath, como ela talvez lhe anunciou, de sábado a oito dias. Uma carta de meu intendente me participou que minha presença em casa é indispensável. E, decepcionado em minha esperança de ver aqui o marquês de Longtown e o general Courteney, dois de meus mais antigos amigos, nada me retém em Bath. Se pudéssemos ser bem-sucedidos em certo projeto que nos interessa e que lhe concerne, deixaríamos Bath sem nenhuma saudade. Poderia decidir-se a deixar dentro em pouco esta cena de triunfos públicos e fazer a gentileza de acompanhar sua amiga Eleanor a Gloucestershire? Ouso apenas submeter-lhe esta proposta. Poderá achá-la presunçosa? E, se ela fosse conhecida em Bath, todo mundo a julgaria mais presunçosa ainda: a senhorita é tão modesta... Mas, essa modéstia, eu quereria fazê-la sofrer com um louvor muito direto. Se a senhorita consentisse em nos honrar com a sua visita, tornar-nos-ia feliz além de qualquer expressão. É bem verdade que não podemos oferecer-lhe nada que seja comparável aos prazeres desta cidade em festa. Não podemos atraí-la nem pelas distrações, nem pela riqueza. Nossa maneira de viver, como o sabe, é simples e despretensiosa. Entretanto, faremos todos os nossos esforços para que não se aborreça na Abadia de Northanger.

A Abadia de Northanger! Que palavras emocionantes, que faziam Catherine ficar extasiada! Diante do convite, mal encontrava palavras para exprimir sua felicidade e gratidão. Um convite tão sedutor e feito com tanta insistência! Tudo que podia honrá-la e lisonjeá-la, todas as alegrias presentes e as esperanças futuras estavam ali. Ela o aceitou com solicitude, sob a única reserva da aprovação de seus pais.

— Vou escrever para casa imediatamente — disse ela. — E se eles não fizeram objeção... Oh! Estou certa de que não o farão!...

O general Tilney não estava menos confiante. Já falara a seus excelentes amigos de Pulteney Street e obtivera sua aprovação.

— Pois se eles podem consentir em se separar da senhora, podemos contar com a boa vontade dos outros.

Ansiosa, embora delicada, a srta. Tilney reiterou o convite, e minutos depois estava tudo assentado, na dependência da decisão de Fullerton.

No decorrer daquela tarde, Catherine tinha passado pelas alternativas da incerteza, da segurança, do desapontamento e da felicidade definitiva. Henry em seu coração, a Abadia de Northanger em seus lábios, ela se apressava entusiasticamente em direção a casa para escrever sua carta.

O sr. e a sra. Morland enviaram pelo próximo correio seu consentimento: eles o remetiam ao julgamento dos amigos a quem tinham confiado sua filha. Esse liberalismo, se bem estivesse de acordo com as previsões de Catherine, confirmou nela a convicção de que era a querida da sorte. Tudo parecia conjurar-se em seu favor. A bondade de seus primeiros amigos, os Allen, levara-a a uma cena fecunda em prazeres novos. Todos os seus sentimentos, todas as suas preferências tinham sido recompensadas de reciprocidade. Em Isabella, ela encontrara uma irmã; os Tilney ultrapassavam seus desejos; durante semanas ela iria viver sob o mesmo teto que pessoas cujo convívio lhe era muito caro, e esse teto era o de uma abadia! Sua paixão pelas construções antigas igualava em intensidade sua paixão por Henry Tilney. Castelos e abadias enchiam os sonhos que a imagem do rapaz não enchia. Explorar torreões e claustros era seu desejo desde semanas. Nunca esperara ser senão a visitante que passa. Esperar mais era muito quimérico. E entretanto essa quimera se realizava. Northanger poderia ser uma casa, um hotel, uma casa de campo, qualquer vaga habitação, e, apesar de tantas possibilidades adversas, Northanger era uma abadia e, esta abadia, ela habitaria. Seus longos corredores úmidos, suas celas severas, sua capela arruinada ressoariam com seus passos cotidianos. Ela não lograva reprimir a esperança de alguma lenda; talvez mesmo encontrasse as memórias terríveis de alguma freira marcada pelo infortúnio. Era coisa surpreendente que seus amigos parecessem tão pouco vaidosos da posse de uma tal morada. Somente o hábito podia explicar esse desinteresse.

As perguntas que ela fez à srta. Tilney foram numerosas, mas as ideias se sucediam muito depressa em seu espírito tumultuoso. Pelas respostas, ficara sabendo apenas que a Abadia de Northanger havia sido um rico convento do tempo da Reforma; que se tornara a propriedade de um ancestral dos Tilney quando da dissolução das ordens religiosas; que uma grande parte dela fora incorporada à morada atual, enquanto o resto caía em ruínas; que estava situada em um vale; e que, ao norte e a leste, altas florestas de carvalhos a protegiam.

XVIII

Em sua alegria, Catherine não se apercebia de que, havia dois ou três dias, não via absolutamente Isabella. Ela se deu conta subitamente dessa infração a seus hábitos, e experimentou o desejo de conversar com sua amiga quando passeava em Pump-Room, lado a lado com a sra. Allen, sem ter nada a dizer e nada a escutar. Não fazia cinco minutos que tivera esse desejo quando Isabella apareceu e, convidando-a para uma conversa confidencial, arrastou-a para um banco colocado entre duas portas e de onde se via entrar todo mundo.

— Eis meu lugar favorito — disse ela, sentando-se. — Nós estamos aqui inteiramente isoladas.

Catherine notou que os olhares de Isabella iam sem tréguas de uma a outra porta, parecendo ansiosos. Muitas vezes acusada de sagacidade, ela julgou a ocasião boa para demonstrar essa qualidade, e disse, de maneira divertida:

— Não esteja inquieta, Isabella, James cedo estará aqui.

— Oh! Meu coração, não me acredite tão ingênua. Não desejo tê-lo sempre ao meu alcance. Seria horrível que estivéssemos sempre juntos. Seríamos o assunto de Bath. Então, você vai a Northanger? Estou espantosamente contente com isso. Pelo que ouvi dizer, é uma das mais belas habitações antigas da Inglaterra. Espero que me faça uma descrição minuciosa dela.

— Será você que terá minha melhor descrição. Mas que procura com os olhos? Suas irmãs virão?

— Não procuro ninguém. É preciso que nossos olhos se fixem sobre qualquer coisa. E você conhece meu tolo hábito de fixá-los em um ponto, quando meu pensamento está a cem léguas. Eu sou espantosamente distraída. Creio ser a criatura mais distraída do mundo. Tilney disse que é um traço frequente nas inteligências de uma certa têmpera.

— Mas... eu supunha, Isabella, que você tinha qualquer coisa a me confiar.

— Ah! Sim, é verdade. Eis bem um exemplo do que eu dizia... Minha pobre cabeça... Eu esquecera completamente. Bem! Acabo de receber uma carta de John. Adivinhe seu conteúdo.

— Como posso adivinhar?

— Minha doce amiga, não dê então esses ares de não compreender. De quem falaria? Você sabe. Ele está completamente apaixonado por você.

— Por mim, minha querida Isabella?

— Oh! Minha querida Catherine, sua afetação é absurda. Modéstia e tudo isso são muito bons quando bem dosados. Mas há momentos em que a sinceridade não estaria nada mal. Realmente, você gosta de receber cumprimentos. As atenções de John eram tão visíveis que um menino as notaria. Uma meia hora antes de sua partida de Bath, você lhe deu o encorajamento mais positivo. Ele o disse em sua carta: disse que a pediu em casamento, quase, e que você acolheu seus avanços da maneira mais encantadora. Ele me pede para apoiar sua pretensão e acrescenta todas as sortes de amabilidades dirigidas a você. Inútil, nessas condições, afetar ignorância.

Catherine, com todo o ardor da verdade, exprimiu seu espanto em ver Isabella investida de uma tal missão. Protestando inocência, ela não acreditava de modo algum que o sr. Thorpe estivesse enamorado dela, e, consequentemente, jamais cuidara de encorajá-lo.

— Declaro, pela minha honra, nada ter notado de suas atenções, salvo o convite que me fez para dançar com ele no dia de sua chegada. Quanto a um pedido de casamento ou o que seja desse gênero, deve haver um inconcebível equívoco. Eu não deixaria de entender uma coisa dessa natureza, você sabe. Como desejo que acredite em mim, insisto: declaro solenemente que não trocamos uma sílaba a esse respeito. Uma meia hora antes de sua partida de Bath! É absolutamente um exagero, porque eu não o vi uma única vez naquele dia.

— Mas, sim, você o viu: passou toda a tarde em Edgard's Buildings. Foi o dia em que chegou o consentimento de seu pai, e tenho certeza absoluta de que você e John ficaram a sós no salão.

— Está certa? Bem. Se você o diz, deve ser. Mas, pela minha vida, não me lembro disso. Lembro-me agora de me haver encontrado em sua casa e o ter visto, como vi as outras pessoas da família. Quanto a ter ficado só com ele durante cinco minutos... Não importa, não vale a pena discutir esse detalhe. Do que ele disse então, creia-me, não guardei nenhuma lembrança. Eu não imaginaria certamente que ele pudesse falar-me das coisas que você me disse, nem o desejaria. Sem dúvida, estou muito lisonjeada que tenha voltado seus olhos para mim. Mas, realmente, pelo meu lado, nada foi intencional. Não tive nunca a menor ideia de encorajá-lo. Peço-lhe, desengane-o o mais cedo possível. Diga-lhe que eu lhe peço desculpas, que... eu não sei o que seria preciso dizer-lhe. Enfim, empregue os melhores meios para fazer-lhe compreender o que eu penso. Eu não quereria falar desatenciosamente de um de seus irmãos, Isabella, mas você sabe muito bem que se eu pudesse pensar em alguém mais particularmente, não seria ele.

Isabella estava silenciosa.

— Minha querida amiga, não me queira mal. Não posso crer que tenha tanta importância para seu irmão, e, você o sabe muito bem, seremos irmãs da mesma maneira.

— Sim, sim — e Isabella enrubesceu —, há mais de um meio para sermos irmãs... Mas em que pensava eu?... Então, minha querida Catherine, o caso é este: você se pronunciou contra o pobre John, não é isso?

— Sim. Não lhe tenho a afeição que ele diz ter por mim, e, certamente, nunca pensei em encorajar o sr. Thorpe.

— Pois, se é assim, eu não a importunarei mais tempo com esse assunto. John queria que eu lhe falasse e eu lhe falei. Mas, confesso, desde que li sua carta, pensei que era uma história imprudente e louca, de modo algum de natureza a torná-los felizes um e outro. Que teriam para viver, a supor que se casassem? Cada um de vocês tem alguma coisa, é verdade. Mas, em nossos dias, não é uma bagatela que pode alimentar uma família. Apesar de todos os belos dizeres dos romancistas, não se faz nada sem dinheiro. Espanta-me mesmo que John tenha podido pensar nisso. Ele não terá recebido minha última carta...

— Você não me atribui então nenhuma injustiça... Está convencida de que eu nunca tive a intenção de atrair seu irmão, pois nunca, até hoje, supus que ele me amasse...

— Oh! Quanto a isso — respondeu Isabella, rindo — não pretendo determinar o que pudessem ser seus pensamentos e intenções. Você sabe melhor que eu a que se ater. A gente se deixa levar por um pouco de inocente coqueteria, e acham que se deu a alguém mais encorajamento que a gente quis. Acredite-me, sou a última pessoa da terra que a julgaria severamente. Em todas essas coisas, é preciso desculpar a parte da juventude e da exaltação. O que pensamos em um dia, você sabe, podemos não mais pensá-lo no dia seguinte. As circunstâncias mudam, as opiniões variam.

— Mas a opinião que eu tenho de seu irmão não variou nunca. Você descreve um estado de espírito que nunca foi o meu.

— Minha querida Catherine — continuava Isabella, sem de todo a escutar —, por nada deste mundo eu não quereria forçá-la a um compromisso antes que você visse bem claramente em si própria. Eu não me creio de maneira alguma com o direito de sacrificar sua felicidade a ninguém, fosse a meu irmão. Antes de tudo, quem sabe se, depois, ele não será muito feliz sem você? A juventude de hoje, os homens sobretudo, é espantosamente versátil. O que quero dizer, é isto: por que a felicidade de um irmão ser-me-ia mais preciosa que a de uma amiga? Você sabe a que ponto eu tenho a superstição da amizade. Sobretudo, minha querida Catherine, não tenha pressa. Acredite-me sob palavra: se você se apressa muito, arrepender-se-á certamente disso. Tilney disse que não há nada em que ele se engane tão frequentemente como a respeito de seus próprios sentimentos. Creio que ele tem muita razão... Ah, ei-lo! Não importa, ele não nos verá, tenho certeza.

Catherine, levantando os olhos, percebeu o capitão Tilney. Ele conversava com alguém. Isabella, fixando sobre ele um olhar insistente, forçou logo sua atenção. Ele se aproximou imediatamente e sentou-se, como se o estimulasse a isso a atitude de Isabella. Diante de suas primeiras palavras, Catherine estremeceu. Apesar de ele falar baixo, ela conseguia distinguir as suas palavras:

— Quê! Vigiam-na sempre, em pessoa ou por procuração!

— Basta! Tolice! — Foi, também a meia voz, a resposta de Isabella. — Por que mete na minha cabeça essas ideias? Se eu pudesse crer... Meu espírito é bastante independente.

— Desejaria que seu coração fosse independente. Isso me bastaria.

— Meu coração, realmente? A que propósito falar de coração? Os senhores, os homens, têm coração?

— Se não temos coração, temos olhos. Eles nos dão bastante tormento.

— Dão-lhe tormento? Lamento-o muito. É para mim muito triste ser-lhe um espetáculo tão desagradável. Quero crer que este lhe agradará. — E virou-lhe as costas. — Quero crer que seus olhos não estão atormentados agora.

— Nunca estiveram mais atormentados! Porque eu vejo só um ângulo do seu rosto em flor. É ver muito e muito pouco.

Catherine, perturbada, não quis escutar mais. Surpreendia-a que Isabella pudesse suportar isso, e sentia ciúme por seu irmão. Levantou-se, dizendo que ia juntar-se à sra. Allen.

— Se você quer me acompanhar, Isabella...

Isabella não manifestou nenhum desejo de segui-la. Estava extremamente cansada, e era tão odioso exibir-se em Pump-Room. Depois, se ela deixasse seu lugar, como suas irmãs a encontrariam? Ela esperava suas irmãs de um momento para outro. Sua querida Catherine deveria desculpá-la e tornar a sentar-se tranquilamente.

Mas Catherine também sabia, em certas ocasiões, ser teimosa. Justamente nesse momento a sra. Allen lhe propôs voltarem para casa. Ela a seguiu, então, e saiu de Pump-Room, deixando Isabella conversando com o capitão Tilney.

Parecia-lhe que o capitão Tilney estava enamorado de Isabella, e que Isabella, inconscientemente, o encorajava. Oh! Devia ser inconscientemente: a afeição de Isabella por James não era tão segura, tão declarada como seu próprio compromisso? Duvidar de sua felicidade ou da pureza de suas intenções era impossível. E contudo as maneiras da sra. Thorpe tinham sido estranhas. Catherine teria desejado que Isabella se tivesse manifestado mais claramente, conversando mais como o fazia habitualmente, e tivesse falado menos de dinheiro; e que ela não mostrasse, um instante depois, tanto prazer em ver o capitão Tilney. Como era estranho que Isabella não se apercebesse da admiração desse homem! Catherine estava impaciente para colocá-la sob sua guarda, para que ela não magoasse, com a sua atitude, nem James nem o capitão.

Que o irmão dela tivesse querido distingui-la, isso não encobria, aos olhos de Catherine, a inconstância de seu coração. Ela, antes de tudo, estava tão longe de crer sincera a afeição de John como de desejá-la. Não esquecera que ele podia enganar-se. Algumas vezes mesmo seus enganos eram enormes. Não afirmara ter lhe feito um pedido e ter obtido encorajamento dela?

Que ele pensasse estar apaixonado por ela, isso não a envaidecia, e a fazia experimentar o mais vivo espanto. Isabella falara das atenções de John, mas Catherine nunca notara nenhuma. Isabella, é verdade, dissera tantas coisas! E sem pensar muito nelas, sem dúvida. Catherine detinha-se diante desse pensamento ao mesmo tempo tranquilizador e consolador.

XIX

Alguns dias passaram, durante os quais Catherine, sem chegar a suspeitar de sua amiga, não resistiu a submetê-la a uma observação atenta.

O resultado desse exame foi bastante desagradável. Isabella parecia muito versátil. Em verdade, enquanto ela estava em Edgar's Buildings ou Pulteney Street, não parecia que suas maneiras se modificassem muito. Notava-se nela um pouco dessa distração da qual Catherine nunca ouvira falar antes de Isabella jactar-se dela, se bem fosse permitido não ver nisso senão um novo encanto. Mas que em público ela acolhesse prontamente as atenções do capitão Tilney e que lhe distribuísse sorrisos quase tão liberalmente como a James, a mudança valia que a gente se detivesse nela. Aonde queria ela chegar? Isso ultrapassava a compreensão de Catherine.

Sem dúvida, Isabella não podia imaginar o mal que fazia. Então havia, de sua parte, uma negligência tão persistente que não podia deixar de afetar Catherine. James era a vítima desse comportamento de sua amiga. Ela o via triste e inquieto. Embora Isabella se mostrasse descuidada em relação àquele a quem tinha confiado seu coração, afigurava-se a Catherine que ela continuaria a amá-lo. Entretanto, sentia pena do pobre capitão Tilney. Embora as suas maneiras não agradassem a Catherine, seu nome era um passaporte para ela. Pensava com compaixão na decepção que o aguardava. Pelos seus modos, ela não podia, efetivamente, admitir que ele estivesse informado do compromisso de Isabella, apesar do que tinha ouvido em Pump-Room. Podia estar enamorado de Isabella e enciumado com James, a quem julgava apaixonado nas mesmas circunstâncias que ele. Se ela vira outra coisa nas palavras do capitão Tilney, sem dúvida se enganara. Desejava, com alguma doce advertência, chamar sua amiga à atenção e preveni-la para um dupla crueldade. Mas quando, por felicidade, as circunstâncias lhe permitiram arriscar uma advertência, esta se chocava contra a incompreensão de Isabella. Nessa aflição, a evidência de que a família Tilney partiria em alguns dias para o Gloucestershire se tornava o principal consolo de Catherine. A partida do capitão Tilney acalmaria todos os corações, salvo o dele mesmo. Mas o capitão Tilney não tinha, no momento, desejos de partir. Ficaria ainda em Bath. Quando Catherine soube disso, tomou depressa sua resolução. Decidiu falar a Henry Tilney:

— Lamento muito que seu irmão tenha pela srta. Thorpe uma tão viva afeição. O senhor não acha que deveria dizer-lhe que Isabella já está comprometida?

— Meu irmão não o ignora.

— Ele não o ignora! Então por que ele fica aqui?

Henry não respondeu, e tentou mudar o tema da conversa, mas ela insistiu:

— Por que não lhe diz para partir? Quanto mais ficar, mais se afligirá. Peço-lhe, aconselhe-o, em seu interesse e no de todos, a deixar Bath depressa. A ausência e o tempo lhe devolverão a paz. Aqui, que tem a esperar? Se ele fica, não será senão mais infeliz.

Henry respondeu, sorrindo:

— Não é, devidamente, a que meu irmão deseja.

— Então, é preciso persuadi-lo a ir embora.

— A gente não convence de encomenda. Perdoe-me, não posso tentar nada nesse sentido. Fui eu quem lhe disse do compromisso da srta. Thorpe. Ele sabe o que faz, é senhor de suas ações.

— Não, ele não o sabe! — exclamou Catherine. — Ele não sabe o desgosto que causa ao meu irmão. Não que James me haja falado, mas estou certa de que está bem triste com tudo isso.

— Tem certeza de que a culpa é de meu irmão?

— Sim, estou certíssima.

— São as atenções de meu irmão ou a maneira pela qual a srta. Thorpe as acolhe que causam esse desgosto?

— Não é a mesma coisa?

— Penso que o sr. Morland distinguiria. Um homem não se ofende com as atenções de um outro homem à mulher que ama. É a mulher que pode fazer dessas atenções uma causa de tormento.

Catherine enrubesceu pela sua amiga.

— Isabella não tem razão. Mas ela não pode, tenho certeza, querer afligir meu irmão. Ela o ama muito. Ela o amou desde o primeiro dia. Enquanto se esperava o consentimento de meu pai, ela morria de impaciência. Ela ama James, eu lhe asseguro.

— Compreendo. Ela ama James e flerta com Frederick.

— Oh, não, ela não flerta. Uma mulher que ama não flerta.

— É provável que ela não ame nem flerte tão conscientemente como se se contentasse, seja em amar, seja em flertar. Cada um dos concorrentes deve ceder um pouco.

Um curto silêncio, e Catherine respondeu:

— Então não crê que Isabella ame tanto meu irmão?

— Eu não saberia ter nenhuma opinião nesse ponto.

— Mas... que pode querer seu irmão? Se ele sabe que ela está noiva, por que age assim?

— A senhorita pergunta de um modo muito incisivo.

— Só pergunto o que preciso saber.

— Mas só pergunta aquilo que espera que eu lhe diga.

— Sim, é assim que penso. Porque deve conhecer o coração de seu irmão.

— O coração de meu irmão... (uma vez que emprega essa palavra.) Não posso fazer, no que lhe diz respeito, senão conjecturas.

— E então?

— E então, não! Se se trata de conjecturar, que cada um conjecture à sua maneira. Guiar-se pelas conjecturas de um outro é muito enganador. As premissas estão diante de si. Meu irmão é um rapaz muito vivo, por vezes um pouco frívolo talvez. Ele conhece sua amiga há cerca de uma semana e soube de seu noivado quase imediatamente.

— Enfim — disse Catherine após ter refletido —, o senhor pode ser capaz de discernir as intenções de seu irmão, não eu. Tudo isso não desgosta seu pai? Não deseja ele que o capitão Tilney parta? Se seu pai lhe falasse...

— Minha cara srta. Morland — disse Henry —, em sua solicitude para com a felicidade de seu irmão, não crê que erra? Não está indo um pouco longe? Por que, seja por seu irmão, seja pela srta. Thorpe, admitir que os sentimentos e a conduta de sua amiga dependem da partida do capitão Tilney? Não há segurança para ele senão quando ambos estão solitários? Ou ela não pode guardar-lhe sua fidelidade a não ser que seu coração não seja solicitado por ninguém? Ele não pode pensar nisso, e certamente não quereria que a senhorita pensasse. Eu não lhe digo: "Não fique inquieta." Sei que está inquieta. Mas fique o menos possível. Não duvida do mútuo afeto de seu irmão e de sua amiga? Conclua então que entre eles não pode haver nem ciúme real, nem desacordo que dure. Melhor que a senhorita, cada um deles vê claramente no coração do outro. O que eles podem esperar um do outro, eles sabem exatamente. Esteja certa de que um deles não inquietará o outro além do limite suportável.

Percebendo que ela guardava um ar moroso e dubitativo, ele acrescentou:

— Apesar de Frederick não partir conosco, demorará sem dúvida pouco tempo aqui. Apenas mais alguns dias, talvez. Sua licença expira em breve, e ele deve voltar para o seu regimento. Então, que restará de suas relações? A mesa dos oficiais beberá à saúde de Isabella Thorpe, a convite do capitão, durante 15 dias, e Isabella Thorpe rirá com seu irmão, durante um mês, da paixão do pobre Tilney.

Catherine cessou enfim de lutar contra sua própria tranquilidade. Henry era mais experiente que ela. Ela se recriminava pelos seus receios, e resolveu não mais tomar as coisas ao trágico. De resto, o que se seguiu não lhe forneceu ocasião para isso. Os Thorpe passaram em Pulteney Street a última noite da estada de Catherine.

James mostrava muito bom humor. Isabella estava graciosamente calma. Sua ternura por sua amiga parecia ser seu sentimento dominante; mas, nesses minutos, tudo não era natural? Uma vez, ela contradisse claramente James. Em outra, retirou sua mão, que ele prendera. Catherine, ainda sob a impressão das palavras de Henry, admitiu que essas ligeiras reservas tinham sua razão de ser. Pode-se imaginar as despedidas — abraços, lágrimas, promessas — dessas duas moças.

XX

O sr. e a sra. Allen estavam bastante tristes por perder sua jovem companhia. De par com o seu encantador temperamento, ela lhes fora preciosa e os prazeres que lhe proporcionavam eram também partilhados por eles. Mas a felicidade que ela sentia em acompanhar sua amiga atenuava seu desgosto, e como eles não deveriam ficar em Bath senão mais uma semana, não sofreriam durante muito tempo sua ausência.

O sr. Allen acompanhou-a até Milson Street, onde ela deveria almoçar. Viu-a entre seus novos amigos, que lhe faziam a mais graciosa acolhida. Comovida por se achar de alguma maneira incorporada aos Tilney, inquieta com a ideia de que pudessem perder a boa opinião que tinham dela, Catherine, nos cinco primeiros minutos, quase desejou voltar a Pulteney Street com o sr. Allen.

As maneiras da srta. Tilney e o sorriso de Henry depressa atenuaram sua indisposição, mas as atenções incessantes do general impediram-na de se recuperar completamente. Por mais inacreditável que isso pudesse parecer, desejaria que se ocupassem menos dela. A solicitude do general, sua insistência em forçar seu apetite, seus temores de que não achasse nada bastante delicado — ela que jamais vira mesa tão suntuosa! — lembravam-lhe muito sua qualidade de convidada. Ela se sentia indigna de tantos olhares e não sabia como corresponder a essas atenções. Ademais, o general se impacientava com a ausência do seu filho mais velho, e, quando Frederick finalmente apareceu, o patriarca manifestou seu forte descontentamento diante de tanta indolência. Essa repreensão não era de natureza a aumentar a segurança de Catherine. Ela estava muito contristada com uma reprimenda tão desproporcionada com o delito, e seu pesar aumentou mais quando descobriu ser a causa eficiente da repreensão. A demora, efetivamente, era proclamada desrespeitosa para com ela. Esse protesto colocava-a em uma situação desagradável. Ela sentiu profundamente uma grande compaixão pelo capitão Tilney.

O capitão Tilney escutou seu pai em silêncio, não tentou nenhuma justificação, o que confirmou em Catherine o pensamento de que, não tendo abandonado Isabella, ele não pudera dormir senão depois de horas — daí em acordar tão tarde. Era a primeira vez que se achava na companhia de Frederick Tilney: ia então documentar-se sobre ele... Mas ele mal falou enquanto o pai esteve na sala de refeições. E tinha a garganta tão comprimida pela emoção que, mesmo depois, ela não ouviu dele senão essas palavras a meia voz, ditas a Eleanor:

— Como ficarei contente quando todos partirem!

A agitação da partida nada teve de alegre. O relógio marcava dez horas quando desceram as malas. Ora, o general Tilney decretara que a partida seria nessa mesma hora. Seu capote, em vez de lhe ser trazido de modo que ele se envolvesse imediatamente nele, estava estendido na carruagem que devia ocupar com seu filho. Na outra carruagem deviam tomar lugar três pessoas, e contudo o assento de dobradiça não fora retirado, e a criada de Eleanor havia de tal modo obstruído os assentos com embrulhos que a srta. Morland não tinha onde sentar-se. O general estava tão agitado que, ajudando Catherine a subir, jogara sobre a calçada a nova caixinha de correspondência da filha. Enfim, a portinhola se fechou sobre as três moças, e a parelha partiu nesse passo medido no qual quatro belos cavalos bem alimentados e pertencendo a um cavalheiro realizam habitualmente uma viagem de trinta milhas. Era a distância que separava Bath de Northanger. Ela deveria ser percorrida em duas etapas iguais.

Catherine renascia já para a alegria: com a srta. Tilney ela não experimentava nenhum constrangimento. O encanto de uma nova estrada, a perspectiva de uma abadia, uma carruagem atrás — ela não sentiu nenhum pesar quando Bath se diluiu no espaço, e os marcos miliários se sucediam com uma velocidade que a admirava. Depois foram duas horas de aborrecimento em Petty France, estação de muda das diligências, onde não havia outra coisa a fazer senão comer sem ter fome e vaguear para lá e para cá sem que houvesse nada para ver. A demora não deixou de atenuar um pouco a admiração de Catherine por sua maneira de viajar, pelo estilo da parelha, pelos postilhões habilmente despreocupados que por um movimento regular se levantavam sobre a sela, pelos batedores tão bem montados. Essa parada, contudo, nada teria de mais desagradável se as relações de nossos viajantes tivessem sido mais fáceis. Mas parecia que o general Tilney, apesar de ser um homem encantador, era um obstáculo à alegria de seus filhos. Somente ele falou, e para execrar tudo que a estalagem forneceu e vituperar contra os criados. O temor que ele inspirava a Catherine aumentou, e as duas horas que ela passou na estação de posta lhe pareceram intermináveis.

Enfim, a ordem de largar foi dada. Catherine ficou muito surpresa em ouvir o general convidá-la a substituí-lo em sua carruagem ao lado de seu filho pelo resto da viagem: o dia estava belo e ele desejava que ela visse a região da melhor maneira possível.

Recordando-se da opinião do sr. Allen, relativa aos passeios de jovens em carruagem descoberta, ela corou, e seu primeiro pensamento foi o de recusar; o segundo foi mais condescendente para com o general Tilney. Ele não podia propor nada que não fosse conveniente. Alguns instantes depois, ela estava instalada ao lado de Henry Tilney, feliz tanto quanto se pode sê-lo. Não era preciso uma longa experiência para convencê-la de que um cabriolé é a equipagem por excelência. A carruagem fechada avançava com majestade, certamente, mas era uma vagarosa e enfadonha máquina e que motivara — ela não podia facilmente esquecê-lo — sua demora de duas horas em Petty France. A metade desse tempo teria bastado ao cabriolé, e tão ágeis eram seus trotadores que, se o general Tilney não tivesse decidido que a vitória abriria a marcha, eles teriam conseguido ultrapassá-la facilmente. Mas o mérito do cabriolé não pertencia somente aos cavalos: Henry conduzia tão bem, com tanta calma e tão pouca ostentação... (que diferença com o outro condutor de carruagens que chicoteava e praguejava nas estradas de Bath!) Seu chapéu estava tão bem aprumado; a gola de seu capote era guarnecida de modo tão galante! Após a felicidade de dançar com Henry Tilney, seguia-se agora a de ser conduzida por ele. Ele lhe agradecia em nome de sua irmã, que, dizia, não estava em uma situação invejável, não tinha companhias e, na ausência, aliás frequente, de seu pai, ficava muito sozinha.

— Mas — objetava Catherine — o senhor não está lá?

— Northanger não é minha residência senão pela metade. Estou instalado em Woodston, que fica a vinte milhas da casa de meu pai. Passo lá forçosamente uma parte do ano.

— Como isso lhe deve ser penoso!

— É-me sempre penoso ficar longe de Eleanor.

— Sim. Mas, fora sua afeição por ela, deve amar tanto a abadia. Habituado em uma tal residência, acha sem dúvida bem desagradável um presbitério semelhante a todos os outros.

Ele sorriu.

— A senhorita fez a si própria uma imagem muito sedutora da abadia.

— Certamente. Não é um desses velhos lugares tão belos que os livros descrevem?

— Está pronta a afrontar os horrores que encerra um casarão semelhante àqueles "que os livros descrevem"? Tem o coração firme? Os nervos bastante bem temperados para ver sem espanto uma almofada de porta deslizar ou uma tapeçaria ondular?

— Oh, sim! Eu não me espantarei facilmente, parece-me. Haverá tanta gente! Depois, a abadia nunca ficou desabitada. Não é uma dessas moradas por muito tempo deixadas ao abandono e onde se instalam, um belo dia, os descendentes dos hóspedes de antigamente.

— Certamente, não teremos de avançar a passos temerários sob tenebrosas abóbadas iluminadas pelo clarão mortiço de um fogo que expira. Não estenderemos nossas camas em uma sala sem janelas, sem portas, sem móveis. Mas deve saber que, quando uma jovem pessoa é introduzida em uma morada desse gênero, é sempre hospedada à parte. Enquanto os hóspedes se retiram em silêncio para a parte da casa em que estão instalados, Doroteia, a antiga despenseira, a conduz, cerimoniosa, por uma outra escadaria e sombrios corredores, a um quarto desabitado desde que nele morreu, vinte anos passados, um vago parente ou primo. Não teme por sua razão quando se achar nesse quarto muito espaçoso, iluminado pelos raios mortiços de uma luz vacilante, e onde um leito coberto de pesado veludo púrpura ou verde-sombrio se estende, fúnebre? Seu coração não sucumbirá?

— Oh! Mas nada disso me acontecerá, tenho certeza.

— Com que temor examinará o mobiliário de seu quarto! E que distinguirá? Não mesas, toucador, guarda-roupas ou gavetas, mas, talvez, os destroços de um alaúde, uma pesada arca que nenhum esforço pode abrir, debaixo da chaminé o retrato de algum inquietante guerreiro, diante do qual seus olhos ficarão alucinados. Doroteia, entretanto, não menos impressionada pela sua aparência, olha-a ansiosa e diz-lhe algo ininteligível. Sob o pretexto de reanimar sua coragem, ela a confirma na ideia de que essa parte da abadia é mal-assombrada e a adverte de que nenhum criado poderia ouvir seu chamado. Com esse reconfortante adeus, ela faz uma reverência e retira-se. A senhora escuta até a última ressonância seus passos se afastarem e quando, o coração desfalecido, quer fechar a porta, verifica que ela não tem fechadura.

— Oh! Sr. Tilney, como é horroroso! É justamente como nos livros. Mas decerto nada disso me acontecerá. Estou certa de que sua despenseira não é essa Doroteia... E depois?...

— Talvez, na primeira noite, não se passe nada de insólito. Depois de ter vencido a apreensão que esse leito lhe inspira, estender-se-á nele e, durante algumas horas, dormirá um sono perturbado. Na segunda noite, na terceira o mais tardar, desencadear-se-á sem dúvida uma tempestade. Trovões que abalarão a casa até a base repercutirão nos montes dos arredores, e, enquanto que as rajadas que os acompanham sibilarão, a senhora acreditará estar vendo (porque seu candeeiro não se apagou) que um pedaço da tapeçaria se move. Incapaz de reprimir sua curiosidade em um momento tão propício, a senhora se levantará e, cobrindo-se com um roupão, irá até o mistério. Depois de um curto exame, descobrirá na tapeçaria uma divisão tão habilmente dissimulada que desafiaria a inspeção mais minuciosa. Separando os pedaços de tapete, perceberá uma porta protegida unicamente por fortes barras e um ferrolho. Será bem-sucedida em abri-la, e, o candeeiro na mão, a franqueará: está agora em uma pequena peça, de abóbada baixa.

— Não, realmente, teria muito medo de fazer isso.

— Como! Doroteia não lhe deixou entender que há, entre seu quarto e a capela de Santo Antônio, distante duas milhas apenas, um secreto e subterrâneo caminho? Recuará diante de uma aventura tão simples? Não, não, a senhorita passará então da estreita sala abobadada para outras salas, e outras salas, sem notar em nenhuma delas nada de anormal. Em uma, talvez, verá um punhal, em outra, gotas de sangue, em uma terceira, os vestígios de algum instrumento de tortura. Mas como não há nada, em tudo isso, que não seja muito natural, e como sua candeia está a ponto de apagar-se, a senhora se decidirá a voltar para seu quarto. Em uma das salas que atravessar, voltando sobre seus passos, aperceberá de repente um antigo armário de ébano e ouro, que não tinha visto antes, apesar do meticuloso exame. Sob o império de um irresistível pressentimento, aproximar-se-á dele. Abrirá suas portas, olhará suas gavetas, sem nada descobrir que valha a atenção — nada, a não ser, talvez, uma grande quantidade de diamantes. Mas terá tocado uma mola secreta, um fundo interior se abrirá, notará um rolo de papéis. Toma-o nas mãos; é um manuscrito volumoso. Enriquecida com esse tesouro, correrá para seu quarto. Apenas conseguirá decifrar: "Oh! Quem quer sejas, entre as mãos de quem caírem estas memórias da desditosa e deplorável Mathilde... ", a luz do candeeiro se extinguirá deixando-a mergulhada nas trevas.

— Oh! Não! Não! Não diga isso!... Eu lhe peço, continue.

Mas Henry estava muito divertido com o interesse que tinha despertado para poder continuar a brincar e manter sua voz no tom solene adequado ao assunto. Declarou deixar à imaginação de Catherine os cuidados de acabar a leitura das infelicidades de Mathilde. Catherine, voltando a si, ficou envergonhada de ter mostrado tanta curiosidade e afirmou que sua atenção tinha sido seduzida, mas não a sua fé. Tinha certeza de que a srta. Tilney não a alojaria nesse quarto. Não acreditava em tal coisa.

Como se aproximasse o fim da viagem, sua impaciência de conhecer Northanger, que tinha sido atenuada pelas conversações relativas aos assuntos mais diversos, retomou o lugar e, a cada volta da estrada, esperava, com uma crença religiosa, ver surgirem de um maciço de carvalhos suas muralhas de pedras cinzentas, e brilhar ao sol da tarde suas altas janelas góticas. Mas a construção era pouco elevada, e ela atravessou as portas do recinto e se encontrou em pleno território de Northanger sem ter visto nem sequer uma só chaminé antiga.

Não sabia bem se devia surpreender-se, pois houve, nessa maneira de se aproximar da abadia, algo que a desconcertou. Costear construções modernas, encostar-se tão naturalmente nos seus pórticos, rolar tão apressadamente sobre uma estrada de cascalho, sem obstáculo, sem alarma, sem nenhuma cerimônia, eis o que a tocava como um ato estranho e contraditório. De qualquer maneira não logrou levar adiante os seus raciocínios. Uma rajada de chuva tocou-lhe o rosto e todo seu esforço de pensar se limitou a proteger seu chapéu de palha, que era novo. Estava então sob os muros da abadia. Com a ajuda de Henry, saltou da carruagem e se encontrou sob a antiga porta, ao abrigo da chuva. Depois penetrou no vestíbulo onde a esperavam, para desejar-lhe boas-vindas, sua amiga e o general. Não sentiu nenhum infeliz presságio nem uma suspeita momentânea das cenas de horror ocorridas naquele solene casarão. A brisa não parecia ter soprado os suspiros das vítimas; era apenas um chuvisco espesso e persistente. Catherine, tendo consertado o vestido, estava pronta para entrar na sala de visitas e capaz de avaliar o lugar em que se encontrava.

Uma abadia! Que felicidade estar realmente dentro de uma abadia! Porém, duvidou de que aquilo que tinha sob os olhos correspondesse àquela noção. Em sua profusão e elegância, os móveis eram segundo o gosto moderno. A lareira, onde esperava ver se delinear esculturalmente vetusta ornamentação, limitava-se a um fogão Rumford com placas de mármore e porcelana ornamentais. As janelas, que ela olhara com um interesse todo particular, pois o general lhe havia dito que respeitara religiosamente a forma gótica, não correspondiam aos apelos de sua imaginação. Decerto, seu arco havia sido conservado, sua forma era gótica, mas seus vidros eram grandes e límpidos! Para uma imaginação em que as janelas estavam representadas por estreitos gradis, grossas paredes, vitrais empoeirados e decorados com teias de aranhas, a realidade era desconcertante.

O general, percebendo Catherine olhar ao redor, pôs-se a falar da exiguidade da peça, da simplicidade dos móveis que, destinados a um uso diário, não visavam mais que ao conforto etc. Porém, na abadia havia, orgulhava-se ele, alguns aposentos que não eram indignos da atenção de Catherine, e estava celebrando a riqueza do dourado de um deles quando, tirando seu relógio, deteve-se para proferir com estupefação:

—Vinte minutos para as cinco horas!

Este foi o sinal de dispersão. Catherine foi levada pela srta. Tilney com uma pressa que lhe ensinou que a mais estrita pontualidade era exigida em Northanger.

Atravessaram um imenso vestíbulo e subiram uma monumental escada de carvalho encerado que, em patamares curvos, as conduzia para uma longa e espaçosa galeria. De um lado, uma fila de portas; do outro, aberturas na parede que davam para um pátio retangular. Já a srta. Tilney dirigia Catherine para seu quarto, onde não se demorou mais do que o tempo para exprimir sua esperança de que os aposentos fossem confortáveis. Deixou Catherine, recomendando-lhe fazer sua toalete no menor tempo possível.

XXI

Com um simples olhar Catherine verificou que seu quarto era muito diferente daquele que havia sido descrito tão pateticamente pelo sr. Tilney. Não era muito grande. As paredes estavam forradas de papel, um tapete cobria o assoalho, as janelas não estavam em melhor estado nem eram menos claras do que aquelas do salão. Sem ser do último gênero, o mobiliário era elegante e confortável. O conjunto estava longe de ser sombrio. Instantaneamente reanimada, Catherine resolveu não se demorar a examinar outras minúcias. Não queria descontentar o general com um atraso. Tirou o vestido com presteza e se dispunha a desatar seu embrulho de roupas quando, de repente, seu olhar tombou sobre uma grande arca abandonada em um profundo recanto, perto da lareira. Sobressaltada, esquecendo todas as outras coisas, espantada e imóvel, contemplou a arca, enquanto estes pensamentos a atravessavam:

— Eis ali algo estranho! Eu não esperava esta descoberta! Esta enorme arca! Por que a colocaram ali? Que poderá conter? Colocaram-na à parte, como que escondida... Se eu a olhasse... Custe o que custar, saberei o que ela contém e... já, já, agora... em pleno dia. À noite, a luz do meu candeeiro poderá apagar-se.

Aproximou-se da arca e examinou-a bem de perto. Sua superfície de cedro era curiosamente incrustada com uma madeira mais escura. Havia, embaixo, um suporte de cedro esculpido. O ferrolho era de uma prata embaciada pelo tempo, e as alças, também de prata, estavam arrebentadas, revelando talvez alguma estranha violência. O centro da tampa estava assinalado por um monograma do mesmo metal. Catherine se inclinou, mas não conseguiu decifrá-lo. De qualquer lado que se colocasse, a segunda letra persistia em não se parecer um T. E que fosse uma outra letra, existia ali alguma coisa para suscitar um espanto invulgar, pois a casa pertencia aos Tilney. E se originariamente não tivesse sido sua, por que estranha circunstância essa arca teria ido parar ali?

Sua curiosidade ia crescendo. Com as mãos trêmulas, Catherine puxou o ferrolho. Com dificuldade, pois qualquer coisa parecia contrariar seus esforços, conseguiu levantar de duas ou três polegadas a tampa.

Nesse instante uma batida na porta fez com que ela estremecesse. Retirou a mão, e a tampa caiu pesadamente. O intruso era uma criada que, por ordem da srta. Tilney, vinha oferecer-lhe seus serviços. Catherine a dispensou, porém, voltando à realidade, e a despeito de seu ansioso desejo de penetrar em um mistério, continuou a sua toalete sem demora. Mas não tinha pressa, pois seus pensamentos e seus olhares estavam ainda fixos sobre o inquietante objeto; e ainda que ela não ousasse consagrar um minuto a uma nova tentativa, não conseguia desinteressar-se da arca. Enquanto enfiava a última manga de seu vestido, pensou em dar uma nova oportunidade à sua curiosidade. Oh! Não precisava mais de um minuto. Faria um esforço tão decisivo que a tampa, se um poder oculto não a mantivesse, cederia. Lançou-se então a essa tentativa, e sua esperança não foi em vão. A tampa se levantou e, a seus olhos espantados, apareceu cuidadosamente dobrada e solitária na imensidade da arca uma colcha de algodão branco.

Estava a olhá-la com o primeiro rubor da surpresa no rosto quando a srta. Tilney, que pensava que Catherine estivesse atrasada, entrou no quarto. A vergonha de ter dado asilo a uma absurda esperança se ajuntou em Catherine à vergonha de ter sido surpreendida.

— Esta é uma curiosa e velha arca, não é? — disse a srta. Tilney, enquanto Catherine a fechava e voltava para o espelho. — Não se sabe por quantas gerações ela está aqui. Como teria vindo para este quarto? Eu o ignoro, mas não a retirei do lugar. Pode-se nela guardar chapéus, capas. O pior é que não se abre com facilidade. Pelo menos, nesse canto, ela não atravanca o caminho.

Catherine, sem poder proferir uma sílaba, corava, apertava o vestido e tomava sábias resoluções. A srta. Tilney exprimiu docemente sua crença de que estavam atrasadas. Em meio minuto desceram a escada, e seus receios não eram de todo infundados, pois o general cruzava o salão, com o relógio na mão. No momento em que elas entraram, agitou uma campainha e ordenou:

— Que o jantar seja posto imediatamente na mesa.

Esse tom imperioso perturbou Catherine. Ficou pálida, pálida e arquejante, inquieta por Eleanor e Henry, e detestando as velhas arcas. Logo que o general a olhou, recuperou sua polidez e, em consequência, pôs-se a repreender a filha: ela fatigara Catherine e a pusera sem fôlego, pois não havia nenhuma razão para se apressar. Catherine não se livrou do incômodo causado pela reprimenda inoportuna à srta. Tilney senão quando estavam todos bem instalados na mesa, o general arvorou um sorriso complacente, e ela sentiu aguçar-se o seu apetite de viajante.

A sala de jantar era uma peça ainda maior que a sala anterior. Seu luxo enfático escapava à observação pouco exercitada de Catherine, que notava sobretudo sua enormidade e o número de servidores. Ela exprimiu sua admiração por tanto espaço. O general, com um ar muito gracioso, concordou que a sala não era muito pequena, confessando que, apesar de não se importar com essas coisas, considerava uma grande sala de refeições como indispensável. Entretanto, supunha que a srta. Morland estava acostumada a ver, entre os Allen, salas muito mais espaçosas ainda...

— De modo algum.

E ela explicou que a sala de refeições do sr. Allen era menor, quase a metade. Em sua vida nunca havia visto uma tão grande. O bom humor do general se acentuou. Eis: como tinha, ele, tais salas, pensava que o mais simples seria não usá-las; por sua honra, acreditava que as salas menores deviam ser mais confortáveis. A casa do sr. Allen, sabia bem, correspondia aos seus desejos.

A tarde transcorreu sem nenhuma nova emoção, tendo o general se ausentado com a mais franca alegria. Em sua presença, Catherine se ressentira de uma ligeira fadiga da viagem. Mas, mesmo assim, mesmo nos momentos de constrangimento, experimentava uma sensação de plenitude e podia pensar em seus amigos de Bath sem desejar estar perto deles.

A noite foi tempestuosa. Durante a tarde, o vento tinha soprado por intervalos. Na hora em que os Tilney e Catherine se separaram, chovia e ventava com violência. Quando ela atravessou o vestíbulo, ouviu o ruído da borrasca e sentiu medo. Ao longo das paredes, uma porta batia. Catherine pela primeira vez sentiu que estava dentro de uma abadia. Sim, eram esses os ruídos característicos. Eles evocavam profusamente, em sua memória, situações terríveis, cenas de horror de que tantos casarões dessa espécie tinham sido testemunhas e que tiveram tempestades semelhantes como prenunciadoras. Ela não acreditava nos assassinos da meia-noite ou nos ébrios galantes. Certamente, isso que lhe havia dito Henry era uma simples brincadeira. Dentro de uma casa habitada e tão protegida como era aquela, que perigo poderia correr? Poderia ir para o quarto tão segura quanto se estivesse em seu próprio quarto de Fullerton. Assim foi se encorajando enquanto subia a escada, animando-se especialmente ao perceber que seu quarto ficava a duas portas do quarto da srta. Tilney.

Foi com o coração cheio de coragem que ela penetrou no seu quarto, onde a chama alegre de um fogo de madeira a reconfortou de novo. Dirigiu-se para a lareira. Disse a si mesma:

— Como é bem melhor encontrar um bom fogo do que esperar, tremendo, que toda a família esteja deitada e que a velha servente chegue aniquilada sob seu feixe de lenha! Se Northanger não tivesse sido isto que é, eu não sei se poderia contar com a minha coragem. Mas aqui não há nada para assustar-me.

Olhou ao redor. As cortinas da janela pareciam mover-se. Sem dúvida o vento penetrava pelos interstícios das venezianas... Com um ar audaz e cantarolando, foi certificar-se. Balançou as cortinas. Não notando nada, pôs a mão contra a parte interior da veneziana e observou que o vento se insinuava. Contemplou a velha arca quando voltava sobre seus passos, zombou dos temores de sua imaginação desenfreada e depois, com uma feliz indiferença, começou a preparar-se para dormir. Não precisava apressar-se. Não lhe importava ficar de pé e ser a última em toda a casa a ir para a cama. Não alimentaria o fogo: não teria necessidade da proteção da claridade, uma vez deitada. O fogo morreu lentamente. Catherine, que tinha gastado quase uma hora fazendo sua toalete, pensou em ir para a cama quando, lançando um último olhar pelo quarto, percebeu um antigo armário de madeira negra, que ainda não tinha notado, embora ele estivesse bem em evidência. As palavras de Henry, aquela descrição do armário de ébano, que de início escapara à sua observação, voltaram-lhe, então, à memória. Havia uma coincidência notável. Tomou a candeia e examinou o móvel. Na verdade, não era de ébano e ouro. Era de charão do Japão, belíssimo, e seus arabescos, à luz do candeeiro, brilhavam como se fossem de ouro sobre o fundo escuro.

A chave estava na fechadura. Catherine teve o capricho de examinar o móvel, não que ela esperasse fazer ali alguma descoberta, mas a presença dele lhe parecia estranha depois daquilo que Henry havia dito! De qualquer maneira, o sono não a visitaria antes que ela fosse sabedora do que ele continha. Tendo colocado o candeeiro cuidadosamente sobre uma cadeira, começou, com as mãos trêmulas, a torcer a chave na fechadura. A chave resistia. Inquieta, sem se desencorajar, tentou em outro sentido. A lingueta deslizou. Vitoriosa... Mas quanto mistério! A porta ainda continuava fechada. Ela parou por um momento, encantada e sem fôlego.

O vento roncava na lareira. A chuva se abatia torrencialmente contra as vidraças. Todas as coisas pareciam falar-lhe a linguagem do terror. Contudo, Catherine não podia voltar para a cama sem ter penetrado nos arcanos do armário. Voltou à sua obra, virando nervosamente a chave em todos os sentidos. A porta cedeu repentinamente. Seu coração saltou de alegria. Abriu o primeiro lado, depois o outro, encontrando ferrolhos menos rebeldes que a fechadura. Apareceu uma dupla fileira de pequenas gavetas, acima e abaixo das quais se alinhavam gavetões maiores; ao centro, uma pequena porta fechada à chave defendia, segundo todas as probabilidades, um esconderijo muito importante.

O coração de Catherine batia forte, mas sua coragem não esmorecia. Com o rosto vermelho de esperança e os olhos fulgindo de curiosidade, abriu uma gaveta. Estava vazia. Com menos temor e mais impaciência, abriu uma segunda, uma terceira, uma quarta, abriu todas, e todas estavam vazias. Instruída na arte de esconder um tesouro, não desacreditou da hipótese de um fundo duplo. Apalpou escrupulosamente cada gaveta, mas foi em vão. Só restava inexplorada a parte central. Ainda que Catherine não tivesse jamais pensado em encontrar ali não importa o quê, e em que canto, e que seu insucesso não a desapontasse, seria um absurdo não inspecionar inteiramente o móvel. A investigação continuou. Essa pequena porta interna a princípio resistiu, como tinha resistido a porta exterior. Depois, como a primeira, cedeu, e Catherine viu no fundo da cavidade um rolo de papéis. Seus joelhos tremeram, suas faces empalideceram. Com as mãos hesitantes, agarrou o precioso manuscrito. (Tinha, com o primeiro olhar, discernido os caracteres de escritura.) Como Henry lhe havia dito, iria lê-lo antes de dormir.

A luz do candeeiro estremeceu. Catherine, alarmada, voltou-se. Uma extinção repentina não era possível. O pavio queimaria ainda algumas horas. Catherine, a fim de não experimentar em sua leitura outra dificuldade que aquela que resultava da antiguidade do documento, quis aumentar a luz do candeeiro. E, ao fazê-lo, ele apagou. Nenhuma lâmpada se extinguiria jamais de maneira tão patética. Cheia de horror, Catherine ficou a princípio paralisada... Tudo estava terminado — sobre o pavio nenhum ponto em ignição; e, em Catherine, nenhuma esperança. Nada mais dentro do quarto, além da escuridão impenetrável e imóvel.

Uma brusca rajada de vento aumentou o horror da noite. Catherine tremia dos pés à cabeça. Durante a pausa que se seguiu, ouviu um ruído semelhante ao de passos que se distanciam e ao barulho de uma porta que se fecha. Um suor frio lhe molhava a fronte. O manuscrito caiu; tateando, dirigiu-se para a cama e se meteu no mais profundo dos cobertores. Dormir era para ela uma coisa impossível, e a tempestade de sua alma era tumultuosa. Habitualmente, Catherine não tinha medo do vento, mas, nessa noite, cada uma de suas rajadas era cheia de significações. O manuscrito, encontrado de uma maneira tão maravilhosa, tão maravilhosamente de acordo com as predições da manhã, o que continha e significava? De quem seria? Como pudera ter sido ignorado por tanto tempo? E não era singular que lhe tivesse sido reservado o seu descobrimento? Até que tomasse conhecimento do texto, não se acalmaria. Aos primeiros albores do dia, ela haveria de decifrá-lo. Muitas e longas horas deveriam se passar ainda. Catherine tremia. Virava-se e revirava-se na cama, invejava os que dormiam pacificamente. A tempestade continuava, e rumores mais assustadores que o vento de vez em quando repercutiam em seus ouvidos.

Até as cortinas pareciam agitar-se, e alguém mexia na fechadura de sua porta, querendo entrar. Murmúrios surdos rastejavam pela galeria e mais de uma vez seu sangue gelou ao ouvir as lamentações distantes. Horas e horas se passavam. Catherine ouviu bater três horas em todos os relógios da casa, antes que a tempestade cessasse e ela conseguisse adormecer.

XXII

Com o barulho que fez a criada, abrindo as persianas, a moça abriu os olhos. Eram já oito horas. O fogo estava aceso na lareira. Uma alegre manhã tinha sucedido a uma noite furiosa. Renasceram simultaneamente em Catherine o sentimento de sua existência e a lembrança do manuscrito. Saltou da cama logo que a criada desapareceu, reuniu as folhas esparsas, voltando a toda pressa para seu travesseiro, tomada pela volúpia de ler sua descoberta. Não era um manuscrito tão substancioso como aqueles que os romancistas reproduzem para emocionar as leitoras: o rolo, que parecia de folhas soltas, era de dimensões mínimas, muito menor do que supusera na véspera.

Seu olhar ávido percorreu rapidamente uma página. Era possível? Ou seus sentidos a tinham enganado? Um rol de roupa, em linhas vulgares e caracteres modernos! Parecia uma brincadeira alucinante; sim, era uma relação de roupas sujas! Tomou uma outra folha: os mesmos artigos, com algumas variantes; uma terceira, uma quarta, uma quinta, e sempre a mesma coisa: camisas, meias, coletes, gravatas. Duas outras folhas eram pelo menos mais interessantes: despesas com cartas, pó, cordões de sapatos etc. A maior das folhas, aquela que envolvia as outras, era uma ordem de um marechal veterinário, como indicava sua primeira linha: "Aplicar uma cataplasma no jumento alazão." Tal era a coleção de papéis (deixada, sem dúvida, por alguma servente negligente) que lhe tinha valido uma noite em branco. Catherine se sentiu humilde como a poeira. A aventura anterior não a tinha, então, tornado mais experiente? De sua cama, não percebia uma ponta irônica da arca? Como poderia ter suposto que um manuscrito centenário tivesse sido deixado abandonado naquele quarto ou que ela tivesse tido a habilidade de abrir um armário cuja chave estava à vista de todos! Como se havia enganado até aquele ponto? Que suas tolices não fossem jamais conhecidas por Henry! De algum modo ele era culpado: se o aspecto do móvel não concordasse exatamente com a descrição que lhe fizera, sua curiosidade não teria sido provocada. Essa era a única consolação. Impaciente em se desembaraçar do testemunho de sua loucura, que eram aquelas folhas esparsas sobre os cobertores, ela se levantou, recolocando-as, na ordem original, no esconderijo onde as encontrara, e fazendo votos para que nenhum novo incidente voltasse a perturbá-la.

Era algo extraordinário que antes tivesse tido tanta dificuldade em abrir as portas e gavetas do armário, pois agora elas se abriam com a maior facilidade — o que a fazia corar.

Saiu o mais depressa possível do quarto que lhe suscitava tantas reflexões desagradáveis e, apressada, encaminhou-se para a sala de refeições que a srta. Tilney lhe havia mostrado na véspera. Henry estava lá sozinho. A esperança, que ele manifestou então, de que ela não tivesse sido incomodada pela tempestade e a alusão que fez ao caráter abacial dos aposentos estimularam os seus cumprimentos matinais. Por nada desse mundo queria que ele desconfiasse de sua fraqueza. Mas, incapaz de uma franca mentira, confessou que o vento havia perturbado ligeiramente o seu sono.

— Esta manhã está linda — continuou ela, para fugir a um perigoso assunto de conversação. — Tempestades e noites de insônia nada são, uma vez passadas. Que belos jacintos! Ultimamente, aprendi a gostar de jacintos.

— E como começou? Empiricamente! Teoricamente?

— Foi a sua irmã quem me ensinou. Como? Não saberei dizer. Todos os anos a sra. Allen se esforçava para fazer-me gostar deles. Mas não o conseguia. Finalmente outro dia, eu os vi em Milson Street. Eu que, por natureza, não me interesso por flores!

— Porém, agora gosta de jacintos. Tanto melhor. É uma nova fonte de alegria e é bom que a felicidade tenha o maior número possível de justificações. Dizem que o amor pelas flores é uma coisa preciosa nas mulheres: elas as incitam a sair e a fazer exercícios. Ainda que o amor pelos jacintos seja um amor caseiro, quem pode dizer, uma vez esse sentimento despertado, que um dia não virá a gostar de rosas?

— Eu não tenho necessidade de pretextos para sair. O prazer de andar e respirar ar fresco já é um atrativo suficiente. Quando faz bom tempo, saio a metade do dia. Mamãe diz que eu nunca sou encontrada em casa.

— De qualquer maneira, estou contente por saber que gosta tanto de jacintos. O que importa, com efeito, é saber amar. E minha irmã tem algum método agradável de ensinamento?

Catherine salvou-se do embaraço de uma resposta com a entrada do general. Seus cumprimentos indicavam que ele estava com uma boa disposição de espírito.

À mesa, o bom gosto do serviço de chá atraiu a atenção de Catherine. Por felicidade, fora uma escolha do general. Encantava-o que ela aprovasse o seu gosto: reconhecia serem peças bonitas e simples, e lhe parecia justo encorajar a indústria do seu país. Para o seu paladar pouco exigente, o chá mantinha igual aroma em um aparelho de Staffordshire ou em um de Dresde ou Saxe. Mas esse já era um velho aparelho de dois anos antes. Depois disso, seu fabrico se havia aperfeiçoado muito. Vira novos modelos, a última vez que estivera em Londres, e se não fosse completamente alheio a essas futilidades teria cedido à tentação de comprar um deles. Esperava, porém, ter em breve a oportunidade de escolher um novo aparelho de chá — mas não para ele. Catherine foi talvez a única pessoa, na mesa, a não compreender a alusão.

Depois do almoço, Henry partiu para Woodston, onde suas ocupações o reteriam por dois ou três dias. Para vê-lo montar a cavalo, todos acorreram ao vestíbulo, e depois voltaram para a sala de jantar. Catherine ficou a uma janela, com a esperança de perceber também o viajante.

— Será uma dura prova para seu irmão, Eleanor — disse o general. — Woodston lhe parecerá triste hoje.

— É bonito, Woodston? — perguntou Catherine.

— Que diz, Eleanor? Dê sua opinião. Porque, sobre essas questões, as mulheres são mais competentes que os homens. Creio que o olho menos prevenido apreciará como lhe convém Woodston. A casa se eleva entre belos prados, e ao sudeste há uma bela horta bem cuidada. Um muro cerca a horta, eu mesmo mandei construí-lo, há uns dez anos, no interesse de meu filho. Woodston é um benefício eclesiástico que pertence à família. Sou o dono de quase todas as terras, srta. Morland, e, pode crer, não as deixo sem cultivar. Mesmo que as rendas de Henry fossem só Woodston, ele não ficaria em má situação. Talvez pareça bizarro que eu, não tendo mais que dois filhos homens, julgue que um emprego lhe seja necessário. Acho que ele está no momento em que todos nós desejamos vê-lo desempenhando uma missão. Mas, seu pai, srta. Morland, estaria de acordo comigo reconhecendo que é útil que os jovens estejam ocupados, seja qual for a ocupação e a opinião deles. A finalidade não é a de ganhar dinheiro, mas de exercer uma atividade. Meu filho mais velho, Frederick, que herdará uma das propriedades territoriais mais vastas do condado, tem uma profissão.

O silêncio das moças provava que esse respeitável argumento era, como esperava o general, sem réplica.

Haviam falado, na véspera, de mostrar-lhe toda a abadia, e então o general se oferecia para ser o cicerone. Ainda que Catherine preferisse ser guiada por Eleanor, achou muito feliz a ideia, pois já se encontrava ali havia 18 horas e vira apenas alguns aposentos. Ela fechou precipitadamente a caixa de costura que acabara de abrir. Estava pronta para acompanhá-lo — e quando ela tivesse terminado de conhecer a abadia, ele lhe mostraria o pequeno bosque e o jardim. Ela aquiesceu com uma reverência.

— Talvez lhe seja mais agradável começar pelo jardim e pelo bosque. O tempo está propício, mas, nesta época do ano, pode mudar de um momento para outro.

Qual era a sua preferência? Ele estava inteiramente à sua disposição. Que achava Eleanor? Isso satisfazia os desejos da alegre convidada? Ele acreditava poder adivinhar. Sim, certamente, lia nos olhos da srta. Morland um judicioso desejo de ver, antes de tudo, o bosque e o jardim. Ela sabia muito bem que a abadia, não importava o tempo, estaria sempre seca e segura. Iria apanhar o chapéu e alcançá-las. E saiu.

Catherine — e seu semblante exprimia desapontamento e inquietação — objetou não ser aceitável que o general, presumindo dar-lhe prazer, fosse obrigado a percorrer, contra a sua vontade, o jardim e o bosque.

Foi interrompida pela srta. Tilney, que, um pouco confusa, disse:

— Acho que seria melhor sairmos enquanto faz bom tempo. Quanto ao meu pai, não se inquiete: ele sai todos os dias a esta hora.

Catherine não sabia o que fazer. Por que a srta. Tilney estava embaraçada? Haveria por parte do general alguma má vontade em mostrar a abadia? E não era estranho que ele sempre passeasse pela manhã? Nem seu pai, nem o sr. Allen procediam assim. Tudo aquilo era um pouco contrariante. Estava muito impaciente para ver a casa e um pouco curiosa para ver o jardim e o bosque. Se, pelo menos, Henry estivesse ali... De tudo quanto havia visto, não sabia o que era pitoresco. Tais eram seus pensamentos, mas os guardou para pôr o chapéu com uma desconsolada paciência.

Quando, do prado, viu o conjunto da abadia, ficou surpreendida com a sua grandeza. A grande construção encerrava um enorme pátio retangular. Duas de suas fachadas ofereciam à admiração a riqueza de uma decoração gótica. O resto estava escondido. As colinas que se elevavam por detrás do casarão eram belas, mesmo naquele mês de março sem folhas. Catherine nunca tinha visto nada comparável, e sua impressão foi tão viva que ela a transmitiu atrevidamente, sem se referir à outra autoridade senão ela própria. O militar escutava com uma gratidão extasiada, como se sua própria opinião sobre Northanger estivesse estado em suspenso até aquele minuto.

Pelo parque chegava-se ao pomar. Também ele merecia elogios. Era tão grande que Catherine não podia olhá-lo sem se espantar. Era duas vezes maior que as propriedades dos srs. Allen e Morland reunidas, juntando-se ainda o cemitério e o pomar.

Os muros pareciam intermináveis. Dir-se-ia que uma aldeia de estufas existia ali, com a população de uma paróquia trabalhando no seu recinto. O general estava satisfeito com o olhar dela de surpresa que lhe dizia, quase claramente, que jamais a visitante havia visto um pomar igual. Modestamente, então, confessou que, sem nenhuma vaidade, acreditava não haver um segundo dentro do reino da Inglaterra. Se possuía uma mania, era aquela: gostava de um jardim. Ainda que indiferente à mesa, sabia apreciar as boas frutas; e, quando não era ele, eram os seus filhos. Era portanto para isso que servia possuir semelhante pomar. Mas os cuidados mais atenciosos não protegiam para sempre as frutas preciosas. Não havia produzido mais de cem ananases no ano anterior. O sr. Allen, supunha, experimentava iguais desapontamentos.

— Nem tanto, o sr. Allen não se preocupa com o pomar. Jamais entra nele.

Com um sorriso triunfante, o general desejou poder imitar o sr. Allen. Porque jamais entrava no seu pomar sem a contrariedade de ver, aqui ou ali, que seus planos não estavam sendo realizados.

— Como funcionam as estufas na casa do sr. Allen? — perguntou ele, explicando o funcionamento das suas.

— O sr. Allen não tem mais do que uma pequena estufa, na qual a sra. Allen deixa as plantas no inverno e se faz fogo de tempos em tempos.

— Que homem invejável! — disse o general, e todo ele traía um alegre desdém.

Passeando de estufa em estufa e vendo tudo que lhe mostravam, Catherine, ainda cansada de olhar e de se admirar, não tinha outro desejo: sair das estufas. O general, desejoso de ver o efeito de algumas trocas recentes em suas instalações, convidou as moças a segui-lo ainda, caso a srta. Morland não estivesse fatigada.

— Mas para onde vai, Eleanor? Por que escolher este úmido e obscuro atalho? A srta. Morland se constipará. Melhor ir pelo prado.

— É um de meus passeios favoritos, este atalho. Estou tentada a considerá-lo como o caminho mais agradável e mais curto. Porém, talvez seja um pouco fresco.

O caminho serpenteava através de um pequeno bosque de pinheiros da Escócia. Seduzida pelo seu aspecto ensombrado, Catherine se apressou a andar por ele. Uma segunda vez, e sem sucesso, o general as ameaçou com uma constipação. Muito educado para insistir por mais tempo, desculpou-se de não poder acompanhá-las. "Iria encontrá-las por outro caminho: o sol não lhe fazia bem." Ele se distanciou, e Catherine ficou surpresa ao sentir alívio pelo seu afastamento.

Porém, mais aliviada do que espantada, começou a falar, alegre, da sensação de deliciosa melancolia que o bosque lhe inspirava.

— Gosto particularmente deste lado do parque — disse sua companheira com um suspiro —, era o recanto favorito de minha mãe.

Até ali, Catherine não tinha visto seus novos amigos falarem da sra. Tilney. A essa evocação da falecida, teve uma atitude silenciosa e atenta, que foi para a srta. Tilney um convite para continuar.

— Eu passeava aqui constantemente com ela — ajuntou Eleanor. — Mas, naquele tempo, não gostava deste caminho como gosto agora. A lembrança tornou-o querido para mim.

"E essa lembrança não deveria também ser cara ao marido?", pensou Catherine. "Entretanto, ele não quis vir pelo atalho." A srta. Tilney continuava a caminhar silenciosa, e Catherine se aventurou:

— Sua morte deve ter-lhe causado uma grande mágoa.

— Uma grande mágoa e que cresce dia a dia — respondeu Eleanor em voz baixa. — Eu tinha então 13 anos. Sofri tanto como não se pode sofrer com essa idade, pois não sabia, não podia saber a perda que sofria... — Depois de um instante de silêncio, continuou: — Eu não tenho irmã, e ainda que Henry, ainda que meus irmãos sejam muito afetuosos, e que Henry esteja frequentemente aqui, não deixo de estar sempre solitária.

— Sem dúvida, você deve sentir muito a sua falta.

— Uma mãe estaria sempre presente. Uma mãe seria uma amiga fiel; sua influência sobrepujaria todas as outras.

— Era ela uma mulher encantadora? Era bonita? Haveria um retrato dela na abadia? Por que sua predileção por aquele atalho? Seria ela melancólica? — Foram essas as perguntas ansiosas de Catherine.

As três primeiras receberam respostas afirmativas. As duas outras ficaram sem resposta. O interesse de Catherine pela falecida sra. Tilney crescia a cada pergunta, houvesse ou não resposta. Ela fora infeliz, estava certa disso. O general, certamente, tinha sido um marido desagradável. Não gostava do passeio favorito de sua mulher. Podia ele, então, tê-la amado? De resto, havia em seus traços, apesar de sua bondade, alguma coisa que dizia que ele não tinha sido bom para ela.

— Suponho que o retrato — e a arte consumada de sua pergunta a fez corar — esteja no quarto de seu pai...

— Não, ele era destinado ao salão, mas meu pai ficou descontente com o trabalho do pintor e não se apressou em dependurá-lo. Pouco depois da morte de minha mãe, consegui que me fosse dado. Está agora no meu quarto, serei feliz em mostrá-lo: ficou muito parecido com ela.

Argumento novo: um marido que não dá importância ao retrato, muito parecido, de uma esposa que morreu! Deve ter sido atrozmente cruel com ela.

Catherine não conseguia mais dissimular a natureza dos sentimentos que lhe inspirava o general. O que, no princípio, tinha sido uma prevenção instintiva tornava-se uma aversão. Sim, aversão! Tanta crueldade contra uma mulher tão encantadora tornava esse homem odioso. Nos livros, havia encontrado traços dessa espécie, traços como aqueles que o sr. Allen costumava achar exagerados e contra a natureza, mas sem razão. Agora, ela possuía a prova.

Tais eram as conclusões de Catherine, quando, na extremidade do atalho, as moças se juntaram ao general. A despeito de sua virtuosa indignação, foi obrigada a andar perto dele, ouvi-lo e mesmo sorrir quando ele sorria. Incapaz desde então de alegrar-se com qualquer espetáculo, Catherine caminhava com passo vagaroso. O general se apercebeu. Cheio de cuidados para com a sua saúde — o que contrariava a sua opinião sobre ele —, achou que ela deveria voltar imediatamente para casa, em companhia de Eleanor. Ele iria 15 minutos depois.

Mais uma vez elas o deixaram — mas Eleanor foi chamada de volta para receber a ordem estrita de não visitar a abadia com a sua amiga até que ele voltasse. Esse seu novo empenho em adiar aquela visita tão desejada impressionava muito Catherine.

XXIII

A hora que se passou antes que o general voltasse foi gasta, pela jovem hóspede, em considerações não muito favoráveis sobre o seu caráter: "Essa ausência prolongada, esses passeios solitários não pressagiavam um espírito tranquilo nem uma consciência pura."

Por fim, ele apareceu; e, por mais melancólicas que fossem as suas meditações, ele ainda podia sorrir. A srta. Tilney, compreendendo o desejo de sua amiga de visitar a abadia, logo reavivou o assunto, e seu pai, ao contrário do que esperava Catherine, não invocou mais nenhum pretexto para adiar a visita, a não ser um atraso de cinco minutos, a fim de recomendar que se preparassem refrescos para a volta. E se dispôs a acompanhá-las.

Puseram-se a caminho. E, com um ar imponente e um passo digno, que chamou atenção de Catherine, sem contudo abalar as suas livrescas suposições, ele atravessou o vestíbulo e, passando por uma sala de estar bastante simples e uma antecâmara fora de uso, as levou até um salão magnificente tanto em dimensões como em mobiliário. Era ali a verdadeira sala de visitas, o lugar em que eram recebidos os hóspedes notáveis. Que o salão era imponente, vastíssimo, belíssimo, era tudo que Catherine encontrava para dizer. O louvor específico, o louvor verdadeiramente significativo, foi inteiramente feito pelo general. Para Catherine, a suntuosidade ou a elegância de nenhuma sala não lhe importavam: ela não se importava com nenhum mobiliário que não fosse de uma época mais recente que o século XV. O general, tendo enfim satisfeito sua própria curiosidade em um exame meticuloso das menores coisas, que ele conhecia tão bem, passou para a biblioteca. Ela era de uma opulência igual à do salão, com a sua coleção de livros da qual um homem pouco letrado poderia orgulhar-se.

Catherine ouvia, admirava e ficava sinceramente espantada, haurindo o mais que podia daquele armazém de conhecimentos e correndo o olhar pelos títulos dos volumes da metade de uma prateleira — e estava pronta para continuar a visita. Mas o restante dos aposentos não correspondeu aos seus desejos.

Grande era a abadia, e ela já visitara a maior parte. Mas não queria acreditar no que lhe disseram: que, com a cozinha e mais seis ou sete salas, já tinham percorrido três partes do casarão, em torno do pátio. Suspeitava de que havia, ainda, muitos quartos secretos. Sentiu alívio ao saber que estavam voltando para as salas de uso cotidiano, passando por uma fileira de pequenas peças e por corredores que levavam aos diferentes pontos da casa. Alegrou-se ao atravessar o antigo claustro. Fizeram-lhe ver os vestígios das células. Ela mesma notou várias portas que ficaram fechadas, sem que qualquer explicação lhe fosse dada. Encontrou-se sucessivamente em uma sala de bilhar e no apartamento privado do general, sem compreender sua conexão e sem poder orientar-se. Enfim, passou por um quartinho escuro pertencente a Henry e onde jaziam em desordem livros, armas e capas.

Como, antes de penetrar na cozinha, se atravessava a sala de jantar, o general não quis privar-se do prazer de medir com os seus próprios passos o comprimento da peça (já vista e que ela deveria ver todos os dias às cinco horas), a fim de que Catherine verificasse a exatidão do esclarecimento que ele lhe dera. A cozinha — a cozinha do convento — escondia nas suas paredes maciças e requeimadas toda uma aparelhagem moderna de culinária. Ali se havia exaltado o ardor inovador do general. Todos os aparelhos que facilitam a obra dos cozinheiros ali encontravam o seu lugar, e quando o gênio dos inventores falhava, o seu próprio produzia frequentemente a perfeição desejada. Os melhoramentos, que realizara, o colocavam em lugar de destaque entre todos os benfeitores do convento.

Com as paredes da cozinha terminava toda a antiguidade da abadia, pois o quarto ao lado do pátio tinha sido demolido pelo pai do general, por causa de seu estado de decadência, e uma nova construção surgira em seu lugar. Tudo que era venerável parava ali.

A construção nova não se contentava em ser nova: ela se proclamava orgulhosamente assim. Destinada às oficinas e atrás dos estábulos, não possuía uniformidade arquitetônica. Que se tivesse destruído parte tão preciosa da abadia, e para um miserável fim utilitário, Catherine mal podia acreditar. Não quis visitar um cenário tão rebaixado. Mas se havia uma das coisas de que o general se envaidecia, era da diligência das oficinas. Sabia que ela se impressionaria em ver o labor daqueles que o serviam. Catherine foi surpreendida pela multiplicidade das salas e sua comodidade. Os trabalhos que em Fullerton eram executados em oficinas mal-arranjadas e em um lavadouro estreito, efetuavam-se ali em locais especializados e espaçosos. O número de criados, que surgia de novo sem parar, não a espantava menos. A cada instante uma menina de tamancos parava para fazer uma reverência, algum criado de pés descalços escapulia-se. Portanto, estava-se dentro de uma abadia! Mas como era diferente, em seu funcionamento, do que lhe tinham falado os livros! Abadias e castelos, maiores certamente que Northanger, são lugares onde todos os baixos serviços eram feitos por apenas dois pares de mãos femininas! Como tão poucas mãos podiam fazer tantos trabalhos, tinha sempre espantado a sra. Allen. Ao ver quanta gente se empregava ali, Catherine sentiu nascer-lhe o mesmo espanto.

Voltaram pelo vestíbulo, para poder subir a escada principal e admirar a beleza de sua madeira e os ricos ornamentos nela esculpidos. No alto seguia-se a galeria, porém do lado oposto ao quarto de Catherine, para se chegar a uma outra galeria mais larga e mais comprida. Foram visitados três vastos quartos de dormir. Mobiliadas ou arrumadas a menos de cinco anos, essas peças se adornavam com um luxo que devia agradar a todo mundo, mas não a Catherine. Como a visita chegasse ao fim, o general, depois de ter citado de passagem algumas personagens de distinção que tinham honrado com suas presenças os ditos aposentos, voltou-se sorrindo para Catherine e se aventurou a esperar que entre os próximos hóspedes desses lugares pudessem figurar "nossos amigos de Fullerton". Ela se comoveu com esse desejo inesperado e lastimou sua impossibilidade de ter uma boa opinião de um homem tão benevolente para ela e tão cheio de solicitude para com sua família.

A galeria terminava em uma porta de dois batentes que a srta. Tilney, forçando um pouco o passo, tinha já aberto e franqueado. Ela estava a ponto de abrir uma porta à esquerda, no corredor que se alongava diante deles, quando o general a chamou e, um pouco zangado, pelo que presumiu Catherine, perguntou aonde ela ia. Que havia para ver ainda? A srta. Morland não havia visto tudo que era digno de sua atenção? Eleanor não teria achado sua amiga muito cansada? Não estava na hora de tomarem o refresco? A srta. Tilney retrocedeu. As pesadas portas fecharam-se diante de uma Catherine desapontada. Contudo, ela havia percebido, por um rápido olhar, uma passagem mais estreita e o início de uma escada tortuosa. Enfim, estava certa de ter visto alguma coisa que merecia sua atenção! Quanto não teria ela preferido — e voltava tristemente sobre seus passos — explorar aquela região do que ser admitida a contemplar as suntuosidades do resto da casa! O cuidado que teve o general de impedir essa exploração era um estímulo para sua curiosidade. Sua imaginação! Sua imaginação pudera extraviá-la uma vez ou duas, mas não se extraviaria mais, desta vez: havia alguma coisa para esconder. O que era a coisa, uma curta frase da srta. Tilney, enquanto as moças desciam a escada por trás do general, parecia precisar:

— Eu ia mostrar-lhe o quarto de minha mãe, o quarto onde ela morreu.

Por lacônicas que fossem essas palavras, eram reveladoras. O cuidado com que o general fugia desse quarto se explicava — um quarto no qual, segundo todas as probabilidades, não tinha entrado jamais depois da cena horrível que acabara com os sofrimentos de sua mulher, e o deixara cheio de remorsos.

Só com Eleanor, ela se aventurou a exprimir seu desejo de ver esse quarto e seus arredores. Eleanor prometeu acompanhá-la no primeiro momento favorável. Catherine compreendeu. Era necessário esperar que o general se ausentasse.

— Nada mudou no quarto? — perguntou Catherine, com ternura.

— Nada, absolutamente.

— E há quanto tempo morreu sua mãe?

— Nove anos.

—Você ficou junto dela, suponho, até o fim...

— Não — disse a srta. Tilney com um suspiro. — Infelizmente, eu estava ausente. Sua doença foi curta. Quando cheguei, ela já havia morrido.

Catherine sentia calafrios com as horríveis sugestões dessas palavras. Seria possível? Podia o pai de Henry?... Enquanto isso, as provas apareciam, corroborando as mais negras suposições. E, à noite, enquanto ela trabalhava com sua amiga, viu o general passeando lentamente na sala, durante uma hora, com os olhos baixos e as sobrancelhas cerradas. Era bem a atitude de um Montoni! Sem dúvida ele não se havia ainda despojado de todo o sentimento humano e meditava amargamente à lembrança de seu crime. Infeliz homem! Sob o império dessas especulações, a ansiosa Catherine levantou tantas vezes os olhos para ele, que a srta. Tilney percebeu:

— Meu pai — disse ela a meia voz — costuma andar assim pela sala, é um hábito.

"Tanto pior!", pensou Catherine, ao verificar a concordância entre um exercício tão fora de propósito e os inoportunos passeios pela manhã.

Depois de um serão em que a monotonia e a demora lhe tornaram particularmente sensível à ausência de Henry, Catherine sentiu-se feliz em recolher-se ao leito. A um sinal do general, Eleanor tocou a campainha. O criado de quarto queria acender o candeeiro de seu patrão. Mas o general não iria dormir ainda.

—Tenho que ler vários folhetos antes de fechar meus olhos para dormir — disse ele a Catherine — e talvez esteja meditando sobre os problemas da Inglaterra enquanto a srta. Morland dorme. Qual de nós dois aplica seu tempo de forma mais conveniente? Os meus olhos se vão enfraquecendo para o bem dos outros, enquanto os seus, no sono, se preparam para causar futuros males.

Mas esse cumprimento magnífico não impedia Catherine de pensar em uma causa muito diferente da causa alegada pelo general para não dormir. Ficar acordado várias horas, depois que todos dormiam, sob o pretexto de ter que ler alguns folhetos estúpidos, não era verossímil. Deveria haver uma causa mais profunda: alguma coisa para fazer que não poderia ser feita sem que todos na casa estivessem dormindo. Talvez a sra. Tilney vivesse ainda, talvez recebendo todas as noites uma alimentação grosseira das duras mãos de seu senhor. Chocante era essa ideia — menos, porém, do que a de uma morte deliberadamente apressada. A doença súbita, a ausência de Eleanor e, sem dúvida, a dos outros filhos, tudo favorecia a hipótese de um encarceramento. O motivo — o ciúme, talvez, ou uma gratuita crueldade — deveria ser descoberto.

Enquanto ela repetia em seu espírito essas coisas e se despia, pensou que, naquela mesma manhã, passara perto do lugar onde aquela mulher infortunada estava prisioneira, só a alguns passos da célula onde a cativa terminava seus dias. Alguma parte da abadia seria mais indicada para esse fim do que aquela onde subsistiam os vestígios monásticos? No corredor de lajes e altas abóbadas, onde ela experimentara como que um susto, estavam as portas, lembrava-se bem, e sobre elas o general não lhe havia dado nenhuma explicação. Por que essas portas estavam fechadas? A galeria proibida onde estavam os aposentos da infortunada sra. Tilney devia estar — assim supunha Catherine — por baixo dessa sucessão de células suspeitas, e a escada que havia entrevisto e que devia comunicar secretamente com as células havia facilitado a obra bárbara do general. Talvez por essa escada tivesse ele levado a vítima em estado de inconsciência...

Catherine se horrorizou, por um momento, com a audácia de suas conjecturas, crendo ou esperando ter ido muito longe. Mas não era sobre indícios tão autênticos que ela se apoiava?

O lado do pátio onde ela supunha que se tinha passado a cena do crime ficava defronte daquele em que ela estava instalada. Pensou que, fazendo vigília, poderia perceber a luz do candeeiro do general através das janelas inferiores, prova de que ele se dirigia para o cárcere de sua mulher. Por duas vezes, antes de ir para a cama, escapuliu-se furtivamente para fora do quarto e foi para uma janela da galeria. Mas em torno dela tudo era obscuro. Era muito cedo. Diversos ruídos a convenceram de que as empregadas ainda estavam de pé. Supôs que até meia-noite seria inútil vigiar. Porém, à meia-noite, quando o relógio soasse as 12 badaladas e que tudo estivesse calmo, ela sairia sorrateiramente do quarto — e iria olhar tudo uma vez mais, caso a escuridão não a amedrontasse. Mas, quando o relógio deu meia-noite, Catherine já estava dormindo havia meia hora.

XXIV

Nenhuma ocasião para visitar os aposentos misteriosos se ofereceu no dia seguinte, que era um domingo. Todo o tempo se passou entre os afazeres da manhã, e a tarde foi consagrada, segundo a vontade do general, a passeios campestres e a refeições de carne fria em casa. Ora, Catherine, cuja coragem se igualava à curiosidade, não se satisfaria com uma exploração à luz esmaecida das sete horas ou à claridade mais forte, mas limitada de uma pérfida candeia. E nada, nesse dia, tocou sua imaginação a não ser, na igreja, um monumento erguido à memória da sra. Tilney defronte do banco da família. Seu olhar pousou ali por muito tempo. A leitura de um longo epitáfio, onde todas as virtudes eram atribuídas à morta por esse inconsolável marido que portanto devia ter sido seu carrasco, comoveu Catherine até as lágrimas.

Que o general, capaz de mandar construir esse túmulo, ousasse afrontá-lo, não chegava a ser estranho. Mas que ele pudesse sentar-se, com uma audaciosa calma, nas proximidades dele, conservando aquela nobre serenidade, e olhar sem temor a assistência — não, mesmo que ele entrasse na igreja... Não era isso assombroso? Quantos indivíduos endurecidos pelo crime se poderia citar! Ela conhecia diversos que se haviam corrompido nos mais diversos vícios, até que uma desgraça sangrenta ou o cárcere interrompia seus destinos. A realidade do momento fúnebre não persuadia Catherine da morte da sra. Tilney.

Mesmo que ela descesse até o túmulo onde as cinzas repousavam e contemplasse o esquife onde elas deveriam estar encerradas, que lhe provaria isso? Tinha lido bastante para saber com que facilidade se pode utilizar uma figura de cera em um enterro simulado.

A manhã do dia seguinte prometia algo melhor. O passeio matinal do general, embora inconveniente, sob outros aspectos, favorecia Catherine — e esta, ao vê-lo fora de casa, propôs à srta. Tilney o cumprimento de sua promessa. Eleanor já estava pronta a fazê-lo; e Catherine lhe relembrou que, como decorrência de outra promessa, a primeira visita seria ao retrato de sua mãe.

Esse retrato representava uma mulher muito formosa, de semblante doce e pensativo, confirmando as previsões de Catherine. Mas essas previsões não eram totalmente confirmadas, pois ela esperava que as feições e o aspecto da sra. Tilney fossem a imagem exata ou de Henry ou de Eleanor — uma vez que costumava pensar que os filhos se assemelhavam às mães, e um mesmo rosto se reproduzia por várias gerações. Mas, no caso do retrato da sra. Tilney, era obrigada a procurar semelhanças. Contemplou-o com emoção, apesar dessa desvantagem; e só um interesse maior justificava que se afastasse dele.

Deixando o quarto, as moças passaram pela grande galeria. Catherine, muito agitada para falar, olhava sua companheira. Eleanor estava melancólica e contudo calma: evidentemente, excitada pelas tristes coisas que iam ver. De novo, a porta de batentes duplos foi aberta e Eleanor se preparava para abri-la enquanto Catherine se voltava para fechar, por precaução, a primeira porta, quando, na outra extremidade do corredor, surgiu o general em pessoa.

— Eleanor!

O casarão ressoou com esse chamado. Instintivamente, Catherine, aterrorizada, procurou esconder-se enquanto sua amiga se desculpou com um olhar e, indo ao encontro do general, desapareceu com ele. Catherine correu e se refugiu no seu quarto, onde se trancou à chave. Ali ficou ao menos uma hora, em uma grande emoção, apiedando-se da pobre amiga. Esperava mesmo receber, de um momento para outro, a intimação de ir aos aposentos privados do general. Nenhuma intimação lhe foi dirigida. Enfim, vendo uma carruagem aproximar-se da abadia, ela se animou a descer, a fim de encontrar-se com o sr. Tilney sob a proteção dos visitantes.

A sala de jantar se enchia já com os novos recém-chegados. O general lhes apresentou Catherine como uma amiga de sua filha, em um tom paternal que escondia sua ira anterior e fazia com que ela se sentisse em segurança, ao menos provisoriamente. Eleanor, compondo uma atitude, como filha cuidadosa da reputação familiar, aproveitou a primeira ocasião para dizer:

— Papai queria simplesmente que eu respondesse a um bilhete.

Catherine começou a acreditar que não tinha sido vista pelo general, ou ainda que, por delicadeza, a deixavam supor isto. Ousou então ficar em sua presença depois da partida dos visitantes e nenhum incidente sobreveio.

Ela foi levada por suas reflexões a decidir que forçaria sozinha a região proibida. Sob todos os pontos de vista, seria melhor que Eleanor ficasse neutra. Expô-la ao perigo de ser descoberta uma segunda vez, arrastá-la em uma exploração dolorosa para seu coração não era uma conduta de amiga. A ira do general tocaria menos rudemente a uma estranha que a uma filha. E, feita por ela só, a investigação seria mais satisfatória. Ela não podia comunicar a Eleanor as suas suspeitas, das quais a amiga estava felizmente excluída. Por essa razão, era difícil, em sua companhia, procurar as provas delituosas do general, provas que, sem dúvida, apareceriam sob a forma de algum diário interrompido pela morte. Ela já conhecia o caminho e, se queria terminar tudo antes da volta de Henry, prevista para o outro dia, não havia tempo a perder. O sol ainda ficaria duas horas no horizonte. Indo agora, não gastaria além de meia hora do tempo habitual de preparar-se para o jantar.

Assim foi. Catherine estava ainda no ressoante corredor. O momento das reflexões tinha passado. Ela se insinuou silenciosamente por entre os batentes da grande porta e, sem perder um minuto, chegou diante da porta fatal, abriu-a e deu um passo, receosa. Minutos se passaram antes que pudesse dar outro passo. Via, dentro do vasto quarto bem limpo, uma bela cama forrada de fustão, uma brilhante estufa de Bath, armários de mogno e cadeiras primorosamente pintadas. Os raios de sol poente entravam por duas largas janelas corrediças e brincavam sobre os móveis. Catherine esperava que a comoção a abalasse naquele momento, e assim ocorria. Seu primeiro sentimento foi de espanto e dúvida, sucedido por um raio de bom senso ao qual se acrescentou uma amarga sensação de vergonha. Ela não podia ter-se enganado de quarto — mas todos os seus cálculos tinham falhado!

Esse aposento tão alegre, e que a imaginação de Catherine imaginara ser muito lúgubre e antigo, estava situado no fim da parte construída pelo pai do general. Tinha duas portas que, provavelmente, davam acesso para os quartos de toalete; ela, porém, não tinha vontade de abri-las. O véu usado pela sra. Tilney em seu último passeio, ou o último livro que ela lera, estariam ali para dizer o que não era permitido nem em um sussurro? Não, quaisquer que fossem os crimes do general, ele não deixaria pistas. Ela estava cansada de fazer explorações e só desejava uma coisa: sentir-se segura em seu próprio quarto, tendo seu coração como confidente único de sua loucura.

Dispunha-se a fazer uma retirada tão silenciosa como a entrada quando, ouvindo um barulho de passos ilocalizáveis, parou, trêmula. Ser descoberta ali por uma criada seria desagradável, mas, pelo general, que estava sempre diante dos outros nos momentos mais inoportunos, seria pior. O barulho cessou. Resolvida a não perder um minuto, saiu e fechou a porta. No mesmo momento, uma porta no andar inferior foi aberta. Alguém subia rapidamente a escada diante da qual Catherine devia passar para alcançar a galeria. Incapaz de fazer um movimento, parou ali, ansiosa. Henry apareceu.

— Sr. Tilney! — exclamou ela, estupefata.

Ele mesmo pareceu espantar-se.

— Por Deus — continuou ela —, como chegou até aqui? Como subiu por esta escada?

— Porque... — respondeu ele, surpreendido — porque este é o caminho mais perto do pátio da cavalariça até o meu quarto. E por que não subiria por esta escada?

Catherine voltou a si, enrubesceu e não conseguiu responder nada. Ele parecia procurar sob os traços de Catherine a explicação de seu mutismo.

Ela se encaminhou para a galeria.

Abrindo a porta, ele a interrogou:

— Posso saber por que tomou esta direção? Vir por este corredor, para ir da sala de jantar para o seu quarto, é tão extraordinário como alcançar o meu quarto pela escada, vindo das cavalariças.

Catherine, baixando os olhos, disse:

— Tinha ido ver o quarto de sua mãe.

— O quarto de minha mãe? Há nele alguma coisa curiosa para se ver?

— Não, nada... Pensava que tivesse dito que só voltaria amanhã.

— Quando parti, não imaginava voltar tão cedo. Mas, há três horas, tive o prazer de verificar que nada mais me retinha em Woodston. Está pálida! Penso que a espantei, subindo tão depressa a escada. Talvez não soubesse da existência desta passagem para as oficinas.

— Não, eu não sabia... Fez uma boa viagem?

— Muito boa. Então Eleanor a deixou explorar sozinha a casa inteira?

— Não, ela me mostrou a maior parte da abadia, sábado, e chegamos a vir até aqui... — E, baixando a voz: — Mas seu pai estava conosco.

— E isso a embaraçou? — interrogou Henry olhando-a fixamente. — Visitou todos os quartos que dão para o corredor?

— Não, eu só queria ver um... Mas já não é muito tarde? Tenho que trocar de roupa.

— São só quatro e quinze — disse ele, consultando o relógio. — E não está em Bath. Não há aqui teatros ou bailes. Em Northanger, meia hora é o suficiente para arrumar-se.

Ela nada tinha a objetar. Foi obrigada a ficar. Mas, pela primeira vez desde que o conhecia, o medo de que ele lhe fizesse mais perguntas lhe dava vontade de deixá-lo.

Eles caminhavam lentamente pela galeria.

— Recebeu carta de Bath?

— Não, estou até muito surpresa. Isabella me havia prometido fielmente escrever logo em seguida.

— Tão fielmente prometido! Veja lá que arte desastrosa é a de prometer tão fielmente, pois resultou em tanto lamento para você... O quarto de minha mãe é muito agradável, não é? Vasto e alegre e suas dependências são bem divididas... Sempre me pareceu o quarto mais confortável da casa, e eu me espanto por que Eleanor não o toma para si. Foi ela que lhe disse para vê-lo, suponho?

— Não.

— Esteve ali por sua própria vontade?

Catherine não respondeu. Ele a observou depois de um momento de silêncio.

— Como não há nada nesse quarto de especial, sua curiosidade resultou sem dúvida de um sentimento de respeito pelo caráter de minha mãe que lhe tinha sido descrito por Eleanor. Creio que não houve mulher melhor. Mas eis aí uma dessas considerações que, habitualmente, não suscitam tal interesse. Os simples méritos domésticos de qualquer pessoa que não se haja conhecido despertam raramente a ternura fervorosa que supõe uma visita tal como a sua. Eleanor falou muito de minha mãe?

— Sim, muito. Isto é... não, não muito. Mas o que ela me disse foi bastante emocionante! Sua morte súbita... — E, com hesitação: — Nenhum dos filhos estava em casa... E talvez seu pai não a amasse?...

— E nessas circunstâncias — replicou ele, os olhos fixados sobre ela — deduziu, talvez, a possibilidade de alguma negligência... alguma... — fez um gesto de negação — ou talvez alguma coisa menos perdoável.

Ela arregalou os olhos.

— Na doença de minha mãe — continuou ele —, a crise que a levou à morte foi repentina. Era uma doença orgânica; uma febre biliosa, que a fez sofrer muito. Com rapidez, logo que ela consentiu, um médico foi chamado. Foi no terceiro dia, um homem muito experiente em quem ela depositava toda a confiança. Ele considerou grave o seu estado. A seu pedido, dois outros médicos foram chamados em consulta, no dia seguinte. Os médicos não a abandonaram por 24 horas. No quinto dia, ela morreu. Durante a sua doença, Frederick e eu, nós estávamos em casa e a vimos constantemente. Ela foi rodeada dos cuidados mais atenciosos e mais afetuosos. A pobre Eleanor estava ausente e muito distante para que pudesse voltar a tempo. Ela já encontrou nossa mãe no caixão.

— Mas seu pai — perguntou Catherine — sofreu muito?

— Durante algum tempo, muito. Está enganada imaginando que ele não a amava. Ele a amava, eu o sei, tanto que... Nós não temos a mesma faculdade de ternura... Não quero dizer que ela, enquanto viveu, não tenha sofrido. Mas se meu pai, pelo seu temperamento, fez com que sofresse algumas vezes, pelo menos soube render-lhe justiça. Sua dor, que o tempo pôde cicatrizar, foi violenta e sincera.

— Gostei de saber disso — disse Catherine. — Teria sido tão horrível!

— Pelo que entendi, suas suspeitas sobre ele eram tão horrendas que mal consigo exprimi-las por palavras... Cara srta. Morland, que tinha na cabeça? Em que época e em que país crê, então, viver? Lembre-se de que somos ingleses, somos cristãos. Consulte sua razão, sua experiência pessoal. Nossa educação nos prepara para tais atrocidades? Não seriam elas conhecidas logo neste país de estradas e de jornais? E as leis ficariam inertes? Minha cara srta. Morland, que ideias tem tido!

Eles estavam então no fim da galeria. Constrangida e com lágrimas de vergonha, Catherine correu para seu quarto.

XXV

Acabaram as suas visões romanescas. Catherine despertara por completo. As palavras breves de Henry tinham aberto mais seus olhos para a extravagância de suas fantasias do que todos os outros desapontamentos. Sentia-se muito humilhada e chorava amargamente. Não era só de si mesma que sentia vergonha, mas também de Henry. Ele conhecia sua loucura, que agora lhe parecia criminosa, e deveria desprezá-la para sempre. Será que ele perdoaria o que ela imaginara em relação ao seu pai? O absurdo de sua curiosidade e seus temores poderia ser esquecido? Ela se odiava a si mesma mais do que poderia exprimir por palavras. Ele tinha... ela pensava que ele, antes daquela manhã fatal, por uma ou duas vezes demonstrava ter-lhe afeição. Mas agora tudo mudara — durante meia hora, sentiu-se cada vez mais desapontada. Quando o relógio bateu cinco horas, desceu, com o coração partido. Respondeu com dificuldade a Eleanor, que lhe perguntou se se sentia bem. Aquele temível Henry logo apareceu. Não estava mudado em suas maneiras, salvo que lhe dispensava mais atenções que habitualmente. Jamais ela precisara tanto de conforto, e ele parecia estar consciente disso.

A noite transcorreu sem que ele deixasse de dispensar-lhe gentilezas. Pouco a pouco o espírito de Catherine se foi reanimando. Não procurava esquecer ou defender os dias passados, mas esperava que ninguém soubesse de nada e Henry lhe dedicasse um pouco de estima. Os seus pensamentos, continuando a concentrar-se no que ela sentira e fizera com tanto terror injustificado, mostravam-lhe que indo não passava de um engano voluntário de sua imaginação. Via agora que, com o seu espírito sensível, chegara à Abadia de Northanger muito inclinada a dramatizar os fatos mais insignificantes. Ela evocava os sentimentos que havia experimentado ante a perspectiva de conhecer a abadia. Os equívocos vinham de longe, de antes de deixar Bath, e se explicavam pela influência de suas leituras.

Por apaixonantes que fossem as obras da sra. Radcliffe e mesmo as de seus imitadores, não era nelas que se deveria procurar a natureza humana, pelo menos a dos condados do centro da Inglaterra. Talvez elas dessem uma imagem fiel dos Alpes e dos Pireneus, com as suas florestas de pinheiros e as suas perversidades; e talvez na Itália, na Suíça e na França meridional fossem habituais os horrores narrados nos seus livros. Catherine não ousava duvidar que tais coisas pudessem ocorrer além de seu país, e mesmo nele, se a pressionassem — elas seriam possíveis no norte e no oeste. Mas, no centro da Inglaterra, tanto as leis como os costumes garantiam, certamente, a existência de uma esposa desamada. O assassínio não era tolerado, os criados não eram escravos, e venenos e narcóticos não eram vendidos nas farmácias como se fossem alfazema. Talvez nos Alpes e Pireneus houvesse pessoas tão perversas. Lá, quem não fosse puro como um anjo seria um demônio. Mas na Inglaterra não era assim. Entre os ingleses — ela acreditava —, nos seus corações e hábitos, havia uma generalizada, embora desigual, mistura de bondade e maldade. Fiel a essa convicção, ela não se surpreenderia se mesmo em Henry e Eleanor Tilney aparecesse algum leve defeito. E, dentro do mesmo raciocínio, não temia reconhecer que, no caráter do pai deles, havia algumas manchas. Mesmo afastando do general aquelas suspeitas injuriosas, que a haviam feito enrubescer, ele não lhe parecia ser um cavalheiro perfeito.

Fixado seu espírito nesses pontos, e firmada a sua resolução de sempre julgar e agir no futuro com o maior bom senso possível, ela nada mais tinha a fazer a não ser perdoar-se a si mesma e ser mais feliz que nunca. E, nas insensíveis gradações do fluir do dia seguinte, o tempo foi para ela um lenitivo. A surpreendente generosidade e nobreza de conduta de Henry, jamais aludindo ao que ocorrera, foi de grande auxílio para ela. E, mais cedo que esperava no começo de sua aflição, seu estado de espírito foi melhorando cada vez mais. Havia, naturalmente, alguns assuntos que a fariam sempre estremecer — a alusão à arca ou ao armário, por exemplo —, e ela não gostava de ver nenhum charão. Contudo, reconhecia que a recordação eventual das loucuras passadas, embora penosa, poderia ser-lhe útil.

As ansiedades da vida comum logo sucederam aos sobressaltos romanescos. Dia a dia ia aumentando o seu desejo de ter notícias de Isabella. Impacientava-a saber como transcorria a vida em Bath e como iam os bailes. E também estava ansiosa por saber se Isabella encontrara certo algodão de tricotar que ela lhe encomendara — e ainda se ela continuava em boas relações com James. Só através dela é que esperava receber notícias. James lhe afirmara que só lhe escreveria após voltar a Oxford, e a sra. Allen não lhe dera esperanças de uma carta antes de sua volta a Fullerton. Mas Isabella havia prometido e reprometido escrever-lhe — e, quando ela prometia uma coisa, era tão escrupulosa em cumpri-la! A falta de notícias lhe parecia muito estranha!

Durante nove dias sucessivos, Catherine ficou pasmada com a repetição de seu desapontamento. Mas, na décima manhã, quando entrou na sala de jantar, a primeira coisa que viu foi uma carta, que Henry lhe entregou prazerosamente. Ela lhe agradeceu de forma tão calorosa como se ele mesmo a tivesse escrito. "Mas é do James!", exclamou, ao olhar o nome do remetente. Abriu-a. Vinha de Oxford e dizia o seguinte:

Querida Catherine,

Embora — Deus o sabe — tenha pouco pendor para escrever, julgo do meu dever comunicar-lhe que tudo terminou entre a srta. Thorpe e eu. Deixei-a ontem em Bath, para não tornar a vê-la nunca mais. Não entrarei em pormenores, para não magoar você ainda mais.

Logo você receberá, de outra parte, informações suficientes para saber de que lado estão os erros e, espero, absolverá seu irmão de tudo, salvo dessa loucura de ter acreditado que a sua afeição era correspondida. Deus seja louvado! Desenganei-me antes que fosse muito tarde. Mas que rude golpe! E meu pai, que havia dado de bom coração o seu consentimento... Não falemos mais. Ela me tornou infeliz para sempre. Escreva-me, cara Catherine; você é a minha única amiga. Conto com sua afeição. Espero que você deixe Northanger antes que aí se saiba do noivado do capitão Tilney, ou ficará em uma situação difícil. O pobre Thorpe está na cidade.

Evito revê-lo. Seu honesto coração também sofre. Eu lhe escrevi e também ao meu pai... A duplicidade da srta. Thorpe me fez sofrer mais que tudo. Até o último momento, quando eu lhe confiava minhas apreensões, ela ria, declarando que seus sentimentos não tinham variado. Tenho vergonha quando penso que fui enganado tanto tempo. Mas se jamais um homem teve alguma razão de se crer amado, fui eu. Eu não posso compreender, mesmo agora, qual era a sua finalidade. Não era necessário que, para se assegurar de Tilney, ela brincasse comigo. Despedimo-nos amigavelmente. Como eu seria feliz se nunca nos tivéssemos encontrado! Espero jamais conhecer outra mulher igual a ela. Minha cara Catherine, não dê seu coração imprudentemente.

Creia-me etc.

Catherine não lera ainda três linhas da carta, e já a súbita mudança da expressão do seu rosto e breves exclamações de tristeza indicavam que ela recebera notícias desagradáveis. Henry, que a observava com atenção, viu claramente que a carta não terminava melhor do que começava. A entrada de seu pai impediu-o, contudo, de manifestar sua surpresa. Foram tomar café da manhã.

Catherine quase não comeu. As lágrimas lhe vinham aos olhos e rolavam sobre suas faces. A carta estava ora na sua mão, ora no seu regaço, ora no seu bolso. Catherine parecia inconsciente. Felizmente, o general, todo voltado para o seu chocolate e seus jornais, não teve oportunidade de observá-la. Aos dois outros convivas sua aflição era manifesta. Assim que pôde deixar a mesa, quis se trancar no quarto. Mas as empregadas estavam arrumando os aposentos, e ela foi obrigada a voltar. Em busca de solidão, foi para o salão. Eleanor e Henry estavam lá, falando sobre ela. Quis desculpar-se e retirar-se. Forçaram-na carinhosamente a voltar. Eleanor se pôs gentilmente à sua disposição, depois saiu com Henry.

Por uma meia hora ela se abandonou à sua mágoa e às suas reflexões, depois do que se sentiu capaz de afrontar seus amigos. Não sabia se devia fazer-lhes confidências. Talvez, se lhe perguntassem, aventuraria uma alusão ou diria o motivo de sua preocupação.

Nada mais. Expor assim uma amiga, e uma amiga como o fora para ela a srta. Thorpe!... Depois, seu irmão estava intimamente metido naquilo. Melhor seria nada dizer. Eleanor e Henry, quando ela foi procurá-los na sala de jantar, olharam-na com ansiedade. Catherine se sentou. Depois de um momento de silêncio, Eleanor disse:

— Nenhuma notícia má de Fullerton, espero. O sr. e a sra. Morland, seus irmãos e suas irmãs, nenhum deles está doente?

— Não, obrigada. — Suspirou. — Eles vão muito bem. A carta é de meu irmão. Vem de Oxford.

Alguns minutos se passaram. Depois Catherine recomeçou, e suas lágrimas voltaram:

— Não gostaria de receber uma carta desta novamente.

— Sinto muito. Se tivesse adivinhado que a carta continha alguma notícia desagradável — disse Henry, fechando o livro que acabava de abrir —, não a teria entregue com um ar tão alegre.

— Ela é mais desoladora do que se pode imaginar. O pobre James está tão infeliz. Logo saberá por quê.

— Ter uma irmã tão boa, tão afetuosa — disse Henry calorosamente — deve ser para ele um grande conforto, apesar de tudo.

— Eu tenho um favor para lhe pedir — disse Catherine com uma voz hesitante. — Se seu irmão chegar aqui, previna-me, para que eu possa partir antes de sua chegada.

— Nosso irmão? Frederick?

— Sim. Ficarei muito triste por deixá-los tão depressa. Mas aconteceu alguma coisa que me torna um pouco penoso um encontro com o capitão Tilney.

Eleanor deixou seu trabalho e olhou Catherine com um espanto enorme, mas Henry começava a suspeitar da verdade. Algumas palavras escaparam de seus lábios, como o nome da srta. Thorpe.

— Como tem o espírito perspicaz! — exclamou Catherine. — Adivinhou. Mas, quando falamos em Bath, não pensava que aquilo terminaria assim. Isabella (não me espanto mais com o seu silêncio) abandonou meu irmão e vai casar-se com o seu. Por que há no mundo tanta inconstância, e volubilidade, e maldade?

— Eu quero crer, no que toca a meu irmão, que você está mal informada. Quero crer que ele não foi a causa determinante da decepção do sr. Morland. Não é provável que ele se vá casar com a srta. Thorpe. Creio que está equivocada. Quanto ao sr. Morland, tenho pena dele, tenho pena de todos aqueles que amam e são infelizes. Contudo, nessa história, o que mais me surpreenderia seria o casamento de Frederick.

— É a verdade, contudo. Leia a carta de James. Não... Espere... Há uma parte... — Lembrou-se da última linha, enrubesceu...

— Quer ler-nos as passagens que se referem ao meu irmão?

— Não, pode ler — disse Catherine, cujas ideias se tornavam mais claras. — Não sei em que penso. — E ela enrubesceu por ter enrubescido. — James pensou simplesmente dar-me um bom conselho.

Henry tomou a carta e, tendo-a lido toda, devolveu-a dizendo:

— Se é assim, só posso dizer que lamento muito, pois Frederick não será o primeiro que escolhe uma mulher com menos senso do que sua família deseja. Não invejo sua situação nem de apaixonado nem de filho.

A convite de Catherine, a srta. Tilney leu também a carta, exprimindo sua tristeza com carinho, depois fez algumas perguntas relativas à família e à fortuna da srta. Thorpe.

— Sua mãe é uma boa mulher — foi tudo que respondeu Catherine.

— Quem era seu pai?

— Um advogado, creio; moravam em Pulteney.

— Eles são ricos?

— Não, não muito ricos. Creio que Isabella não tem nenhuma fortuna. Mas isso não tem importância, da parte de sua família. Seu pai é muito generoso! Ele me disse outro dia não dar valor ao dinheiro, senão o de permitir-lhe contribuir para a felicidade de seus filhos.

O irmão e a irmã se entreolharam.

— Mas — disse Eleanor — seria isso contribuir para a felicidade de Frederick permitir-lhe casar-se com essa pessoa? Se ela tivesse um pouco de senso moral, não teria agido contra seu irmão como o fez. E que estranha cegueira em Frederick! Ele, que possuía um coração tão orgulhoso, que achava que nenhuma mulher era digna de ser amada!

— É isso justamente o que me faz duvidar da exatidão da notícia. Quando penso nas suas declarações de antigamente, não compreendo nada desta história. Entretanto, tenho boa opinião da prudência da srta. Thorpe para supor que ela haja rompido com um noivo antes de ter um outro assegurado. Frederick é um homem morto. Prepare-se para acolher sua cunhada, Eleanor, uma bela cunhada com quem se deleitará: franca, cândida, de afeições vivazes, sem pretensões ou dissimulações.

— Tão boa cunhada, Henry, seria minha alegria — disse Eleanor, com um sorriso.

— Mas, talvez — ponderou Catherine —, embora ela tenha agido tão mal com os meus, agirá melhor com a sua família. Pelo menos agora tem o homem que ama, por que não seria constante?

— Na verdade, acredito que ela o seja — disse Henry. — Acredito que seja muito constante, a menos que um baronete se encontre no seu caminho; esta será a oportunidade única de Frederick. Vou comprar a gazeta de Bath e consultar a lista dos recém-chegados.

— Acredita então que a causa de tudo seja a ambição? Por mim, encontro nela indícios que lhe dão razão. Não posso esquecer que, quando meu pai fixou os rendimentos de James, ela ficou desapontada, pois lhe parecia pouco. Nunca na minha vida me enganei tanto sobre o caráter de alguém.

— Entre a grande variedade de caracteres que conheceu e estudou...

— Meu desapontamento e a perda que sinto são grandes. Mas o pobre James jamais se consolará!

— Seu irmão deve ser lastimado neste momento. Portanto, apesar do nosso interesse pelas mágoas dele, não é necessário que façamos muito pouco caso das suas. Imagino que, perdendo Isabella, lhe pareceu perder a metade de si mesma. Sentiu no seu coração um vazio que nada encherá. Tudo lhe é enfadonho e, dos prazeres que compartilhava com ela... bailes, teatros, concertos... até a ideia lhe é odiosa. Está persuadida de que não terá de agora em diante mais uma amiga em quem confiar sem reservas, uma amiga com quem contar. Está sentindo tudo isto?

— Não — disse Catherine depois de ter refletido. — Devia?... Realmente, ainda que esteja triste por não poder amá-la mais, ainda que eu não deva receber mais suas notícias, não me sinto tão profundamente aflita como poderia pensar.

— Seus sentimentos se ajustam sempre à sua natureza humana. É bom instigá-los para poder descobrir sua própria consciência.

Catherine, por um motivo ou por outro, sentiu-se tão aliviada após essa conversa que não lamentou as circunstâncias que a haviam provocado.

XXVI

Desde então, o assunto foi frequentemente debatido pelos três jovens. E, com alguma surpresa, Catherine descobriu que os seus dois amigos achavam que a falta de posição e de fortuna de Isabella haveria de criar-lhe grandes dificuldades no casamento com seu irmão. Estavam ambos persuadidos de que só por isso, e não levando em conta o caráter da moça, o general se oporia — o que preocupava a própria Catherine. Ela era tão insignificante e talvez tão pobre como Isabella; e se o herdeiro de Tilney não tinha bastante riqueza, grandes haveriam de ser as exigências de seu jovem irmão. Suas penosas reflexões a esse respeito só podiam esvaecer-se diante da evidência de que, desde o início, despertara a simpatia do general, tanto com suas palavras como com sua conduta. E, lembrando-se de que mais de uma vez o ouvira referir-se, de forma generosa e desinteressada, a assuntos de dinheiro, Catherine achava que seus filhos não o entendiam bem nesse ponto.

Eles estavam inteiramente convencidos de que o irmão não teria coragem de pedir o consentimento do pai, e lhe repetiam que não havia possibilidade de o capitão Tilney voltar a Northanger por aqueles dias — o que tranquilizava Catherine, pois não haveria necessidade de que ela deixasse subitamente a abadia. Mas como não era provável que o capitão Tilney, quando pedisse a permissão paterna, transmitisse a seu pai uma ideia exata da conduta de Isabella, ocorreu a Catherine confiar a Henry tudo quanto sabia, a fim de que o general pudesse formar uma opinião fria e imparcial e levantar objeções mais consistentes que a desigualdade de fortunas. Mas a sua proposta não teve a acolhida que ela esperava.

— Não — disse ele. — Meu pai não deve ser advertido, e a confissão da loucura de Frederick não tem necessidade de ser antecipada. Ele próprio deve contar a sua história.

— Mas ele contará apenas a metade.

— Até um quarto da história já suficiente.

Dois dias se passaram sem que chegasse nenhuma notícia de Frederick. O irmão e a irmã não sabiam em que pensar. Pareceu-lhes então que esse silêncio provava a realidade do noivado ou a invalidava. Ainda que muito ofendido pela negligência de seu filho em não lhe escrever, o general vivia livre de ansiedades a seu respeito. Tornar as férias de Northanger agradáveis à srta. Morland era sua preocupação capital. Frequentemente levantava dúvidas sobre o resultado de seus esforços: uma vida assim entre as mesmas pessoas não lhe parecia fastidiosa? Desejou que as Lady Fraser estivessem na região. De tempos em tempos projetava um jantar festivo, e uma ou duas vezes calculou o número de convidados que se poderia recrutar nas imediações. Mas como organizar algo atraente nessa época quente do ano? Não era época de caça aos animais de pena nem aos de pele, e as Lady Fraser não estavam lá. Tudo terminou, numa bela manhã, com a comunicação dele de que, na próxima viagem de Henry a Woodston, iriam surpreendê-lo e comer carne de carneiro com ele. Henry se declarou muito lisonjeado e feliz. Catherine estava encantada.

— E quando pensa, senhor — perguntou ele a seu pai —, que eu possa esperar esse prazer? Na assembleia paroquial necessitarei passar uma segunda-feira em Woodston e serei obrigado provavelmente a ficar por dois ou três dias.

— Bem, bem. Veremos qual será o melhor dia. Não há necessidade de marcá-lo. Não terá que se incomodar. Não mude seus hábitos. O que tiver em casa será o suficiente. Creio poder responder à indulgência dessas duas jovens para com a mesa de um celibatário. Vejamos... Segunda-feira, você estará muito ocupado; não será na segunda-feira. E na terça estarei muito ocupado. Espero meu intendente de Brockham. Ele me fará suas contas pela manhã, e, à tarde, não posso decentemente me abster de aparecer no clube. Como sabem que estou aqui, não posso deixar de aparecer. Levariam a mal minha ausência. E isto é uma regra, srta. Morland nunca magoar um dos vizinhos, ao preço de um pequeno sacrifício. São pessoas respeitáveis. Duas vezes por ano, envio-lhes meio cabrito e janto com eles quando me é possível. Terça-feira está então, por esse motivo, fora de questão. Porém, quarta-feira, pode ser. Henry, pode esperar-nos. Estaremos em sua casa cedo, para ver tudo à nossa volta. São necessárias duas horas e 45 minutos, penso, para se ir a Woodston. Tomaremos a carruagem às dez horas. Assim, lá para 12h45, quarta-feira, pode esperar ver-nos.

Um baile não teria dado mais prazer a Catherine do que essa pequena excursão, tanto ela desejava conhecer Woodston. Seu coração batia de alegria quando Henry, mais ou menos uma hora depois, entrou de botas e capote e disse:

— Venho, minhas jovens senhoras, dizer-lhes, num tom moralista, que sempre temos de pagar caro os prazeres deste mundo, e às vezes os compramos com muitas desvantagens, cedendo a felicidade certa do presente pela felicidade incerta do futuro. Eu sou um exemplo. De fato, para esperá-las em Woodston, quarta-feira, a não ser que o mau tempo ou vinte outras coisas o impeçam, eis-me obrigado a partir agora e dois dias mais cedo do que queria.

— Partir! — exclamou Catherine com tristeza. — E por quê?

— Por quê? — disse Henry. — Como pode fazer-me essa pergunta? Porque me é necessário ter tempo para desassossegar minha velha governanta; porque devo preparar um jantar para vocês, imagino.

— Oh! Mas isso não é sério.

— Sim, e me sinto triste. Preferiria muitíssimo ficar aqui.

— Mesmo depois do que disse o general... quando ele se mostra tão particularmente cuidadoso em não lhe causar nenhum embaraço...

Henry se contentou em sorrir.

— Para mim e sua irmã, esse cuidado é desnecessário. Mas por que pensar assim, depois que o general estabeleceu a condição de que não preparasse nada de excepcional? Enfim, mesmo que não tivesse feito a metade das recomendações que fez, ele se consolaria em sua própria mesa, achando-se ali uma vez na vida, diante de uma comida simples.

— Eu queria raciocinar assim, por ele e por mim. Até logo. Como amanhã é domingo, Eleanor, não voltarei.

Ele partiu. Foi para Catherine uma operação mais simples duvidar de seu próprio julgamento que do julgamento de Henry. Porém a conduta do general não ficava menos inexplicável para ela. Que ele era muito exigente em matéria de comida, já o havia observado. Mas por que dizia ele uma coisa se pensava em outra? Como compreender as pessoas? Quem, salvo Henry, teria adivinhado o que desejava o general?

Do sábado a quarta-feira, estariam privados da presença de Henry — era o fim de suas reflexões — e certamente a carta do capitão Tilney já haveria chegado, e quarta-feira, tinha certeza, choveria. O passado, o presente e o futuro eram igualmente tristes. Seu irmão estava infeliz com a perda de Isabella. Eleanor estava menos alegre na ausência de Henry. E ela, Catherine, o que poderia diverti-la? Ela estava cansada das alegrias sempre iguais que lhe proporcionavam o bosque e o pomar. A abadia não lhe interessava mais que qualquer outra casa. Que mudança nas suas ideias! Eis que havia tanto desejado encontrar-se numa abadia! Sua imaginação se comprazia em evocar o conforto simples de um presbitério, algum Fullerton melhor dirigido. Fullerton tinha seus defeitos, mas talvez Woodston não tivesse nenhum. Essa quarta-feira não chegaria nunca?

Essa quarta-feira chegou exatamente como deveria chegar. Chegou com um belíssimo tempo. Catherine navegava em pleno céu. Pelas dez horas, uma carruagem, puxada por quatro cavalos, saiu da abadia. Vinte milhas foram vencidas e eles entraram em Woodston, vasta e populosa vila muito bem situada. Catherine ousava apenas dizer o quanto achava agradável o lugar, pois o general parecia apresentar desculpas pela existência de um vilarejo tão insignificante. Mas, em seu coração, ela preferia Woodston a todos os lugares que já havia visto, e olhava com admiração as casas e até as pequenas lojas e choupanas. No fim do lugarejo, um pouco à parte, erguia-se o presbitério, sólida casa de pedra, de construção recente, com seu caminho semicircular e seus portões verdes. Como a carruagem se aproximava da casa, Henry, com os seus companheiros de solidão, um terra-nova ainda novo de pura raça e dois ou três podengos, adiantou-se para recebê-los.

Catherine estava muito preocupada quando entrou, nada notando ou nada dizendo e, quando o general lhe pediu sua impressão, não tinha nenhuma noção clara da sala ou de onde se encontrava. Olhando ao redor, descobriu um quarto que era o mais confortável do mundo. Mas Catherine estava muito prevenida para falar e a frieza de seu elogio desapontou o general.

— Não a chamemos de uma bela casa. Nós não a comparamos a Fullerton e a Northanger. Nós a consideramos como um simples presbitério; pequena, estreita, mas decente e habitável e, em suma, inferior à maioria das outras. Enfim, creio que há poucos presbitérios de campo na Inglaterra que lhe sejam, mesmo de longe, comparáveis. Alguns melhoramentos estariam a propósito, estou longe de dizer o contrário; poder-se-ia, talvez, modificar a fachada com uma arcada, mas, entre nós, é uma coisa que eu detesto, apesar de ser recomendável ali.

Catherine não ouviu o bastante dessa conversa para compreendê-la ou ficar magoada. Outros assuntos foram levantados e minuciosamente examinados por Henry, até que o criado trouxe uma bandeja de refrescos, restabelecendo a condescendência do general e tranquilizando Catherine.

O aposento em que estavam era cômodo, de boas proporções e elegantemente mobiliado como sala de jantar. Quando Catherine o deixou para ir passear pelos campos, mostraram-lhe primeiramente um aposento menor, que pertencia ao dono da casa, e se achava excepcionalmente bem-arrumado. Em seguida, mostraram-lhe outro que, embora vazio, parecia destinar-se a ser a futura sala de visitas, e que agradou tanto Catherine que o próprio general manifestou a sua satisfação. Era uma sala bastante ampla, com janelas que iam até o assoalho, e a vista que delas se descortinava era agradável, embora se limitasse a verdes prados. Catherine exprimiu a sua admiração com toda a simplicidade de sua alma:

— Oh! Por que não põe móveis nesse quarto, sr. Tilney? É uma pena que ele não esteja com uma mobília. É o quarto mais bonito que já vi. É o quarto mais bonito do mundo!

— Espero — disse o general, sorrindo de satisfação — que ele tenha a sua mobília muito brevemente. Está esperando apenas pelo bom gosto de uma dona de casa.

— Bem, se a casa fosse minha, ficaria aqui para sempre! Oh! Que linda cabana vejo entre as árvores. São macieiras! É a cabana mais bonita que já vi...

— Já que gosta dela e a aprova, é o bastante. Henry, lembre-me de falar ao Robinson. A cabana não será derrubada.

Tal amabilidade chamou Catherine à razão, fazendo-a silenciar. E, embora sutilmente induzida pelo general para escolher as cores do papel das paredes e das cortinas, não se conseguiu extrair dela nenhuma opinião. Contudo, a influência daquele ambiente de novidades e de ar refrescante muito contribuiu para dissipar seu constrangimento. E tendo atingido a parte ornamental do presbitério — e que consistia de um caminho serpenteando entre os dois lados do prado, e que Henry tinha começado a abrir dois anos antes —, Catherine o considerou o mais bonito que jamais vira, embora a árvore mais alta ali existente não passasse de um arbusto um pouco maior do que o banco verde colocado em um canto.

Passearam por outras campinas e por parte do povoado, visitando os estábulos para apreciar alguns melhoramentos e divertindo-se com uma ninhada de cães. Já eram quatro horas, embora Catherine presumisse que não passavam das três. Tinham que jantar às quatro horas, e voltar para Northanger às seis. Jamais um dia passara tão depressa.

Catherine notava que a abundância das comidas não causava no general o menor espanto. Ele se limitava a procurar na mesa do jantar uma carne fria que não figurava entre os pratos servidos. As observações de seus filhos eram diferentes. Raramente o tinham visto comer com tanto apetite fora de casa, e nunca o tinham visto menos aborrecido pelo fato de a manteiga estar derretida.

Às seis horas, depois que o general tomou café, a carruagem os levou de volta a Northanger. Em toda a visita, a atitude do general fora muito agradável, e Catherine estava tão certa de suas intenções que, se pudesse ter igual certeza no tocante aos desejos de Henry, poderia ter deixado Woodston com menos preocupações no que se referia ao *como* e *quando* poderia voltar para lá.

XXVII

Na manhã do dia seguinte, chegou esta carta de Isabella, inteiramente inesperada:

Bath, abril

Minha caríssima Catherine,

Recebi suas duas gentis cartas com o maior prazer e peço-lhe mil desculpas de não as ter respondido mais cedo. Estou verdadeiramente envergonhada da minha preguiça. Mas, neste horrível lugar, não se tem tempo para fazer nada. Cada dia que passa, desde sua partida de Bath, tenho estado sempre com a pena na mão, para começar uma carta, porém tenho sido sempre interrompida por algum inoportuno. Escreva-me imediatamente, peço-lhe, e enderece sua carta para minha casa. Graças a Deus, deixaremos esta insípida cidade amanhã. Depois que você partiu, não tive mais nenhum prazer, a poeira aqui é intolerável, cada pessoa só se preocupa com a sua volta para casa. Creio que se pudesse vê-la, tudo seria melhor, porque você para mim é mais querida do que se pode imaginar. Estou muito inquieta com seu irmão: nenhuma notícia depois que ele voltou para Oxford, acredito em um mal-entendido. Ele é o único homem que amei e que posso amar. Espero que saiba convencê-lo. As modas da primavera começam a aparecer. Os chapéus são horrorosos. Espero que passe agradavelmente o tempo, mas acredito que nunca pensou em mim. Nada direi de seus amigos de Northanger tudo aquilo que poderia dizer, porque não pretenderei faltar com a generosidade, colocando-a contra pessoas que você estima. É muito difícil conhecer as pessoas em quem devemos confiar, e os moços não sabem por dois dias seguidos suas próprias intenções. Alegro-me dizendo: o homem que entre todos me aborrece deixou Bath. Neste ponto reconhecerá o capitão Tilney que, antes de sua partida, seguia-me obstinadamente, você se lembra, e me importunava. Em seguida, foi pior. Ele se tornou minha sombra. Muitas mocinhas se deixariam agarrar, por nunca terem visto atenções semelhantes. Porém, eu conheço muito o sexo volúvel. O capitão voltou para juntar-se ao seu regimento há dois dias. Espero nunca mais ser importunada com sua presença. Este foi o maior malandro que já encontrei — e espantosamente desagradável. Os dois últimos dias ele não largou Catherine Davis. Encarei seu gosto com piedade, ainda que isso me fosse indiferente. A última vez que nos encontramos foi em Bath Street. Entrei imediatamente em uma loja para que ele não pudesse falar-me. Não queria mesmo vê-lo. Em seguida ele foi às Termas. Por nada no mundo iria ali naquele momento. Que contraste entre ele e seu irmão! Eu lhe rogo, envie-me notícias de James. Estou muito preocupada por causa dele. Ele não me parecia de boa saúde quando partiu: estava resfriado ou algo o preocupava. Eu já lhe teria escrito, mas perdi seu endereço e, dando-lhe uma ideia, receio de que ele achou alguma coisa na minha conduta que interpretou mal. Rogo dar-lhe todas as explicações necessárias, e, se ele tem alguma dúvida, uma palavra que ele escrever ou uma visita a Pulteney será o bastante para esclarecer tudo. Nunca mais fui aos bailes. Nestes últimos tempos, nem ao teatro, salvo ontem à noite, com os Hodge, para ver uma comédia. Os lugares tinham o preço reduzido. Eles me atormentaram para ir e eu não queria que dissessem que eu me havia enclausurado por causa da partida do capitão Tilney. Sentamo-nos perto das Mitchell, que ficaram estupefatas por me verem ali. Sabia de seus despeitos. Durante um certo tempo, não foram mesmo polidas comigo. Agora são todas minhas amigas. Mas não estou enlouquecida por ter sido enganada. Você sabe que não me falta bom senso. Anne Mitchell quis usar um turbante parecido com o meu, aquele que havia posto na semana precedente ao concerto. Isso tornou sua cabeça uma coisa medonha. Para meu rosto estranho convinha esse toucado, acredito, pelo menos assim dizia o capitão Tilney, adiantando que todos os olhos estavam assentados sobre mim. Mas ele é o último homem em cuja palavra acreditaria. Agora só me visto de vermelho. Sei que fico horrível nesta cor, mas não me importa. É a cor favorita de seu querido irmão. Não perca tempo, minha querida, minha doce Catherine, escreva-lhe, escreva-me,

Sua para sempre... etc.

O artifício era muito grosseiro para ser imposto a Catherine. Estava chocada com tanta inconsequência, contradição e falsidade. Tinha vergonha de Isabella, vergonha de tê-la jamais amado. Suas declarações de amizade eram tão chocantes quanto suas desculpas pueris, ou seus pedidos imprudentes. "Escrever a James em seu favor! Não! Jamais falaria a James de Isabella."

Anunciou a Henry, que voltara de Woodston, e a Eleanor, que seu irmão estava salvo. Ela os felicitou calorosamente e lhes leu, indignada, as passagens mais típicas da carta. Quando terminou:

— Para mim acabou-se Isabella, e também nossa amizade. Ela deve pensar que sou uma idiota, para me escrever assim. Mas, talvez, isso serviu para fazer-me conhecer seu caráter melhor do que ela conhece o meu. Agora estou vendo claramente. Ela é muito namoradeira e sua astúcia terá sido inútil. Não acredito que tenha tido jamais a menor ternura por James ou por mim, gostaria de nunca tê-la conhecido.

— Logo será como se nunca a houvesse conhecido — disse Henry.

— Há uma coisa que eu não posso compreender — respondeu Catherine. —Vejo perfeitamente as intenções dela em relação ao capitão Tilney e que malograram, mas o que queria o capitão Tilney? Por que, depois de ter sido pródigo com tantas atenções a ponto de intrigá-la com meu irmão, desapareceu em seguida?

— Tenho poucas coisas a dizer dos motivos que fizeram Frederick agir assim. Ele não é menos despido de vaidade do que a srta. Thorpe. A única diferença: tem a cabeça bem sólida para que sua vaidade não lhe seja prejudicial. Se o resultado não o desculpa um pouco aos seus olhos, para que procurar as causas?

— Então admite que ele nunca a levou a sério?

— Estou convencido de que não.

— E ele a cortejou para nada, por prazer?

Henry fez um gesto de assentimento.

— Então — disse Catherine — devo dizer que não gosto dele. Ainda que tudo se haja resolvido bem para nós, não gosto nada dele. No caso atual, o mal não é grande, porque eu não creio que Isabella se importe. Mas suponhamos que ela se houvesse apaixonado por ele?

— Mas necessitaria de início supor que Isabella fosse capaz de apaixonar-se e por consequência supô-la uma criatura toda diferente. Então ele haveria, sem dúvida, agido de outra maneira para com ela.

— É natural que defenda seu irmão.

— Se não se preocupasse com o seu, não acharia tão trágica a decepção da srta. Thorpe. Mas tem o espírito atormentado por um sentimento de retidão que a impede de ser acessível às legítimas preocupações familiares e ao rancor.

A animosidade de Catherine não podia resistir às palavras de Henry. Frederick não era imperdoavelmente culpado, uma vez que possuía um irmão tão encantador. Resolveu não responder à carta de Isabella e procurou não pensar mais em tudo aquilo.

XXVIII

Pouco depois, o general foi obrigado a ir a Londres por uma semana. Deixou Northanger lamentando profundamente que a necessidade o privasse, mesmo por uma hora, da companhia da srta. Morland e ansiosamente recomendou a seus filhos que, durante sua ausência, cercassem de conforto e distrações.

A sua partida proporcionou a Catherine a primeira noção experimental de que uma ausência pode às vezes converter-se em um lucro. Agora as horas passavam alegres e felizes, fazia-se o que se queria, ria-se sem constrangimento, cada refeição era uma cena de desembaraço e bom humor, passeavam como e quando queriam, e seus prazeres e fadigas não dependiam mais das ordens e normas impostas pelo general.

Cada vez mais ela gostava daquele lugar e das pessoas com quem convivia. Sentia-se tão à vontade e havia tantos divertimentos! E, em cada momento e em cada dia, sua felicidade seria completa se não a salteasse certo temor ao pensar estar próximo o momento de sua partida, e igualmente o receio de não ser igualmente correspondida na estima que dedicava aos dois irmãos.

A sua visita já durava quatro semanas. Antes que o general voltasse de Londres, essa quarta semana terminaria. Temia que, permanecendo mais tempo ali, a considerassem uma intrusa. Essas reflexões eram penosas para Catherine. Ansiosa por libertar-se delas, decidiu falar a Eleanor. Dir-lhe-ia que chegara o momento de ir embora, e veria, para sua orientação íntima, como as palavras seriam acolhidas.

Achava que quanto mais demorasse, mais lhe custaria tocar em assunto tão desagradável. Assim, aproveitou a primeira ocasião em que se encontrava a sós com Eleanor e, enquanto esta lhe falava de assunto bem diferente, comunicou sua intenção de partir o mais cedo possível.

Mirando-a, Eleanor se confessou muito pesarosa. Ela esperava ter o prazer de sua companhia por muito mais tempo. Presumia que Catherine lhe havia prometido uma visita de duração muito mais longa, e tinha certeza de que, se o sr. e a sra. Morland soubessem do prazer que ela lhes dava, não apressariam tanto a sua volta.

Catherine explicou:

— Oh! Quanto a isso, papai e mamãe não têm pressa nenhuma. Eles ficam satisfeitos em ver-me feliz.

— Então posso perguntar por que está tão apressada para nos deixar?

— Estou aqui já há muito tempo.

— Se usa tal palavra, não insisto. Se acha que é muito tempo...

— Oh! Não! Por mim ficaria aqui por muito tempo ainda.

Ficou assentado que não se falaria mais na partida. A causa que a inquietava desapareceu e outros temores também se dissiparam. As maneiras cordiais de Eleanor, sua solicitude em retê-la, o ar encantado de Henry quando lhe disseram que a visitante renunciava à partida — tudo aquilo dizia eloquentemente a Catherine que sua presença era muito querida. Que fosse amada por Henry, quase não duvidava mais; o pai e a irmã a queriam também, estava certa, e desejavam que ela fizesse parte da família. Assim, suas dúvidas e ansiedades se convertiam em preocupações sentimentais.

Henry não pôde ficar em Northanger a serviço das moças, como seu pai lhe havia ordenado antes de se ausentar. Chamado a Woodston pelas exigências de seu trabalho, teve de deixar Northanger no sábado, afastando-se por alguns dias. Essa nova ausência de Henry, agora que o general estava longe, não era tão aborrecida como a primeira. Atenuava a alegria das duas amigas, mas não a destruía. Elas haviam passado a primeira parte da noite juntas, conversando afetuosamente. Eram 11 horas, hora tardia em Northanger, quando deixaram a sala de jantar, no dia da partida de Henry. Quando subiam para seus quartos, pareceu-lhes ouvir, tanto quanto a grossura das paredes lhes permitia, que uma carruagem estava chegando. Um instante depois, a campainha foi sacudida violentamente. Passada a primeira surpresa: "Meu Deus! Que é isso?" — Eleanor decidiu que só podia ser seu irmão mais velho.

Ele chegava sempre sem avisar ou então de uma maneira inoportuna. Desceu rapidamente para desejar-lhe boas-vindas.

Catherine correu para seu quarto. Começou a traçar um plano, prevendo um próximo encontro com o capitão Tilney. Para reagir à impressão que a conduta desse homem lhe dera, ela se dizia que ele era muito gentil para constrangê-la. Esperava que ele não falasse jamais na srta. Thorpe. Na verdade, ele devia estar envergonhado do papel que havia desempenhado. Desde que não houvesse nenhuma alusão aos incidentes de Bath, tudo correria bem. Que Eleanor tivesse mostrado tanta solicitude para ver seu irmão e que tivesse tantas coisas para lhe dizer, era já um elogio ao recém-chegado. Mas uma meia hora se passou, e ela não apareceu.

Catherine ouviu então passos na galeria. Escutou. Tudo voltou ao silêncio. Apenas havia ela se convencido de seu engano e um leve ruído a tornou novamente atenta. Podia dizer-se que alguém batia à sua porta, e um instante depois o barulho se repetiu. Catherine tremia um pouco à ideia de que alguém se aproximava, cheia de precauções. Mas, resolvida a não ser mais enganada com as aparências ou com sua imaginação, dirigiu-se resolutamente para a porta e abriu-a: Eleanor, somente Eleanor estava lá só por um instante. Catherine ficou tranquila. Sua amiga estava pálida e agitada. Ainda que ela tivesse evidentemente a intenção de entrar, parecia que não podia dar um passo. Depois, dentro do quarto, era-lhe impossível falar. Catherine suspeitava do capitão Tilney. Não podia exprimir sua aflição senão através de silenciosos cuidados. Fez Eleanor sentar-se e lhe friccionou as têmporas com água de alfazema...

— Querida Catherine, não é necessário... Realmente não é necessário... Eu estou muito bem... Sua bondade me confunde... Não posso suportar isso... Eu venho trazer-lhe um recado.

— Um recado? Para mim?

— Como dizer-lhe isso? Oh! Como dizer-lhe?

Uma nova suposição veio ao espírito de Catherine, que se tornou tão pálida quanto sua amiga, e exclamou:

— É um enviado de Woodston!

— Engana-se — respondeu tristemente Eleanor. — Não é ninguém de Woodston. É meu próprio pai. — Ela tinha os olhos baixos e sua voz tremia.

Essa volta inopinada era o suficiente para tornar Catherine pesarosa. Durante alguns momentos não pensou que houvesse alguma coisa pior para lhe anunciarem. Ficou silenciosa.

Eleanor, com uma voz indecisa e os olhos sempre baixos, voltou a falar:

—Você é muito boa, estou certa, para não querer o papel que me impuseram. Sou, decerto, um mensageiro indesejado. Eu, que estava tão reconhecida por você ter consentido em prolongar suas férias entre nós, eu que esperava tê-la ao meu lado durante semanas e semanas ainda, como dizer-lhe que esse nosso entendimento ficará sem efeito? Como dizer-lhe que a felicidade que nos dava sua presença, nós a pagaremos com uma... Mas de que servem esses protestos?... Minha querida Catherine, vamos separar-nos. Meu pai se lembrou de um compromisso que nos obriga a deixar Northanger a partir de segunda-feira. Iremos, por uns 15 dias, para a casa de Lorde Longtown perto de Hereford. Dar-lhe explicações, fazer-lhe receber de bom grado essas desculpas é igualmente impossível.

— Querida Eleanor — disse Catherine, lutando contra sua emoção —, não fique tão desolada assim. É natural que um compromisso ceda diante de um compromisso anterior. Estou triste com essa brusca separação. Mas não pense absolutamente que estou ofendida. Posso encerrar as minhas férias aqui, você sabe bem, não importa quando, e espero que virá ver-me. Poderá, na sua volta do compromisso com esse lorde, vir a Fullerton?

— Não posso, Catherine.

— Será então para quando você puder.

Eleanor ficou calada. Os pensamentos de Catherine se voltaram para uma questão de um interesse mais imediato, e ela acrescentou, pensando em voz alta:

— Segunda-feira... tão depressa, segunda-feira... e vocês todos partirão. Deverei partir um instante antes de vocês. Não se lamente,

Eleanor, posso ir-me embora na segunda-feira. Mesmo que papai e mamãe não estejam prevenidos, isso não tem grande importância. O general, sem dúvida, far-me-á acompanhar por uma criada até o meio do caminho. Chegarei pouco depois a Salisbury e, de lá, não há mais do que nove milhas.

— Ah! Catherine, se as coisas se passassem assim, elas ser-me-iam menos penosas, apesar dessas atenções naturais serem a metade do que nós lhe devemos. Como dizer-lhe...? Sua partida está marcada para amanhã pela manhã e não tem a escolha nem da hora. A carruagem já foi pedida, estará aqui, e nenhuma criada a acompanhará. — Catherine se sentou respirando apenas, e incapaz de pronunciar uma palavra. — Acreditava sonhar, o que você sente, em indignação e mágoa, não pode ser pior do que eu senti quando ouvi a decisão de meu pai. Oh! Se estivesse em mim o poder de dizer-lhe alguma coisa que pudesse atenuar isso. Meu Deus, que irão dizer seu pai e sua mãe? Tê-la roubado a amigos verdadeiros, tê-la arrastado de tão longe dos seus e agora dispensá-la desse modo! Querida, querida, ao dizer-lhe essas coisas, pareço ser a culpada da injúria que lhe é feita. Entretanto, espero que me perdoe. Você está já há bastante tempo nesta casa para saber que eu não sou mais do que uma dona de casa nominal e que o meu poder é nenhum.

— Ofendi ao general? — perguntou Catherine, com uma voz débil.

— Ai de mim! Tudo que sei e que posso responder-lhe, como filha dele, é que você jamais o ofendeu. Certamente, ele está fora de si. Raramente o vejo tão irritado. Alguma coisa se deve ter passado que o perturbou a tal ponto extraordinariamente. Ele teve algum desapontamento, algum vexame que parece ser para ele de uma importância enorme. Mas posso dificilmente supor que você esteja envolvida por alguma coisa... Por quê?

Penosamente Catherine falou com toda a atenção voltada para Eleanor:

— Certamente — disse ela — se eu o ofendi, ficarei tristíssima. Seria a última coisa que tivesse querido. Mas não fique tão desolada, Eleanor. Um compromisso, você sabe, deve ser cumprido.

Lamento apenas que, se não fosse tão tarde, eu teria tido tempo de escrever para casa. Mas não tem importância.

— Eu espero, espero vivamente, que não tenha grande importância no que toca à sua segurança. Mas tem a maior importância quanto às aparências, às convenções, à sua família, ao mundo!... Se, pelo menos, os seus amigos Allen estivessem ainda em Bath, você voltaria com uma facilidade relativa, em algumas horas estaria perto deles. Mas 62 milhas de carruagem... na sua idade, sozinha, não sendo esperada!

— Oh! A viagem não é nada — ponderou Catherine. — Não pense nisso. E, uma vez que teremos de nos separar, algumas horas mais, algumas horas menos... Estarei pronta às sete horas. Espero ser chamada.

Eleanor compreendeu que Catherine desejava ficar só e, sentindo que o prolongamento da conversa era penoso para ambas, deixou-a com essas palavras:

— Eu a verei amanhã pela manhã.

Catherine tinha o coração opresso; precisava chorar. Por afeição a Eleanor e por orgulho, tinha retido as lágrimas. Elas se derramaram em torrentes. Ser mandada embora, e dessa maneira, sem que se alegasse uma razão, sem que uma desculpa viesse amenizar o processo tão brusco, tão incivilizado, tão grosseiro!... Henry ausente!... Não lhe poder nem dizer adeus. Não se veriam mais? E era o general Tilney, um homem tão cortês e tão afeiçoado a ela até então, que agia dessa maneira! Como tudo isso terminaria? Catherine estava desoladamente perplexa. Ele decidira sua partida sem consultar ninguém no mundo, sem mesmo salvar as aparências, não lhe permitindo determinar o momento de ir-se embora e a maneira como efetuaria a viagem. Dos dois dias, fora escolhido o mais próximo e a hora mais matinal possível, como se quisesse expressamente evitar vê-la. Não era isso fazer-lhe uma afronta pessoal? Estava obrigada a admitir que havia intencionalmente ofendido o general, pois, apesar do que dissera Eleanor, não se agiria assim contra uma pessoa de quem não se tem nenhum agravo.

Tristemente se passou a noite. Não conseguiu dormir nem repousar. Aquele quarto, em que a sua imaginação agitada a atormentara na noite de sua chegada, era de novo o cenário de aflições e inquietas sonolências. E como a causa de sua inquietude era agora diferente! Como era lugubremente superior à primeira, em realidade e substância! A sua ansiedade baseava-se em fatos, e seus temores, em probabilidades. E, com o espírito preocupado na reflexão do verdadeiro mal presente, o isolamento em que estava, a causa de sua perturbação era agora uma realidade cruel. Seu isolamento, a escuridão do seu quarto, a antiguidade da abadia, nada daquilo lhe provocava a menor emoção. Ainda que o vento se agitasse em ruídos sinistros, Catherine os ouvia sem nenhuma curiosidade ou assombro.

Pelas seis horas, Eleanor entrou. Queria ajudá-la. Mas Catherine não havia perdido tempo: estava quase vestida, e a mala, quase feita. De início acreditou que sua amiga fosse portadora de uma mensagem conciliatória. Não era a coisa mais natural que uma cólera fosse seguida de arrependimento? E ela se interrogava em que medida, depois do que se havia passado, convinha-lhe aceitar desculpas. Mas nem sua clemência nem sua dignidade foram postas à prova. Eleanor não trazia nenhuma mensagem. Falaram pouco, apenas algumas frases banais. Catherine, toda atarefada, acabava sua toalete. Eleanor, com mais bondade do que experiência, ultimava as bagagens. Depois elas deixaram o quarto. Do umbral, Catherine lançou um último olhar sobre aquelas coisas tão conhecidas e que ela tanto amava. Embaixo, a primeira refeição estava servida. Ela tentou comer, mais para escapar ao aborrecimento de ser rogada que para não inquietar sua amiga, mas não tinha nenhum apetite. O contraste que sentiu repentinamente, entre essa refeição matinal e a da véspera, foi-lhe um pouco penoso. Com que quietude deliciosa e enganosa olhava em torno dela, 24 horas antes, sentindo o encanto das menores coisas e sem imaginar que o futuro ocultava algo mais decepcionante que a ausência de Henry! Feliz, feliz refeição! Porque Henry estava ali, Henry estava sentado perto dela, porque Henry a servia! Catherine se abandonou por muito tempo a esses pensamentos, sem que a viesse distrair uma palavra de sua amiga, que não estava menos absorvida em si mesma. O rolar da carruagem sobressaltou-as e lhes lembrou da realidade. A carruagem estava ali. Catherine enrubesceu. A indignidade com que estava sendo tratada fez-se presente, por um instante, em seu espírito, traduzindo-se em ressentimento. Eleanor parecia ter tomado uma grande determinação:

— É necessário que você me escreva, Catherine — dizia ela —, que me mande notícias o mais depressa possível. Enquanto você não chegar à sua casa não terei uma hora de tranquilidade. Custe o que custar preciso receber uma carta sua, para que eu saiba que chegou bem a Fullerton. Uma carta, nada mais, até que possamos nos corresponder facilmente. Ponha o endereço de Lorde Longtown e no envelope o nome de Alice.

— Não, Eleanor, se você não está autorizada a receber uma carta minha, é melhor que eu não escreva. Chegarei, sem nenhuma dúvida, sã e salva a minha casa.

— Não me admiro de sua resposta. Não insistirei. Confio no seu bom coração.

Essas palavras e o olhar triste que as acompanhou foram suficientes para amolecer o orgulho de Catherine, e logo ela disse:

— Não, Eleanor, eu escreverei.

Era um outro ponto delicado que a srta. Tilney estava desejosa de elucidar. Talvez, ausente muitas semanas, Catherine precisasse de dinheiro necessário para as despesas da viagem. Afetuosamente, Eleanor a interrogou. Catherine não tinha pensado nesse pormenor. Examinando o conteúdo de sua bolsa, verificou que, sem a ajuda de sua amiga, não iniciaria a viagem. O perigo que ela tinha corrido encheu o pensamento de ambas, que pouco falaram o tempo em que ainda ficaram juntas. Esse tempo foi curto. Vieram anunciar que tudo estava preparado para a partida. Catherine se levantou logo. Seu adeus foi um longo, afetuoso e silencioso abraço.

Como entravam no vestíbulo, Catherine, incapaz de deixar aquela casa sem uma palavra para aquele do qual nem uma nem outra tinham ainda pronunciado o nome, parou. E de seus lábios trêmulos saíram as apenas inteligíveis:

— Deixe minha lembrança para meu amigo ausente.

Mas a essa evocação, não pôde refrear por mais tempo sua emoção. Cobrindo com o lenço o rosto em lágrimas atravessou o vestíbulo e saltou para a carruagem que partiu imediatamente.

XXIX

Catherine estava muito infeliz para ter medo. A viagem em si não a atemorizava. Ela a empreendeu sem temer a distância e sem sentir sua solidão. Encostada a um canto da carruagem, soluçava. Várias milhas já a separavam da abadia quando levantou a cabeça. As folhagens do parque não estavam mais à vista. Infelizmente, a estrada era aquela estrada que havia percorrido dez dias antes, tão alegre, quando fora a Woodston. Rever, durante 14 milhas, essas mesmas coisas de que tinha então gostado com tanta doçura... Cada milha que a aproximava de Woodston aumentava seu sofrimento. Estava-se agora a cinco milhas do vilarejo. Henry estava tão perto e nada sabia... Depois, a estrada se bifurcava.

O dia que ela havia passado em Woodston tinha sido o mais feliz de todos. Fora ali e naquele dia que o general tinha falado de tal maneira que Catherine ficara convencida de que ele desejava vê-la casada com Henry. Sim, fazia dez dias somente que ela fora objeto de atenções tão explícitas e honrosas. As alusões muito diretas a haviam tornado confusa. E, depois, que fizera ela, que havia ela deixado de fazer, quem poderia explicar tal mudança?

A única ofensa de que poderia acusar-se era quase impossível que tivesse chegado ao conhecimento do general. Só Henry e seu coração eram os confidentes das horríveis suspeitas que ela tolamente levantara. Mas Catherine sentia seu segredo tão bem guardado nele como nela. Henry não poderia, de forma alguma, tê-la traído. Se, entretanto, por qualquer estranha falta de sorte, o general tivesse pensado ou sabido de suas injustificadas fantasias e injuriosas investigações, ela não se espantaria com sua indignação. Ciente de que ela o considerava um assassino, era justo que a enxotasse de sua casa. Mas estava certa de que ele ignorava esse motivo torturante.

Contudo, não era esse o ponto de suas conjecturas que mais a preocupava. Havia um outro, mais próximo, mais dominante, mais impetuoso. O que pensaria e sentiria Henry quando, no dia seguinte, voltasse a Northanger e lhe dissessem que ela havia ido embora? Era esse o problema que a preocupava acima de tudo e que assaltava seu espírito em alternativas dolorosas e consoladoras. Às vezes acreditava em um plácido aceitamento do fato acabado, às vezes se deixava levar pela esperança de um regresso. Sem dúvida ele não ousaria falar diante do general. Mas, a Eleanor... que diria ele a Eleanor?

Entre dúvidas e indagações íntimas, que não lhe permitiam repousar, as horas se passavam, e a viagem avançava cada vez mais. As ansiedades que não lhe permitiam olhar ao seu redor, após deixar as vizinhanças de Woodston, pouparam-na ao mesmo tempo de observar o progresso da viagem. Nenhuma coisa, na estrada, atraía sua atenção. Nem sequer achou tediosa a parada na estação de posta. Não tinha pressa, contudo, em que aquela viagem terminasse — voltar para Fullerton daquela maneira era quase destruir o prazer de reencontrar-se com aqueles a quem mais amava, mesmo após uma ausência como a sua, de 11 semanas. Que teria ela para dizer-lhes que não fosse para humilhá-los e entristecê-los? Confessar suas mágoas seria aumentá-las, suscitar um ressentimento inútil e talvez envolver inocentes e culpados na mesma indistinta má vontade. Nunca poderia fazer justiça aos méritos de Henry e Eleanor, e haveria de sentir-se amargurada se, por causa do pai, eles fossem julgados desfavoravelmente.

Sob o império desses sentimentos, ela não tinha nenhuma pressa em perceber o campanário tão conhecido que a advertia de que a casa não estava a mais de vinte milhas apenas. Deixando

Northanger, sabia que se dirigia para Salisbury. Mas, desde a primeira estação de posta, foram os cocheiros que lhe deram os nomes das localidades por onde devia passar, tal era sua ignorância. Nada de aborrecido ainda havia acontecido. Sua juventude, suas maneiras, suas liberalidades lhe valeram as respeitosas amabilidades devidas a uma viajante como ela. A carruagem parava de tempos em tempos para trocar os cavalos e Catherine fez uma viagem em menos de 11 horas, sem o menor aborrecimento. Entre seis e sete horas da noite, ela chegou a Fullerton,

Uma heroína que, no fim de sua carreira, volta para a terra natal com sua reputação triunfante e a dignidade de uma condessa, com um séquito de uma nobre parentela em várias carruagens e três criadas em uma caleche é uma cena na qual um escritor de imaginação pode deter-se com prazer. Valoriza a conclusão de qualquer romance, e a autora pode partilhar dessa glória que ela tão liberalmente espalha. Mas meu caso, aqui, é muito diferente. Trago a minha heroína para casa na solidão e na desgraça, e nenhum sentimento de orgulho me induz a ser minuciosa. Como posso cercar de grandeza e emoção uma heroína que viaja numa carruagem de aluguel? Por isso o cocheiro atravessará rapidamente o vilarejo, entre a admiração de grupos domingueiros, e ela descerá da carruagem com a maior pressa.

Mas, por maior que fosse a tristeza de Catherine, ao avançar rumo ao presbitério, e por maior que seja a humilhação de seu biógrafo ao relatar isso, ela estava prestes a proporcionar uma alegria não habitual às pessoas que haveriam de acolhê-la — primeiro, com a aparição da carruagem, e depois com o seu próprio aparecimento. A carruagem de um viajante sendo coisa rara em Fullerton, toda a família estava à janela; e vê-la parada no portão era um prazer que dava brilho a todos os olhos e atiçava todas as fantasias. Era um prazer partilhado por todos, exceto pelos dois irmãos mais novos, um menino e uma menina de seis e quatro anos, que sempre esperavam o irmão ou a irmã em qualquer carruagem. Feliz o olhar que primeiro reconheceu Catherine! Feliz a voz que proclamou essa descoberta! Mas se essa felicidade pertencia legitimamente a George ou Harriet, eis o que nunca se conseguiu determinar.

O pai, a mãe, Sarah, George, Harriet, todos na soleira da porta para acolhê-la, formavam um quadro que despertou em Catherine as mais ternas emoções. Ao saltar da carruagem, os abraços e os beijos fizeram-na sentir-se consolada. Assim envolvida, acarinhada, sentia-se feliz. Na alegria do amor familiar e no prazer de rever Catherine, não houvera ainda lugar para a curiosidade. A sra. Morland, que havia notado a palidez e os olhos abatidos da pobre viajante, serviu-lhe logo um chá reconfortante. Todos se sentaram à mesa. Até então, nenhuma pergunta muito direta para necessitar uma resposta positiva fora dirigida a Catherine. Mas chegou o momento em que era necessário falar.

A contragosto, Catherine começou então a contar o que, ao fim de meia hora e graças à bondade do auditório, pôde vir a ser uma explicação. Porém, o tempo passou e ninguém havia compreendido a causa dessa volta súbita nem mesmo logrado ordenar logicamente as circunstâncias que a haviam presidido. Os Morland não eram de raça irritável; não se feriam com as menores coisas; uma injúria não despertaria ódio neles. Aqui, no entanto, houvera uma afronta que não se poderia esquecer ou perdoar, pelo menos na primeira meia hora. Sem qualquer retrospectivo receio romanesco pela viagem que sua filha havia empreendido sozinha, o sr. e a sra. Morland não deixavam de pensar que ela fora fecunda em desgostos; que jamais teriam aprovado de boa vontade tal viagem; que, obrigando-a a empreendê-la, o general Tilney tinha agido sem cortesia, sem generosidade, e que sua conduta não era a de um cavalheiro e pai. Por que agira assim, o que poderia ter provocado essa quebra nas regras de hospitalidade? Por que o seu apreço por Catherine se convertera em má vontade? Nem eles nem Catherine podiam responder a essas indagações. Mas essa incapacidade os perturbou por pouco tempo. Depois de uma caça constante e obrigatória a vãs conjecturas, satisfizeram a sua indignação e aborrecimento dizendo: "Foi uma estranha maneira... Esse general deve ser uma criatura muito esquisita..."

E, como Sarah estivesse desejosa de dissipar o mistério, exclamava e conjecturava com um juvenil ardor, a sra. Morland lhe ponderou:

— Minha querida, você dá, ao caso, muita importância. Esteja certa de que não vale a pena aprofundar isso.

— Admito que, quando ele se lembrou desse compromisso anterior — replicou Sarah —, desejou a partida de Catherine. Mas por que não agiu com cortesia?

— Eu tenho pena dos jovens — disse simplesmente a sra. Morland. — Devem lembrar-se disso como de um dia de tristeza. Quanto ao resto, não há mais em que a gente se ocupar no momento. Catherine está em casa, e a nossa tranquilidade não depende do general Tilney.

Catherine suspirou.

— Estou alegre — continuou a mãe filosoficamente — por não ter sabido dessa viagem. Mas o fato é que talvez não haja nada para lamentar. É sempre bom que os jovens tenham oportunidade de mostrar seu espírito de iniciativa. Você sabe, minha querida Catherine, que sempre foi um pouco estouvada; mas creio que não perdeu a cabeça desta vez. Espero que não haja esquecido nada na carruagem.

Também Catherine acreditava não haver esquecido nada. Tentou interessar-se pela experiência de sua viagem, mas estava cansada. Só desejava silêncio e solidão. Por isso, aceitou logo o conselho de sua mãe e foi deitar-se. Seus pais atribuíram a sua palidez apenas às fadigas da viagem e a deixaram sem duvidar de que ela adormecesse imediatamente. Na manhã seguinte, embora seu semblante não correspondesse a suas esperanças, continuaram a supor que não havia um mal mais profundo.

Logo depois do café da manhã ela quis cumprir a promessa feita à srta. Tilney. Assim se justificava a confiança de Eleanor: o tempo e a distância já agiam. Catherine se reprovava por ter deixado sua amiga tão friamente, por não ter sabido apreciar seus méritos e sua bondade. A vivacidade de seus sentimentos estava longe de lhe ser uma ajuda. Jamais lhe foi tão difícil escrever. Compor uma carta que conciliasse esses sentimentos com sua situação, que exprimisse sua gratidão sem mágoas servis, que fosse reservada, sem frieza, e sincera, sem ressentimento, uma carta cuja leitura não causasse pena a Eleanor, uma carta sobretudo de que Catherine não precisasse enrubescer se Henry a lesse — seria capaz disso?

Muito tempo esteve perplexa. Reconheceu, enfim, que uma carta breve seria a solução. Em consequência, o dinheiro emprestado por Eleanor seguia junto a um bilhete onde se formulavam apenas alguns agradecimentos cheios de gratidão e os mil bons desejos de um coração afetuoso.

— Singular amizade, depressa feita e depressa rompida — observou a sra. Morland, quando Catherine acabou de escrever. — Lamento esse fim, porque a sra. Allen dizia serem pessoas muito gentis. E você não teve mais sorte com sua Isabella. Pobre James!... É necessário viver e aprender. Espero que da próxima vez tenha amigos mais dignos de serem amados.

Catherine, corando, respondeu com ardor:

— Nenhuma amiga mais do que Eleanor pode ser digna de ser amada.

— Se é assim, querida, ouso dizer que a reencontrará um dia ou outro, não se inquiete. Há dez a apostar contra um que você a reencontrará daqui a alguns anos. Então, que alegria não será!

A sra. Morland não era feliz nas suas tentativas de consolação. Reverem-se dentro de alguns anos... E Catherine pensava que tal coisa podia vir a acontecer e temia tal reencontro. Nunca poderia esquecer Henry Tilney ou pensar nele com menor ternura; mas ele, ele poderia esquecê-la, e, então, reencontrá-lo... Seus olhos encheram-se de lágrimas. A sra. Morland, verificando os medíocres resultados de seus consolos, propôs, como meio de reconforto, uma visita à sra. Allen. Não havia mais de um quarto de milha de distância entre as duas casas. Todos a caminho, a sra. Morland deu sumariamente sua opinião sobre a decepção de James:

— Nós ficamos tristes por ele. Mas, por outra parte, que o noivado tenha sido desfeito, não é uma infelicidade. Não havia por que a gente se alegrar desse casamento com uma moça que não conhecíamos e que não possuía o menor dote. Depois de sua maneira de agir, não podemos ter boa opinião dela. Agora o pobre James sofre, mas isso não durará sempre, e estou certa de que a tolice de sua primeira escolha o tornará prudente por toda sua vida.

Essa breve análise da situação era tudo que Catherine podia ouvir. Outras frases teriam excedido sua faculdade de atenção, e ela esteve quase a ponto de dar respostas fora de propósito. Estava absorvida por suas reflexões sobre a mudança que se havia passado nela depois da última vez que percorrera essa estrada tão conhecida. Não fazia três meses, ela, cheia de esperanças, fazia esse trajeto dez vezes por dia, com o coração alegre e livre, sem apreensões, e antevendo prazeres novos. Então ela não conhecia a infelicidade, não a compreendia. E agora, como tudo havia mudado!

Catherine foi recebida alegremente pelos Allen, que sentiam por ela uma profunda amizade. Grande foi a surpresa, ardente a indignação, ao saberem como havia sido tratada, ainda que o relato da sra. Morland não fosse uma pintura exagerada ou um sábio apelo à sua compaixão.

— Catherine — disse a sra. Morland — voltou ontem à tarde inesperadamente. Fez a viagem toda sozinha. Somente sábado à noite ela soube que devia partir. O general Tilney, não se sabe por que fantasia, desgostou-se dela e a dispensou, por assim dizer. Tudo isso sem nenhuma maneira amigável, eu lhe asseguro. Deve ser um homem bem esquisito. Mas nós estamos felizes por ter Catherine entre nós!... E nos foi um grande conforto descobrir que ela não é uma pobre pequena sem iniciativa, pois soube perfeitamente resolver a situação.

O sr. Allen mostrou-se magoado com toda a emoção de um amigo e a sra. Allen se valeu das frases do marido para manifestar sua opinião. O espanto, as conjecturas e os comentários de seu marido tornaram-se instantaneamente seus, acrescentados desta única nota, que ela intercalava de momento a momento dentro da conversação:

— Realmente o general agiu de forma intolerável.

Esse "Realmente o general agiu de forma intolerável", ela o proferiu duas vezes ainda, de modo irritado, depois de o sr. Allen ter saído. Na terceira repetição já pensava em outra coisa, e na quarta foi imediatamente seguida por estas informações pessoais:

— Veja, minha querida, antes de deixar Bath, consegui que remendassem o rasgão no meu vestido de renda, e de um modo tão maravilhoso que ninguém nota onde foi. É preciso que eu lhe mostre algum dia. Em suma, Bath é um lugar encantador. Catherine, asseguro-lhe que tenho vontade de voltar. As srtas. Thorpe estavam lá. São tão agradáveis, não é? Lembra-se, nós estávamos um pouco isoladas, no começo.

— Sim, mas isso não durou muito — disse Catherine, os olhos brilhando às lembranças de Bath.

— Perfeitamente! Nós nos encontramos logo com a sra. Thorpe e desde então não desejamos mais nada. Minha querida, não acha que essas luvas são muito bonitas? Eu as usei pela primeira vez quando fomos ao Lower Rooms. E voltei a usá-las muitas vezes. Lembra-se daquela noite?

— Se eu me lembro? Oh! Certamente.

— Foi agradabilíssimo, não foi? O sr. Tilney tomou chá conosco. Ele era muito agradável. Penso que dançou com você, mas não estou bem certa. O que sei é que havia posto meu vestido predileto.

Catherine se calou. Depois de tentativas de conversas em diferentes direções, a sra. Allen reiterou:

— Realmente, o general agiu de forma intolerável. Ele parecia ser uma pessoa tão digna e agradável. Não creio, sra. Morland, ter visto um homem mais educado. A casa que eles ocupavam foi alugada no dia seguinte, Catherine. Mas não é de admirar-se, era na Milsom Street, você sabe.

Quando voltavam para casa, a sra. Morland mostrou à sua filha a felicidade que sentia em possuir amigos fiéis como o sr. e a sra. Allen e a pouca importância que se devia dar ao desprezo ou maldade de relações passageiras como tinham sido os Tilney. A boa opinião e a afeição de seus velhos amigos não lhes restavam? Indo aquilo não era desprovido de muito bom senso. Mas há situações na mente humana em que o bom senso não impera, e os sentimentos de Catherine estavam em desacordo com tudo que dizia sua mãe. Era da conduta desses vagos amigos que dependia sua felicidade. E, enquanto a sra. Morland se firmava nas suas opiniões pessoais e as ilustrava com exemplos, Catherine pensava que *agora* Henry devia chegar a Northanger, que *agora* ele estava sabendo de sua partida e, talvez, *agora* partiam todos para Hereford.

XXX

Catherine não tinha temperamento caseiro nem gostava muito de trabalhar. Ainda que a sra. Morland estivesse habituada havia muito tempo a esses defeitos, não deixou de ver que eles se haviam desenvolvido. Catherine não podia nem ficar sentada e tranquila, nem ocupar-se com alguma coisa durante dez minutos. Percorria o jardim e o pomar, sempre e sempre como se caminhar fosse para ela a única razão de ser, e parecia mesmo que preferia rodear a casa a ficar na sala nem que fosse um instante. Uma mudança maior se havia operado nela: tinha perdido sua alegria. Errante e indolente, era uma caricatura de si mesma. Em seu silêncio e tristeza, era a antítese do que fora antes.

Nos dois primeiros dias, a sra. Morland esperou que Catherine se refizesse sem a sua intervenção. Entretanto, depois da terceira noite, como a alegria de Catherine não tivesse aparecido e ela não mostrasse nenhum gosto pela costura, a sra. Morland não pôde deixar de censurá-la:

— Minha querida Catherine, acredito que você está em vias de tornar-se uma grande senhora. Não sei, na verdade, quando as gravatas desse pobre Richard ficarão prontas se ele contar somente com você. Pensa sempre em Bath. Há tempo para tudo, tempo para os bailes e as festas, tempo para o trabalho. Você teve um longo período de prazeres, é necessário agora esforçar-se para ser útil.

Catherine tomou imediatamente seu trabalho e disse, com uma voz desanimada, que não pensava muito em Bath.

— Então você se atormenta por causa do general Tilney, e isso é muito infantil, pois há dez probabilidades contra uma como não o verá mais. Não se aflija por bagatelas.

Após um curto silêncio:

— Espero, querida Catherine, que não se desgoste por esta casa não ser tão magnífica como Northanger. Isso converteria sua viagem numa verdadeira infelicidade. Onde quer que se encontre, deve estar sempre satisfeita, sobretudo em sua casa, porque aqui você tem que passar a maior parte de sua vida. Não gostei muito, no jantar, de ouvi-la falar tanto do pão francês de Northanger.

— Mas não me importa nada esse pão. O que eu como me é inteiramente indiferente.

— Num dos livros que estão lá em cima, há umas páginas a propósito das moças que, por causa de suas ótimas relações, não se sentem bem na intimidade caseira, penso que é *O espelho*. Irei procurá-lo um destes dias. Penso que essa leitura lhe fará bem.

Catherine não disse mais nada. Com esforço, cheia de langor, aplicava-se no seu trabalho; mas, depois de alguns minutos, sem o perceber, tornava-se distraída. A sra. Morland observava as fases da recaída: o olhar ausente e insatisfeito da filha a convencia com exatidão de suas suposições de toda hora. Deixou a sala para ir buscar o livro em questão, impaciente por combater tão horrível doença. Não encontrou imediatamente o que procurava e, como as outras coisas ainda a retivessem, passou-se um quarto de hora sem que ela descesse com o volume, sobre o qual fundamentava tantas esperanças. Aquilo que a ocupava lá em cima a impedia de ouvir todo o outro barulho, talvez maior que aquele que fazia. Ignorava que um visitante chegara depois de alguns minutos. Reentrando na sala, viu um rapaz que lhe era desconhecido. Muito respeitosamente, Catherine levantou-se e apresentou-o: o sr. Henry Tilney. Com uma emoção malcontida, ele desculpou-se de estar ali, reconhecendo que, depois do que se havia passado, tinha pouco direito a uma boa acolhida, e explicou sua intrusão pela sua impaciência em assegurar-se de que a srta. Morland chegara bem em casa.

Ele não se dirigia a um inflexível juiz, e a sra. Morland não era dada a rancores. Longe de fazê-los padecer pela conduta do general, ele e sua irmã, a sra. Morland lhe demonstrou consideração. Satisfeita por ver Henry, ela o recebeu com palavras simples e benévolas. Agradeceu-lhe a solicitude que dispensara à sua filha, assegurando-lhe que os amigos de seus filhos eram sempre bem-vindos, e pediu-lhe para não fazer alusão ao que se havia passado.

Ele não ficou aborrecido por se submeter a esse pedido. Ainda que muito aliviado pela indulgência tão imprevista, não lhe seria possível, no momento, falar de tais coisas. Tranquilo, respondia com uma grande atenção a todas as perguntas que lhe fazia a sra. Morland sobre o tempo e as estradas. Enquanto isso, a ansiosa, a feliz, a febril Catherine não dizia uma palavra; mas suas faces em fogo e seus olhos brilhantes deram a entender à sua mãe que a espontaneidade dessa visita seria eficaz; alegremente, ela pôs de lado o primeiro volume de *O espelho*, reservando-o para uma outra vez.

Ansiosa pela ajuda de seu marido para conversar e pôr o hóspede à vontade, mandou um dos meninos à sua procura. O sr. Morland havia saído. E ela, a sra. Morland, no fim de um quarto de hora, não tinha mais nada para dizer. Dois silenciosos minutos se passaram. Henry, virando-se para Catherine pela primeira vez depois da entrada da sra. Morland, perguntou com uma repentina alegria se os Allen estavam em Fullerton. Na embaraçosa confusão das palavras da resposta, ele conseguiu discernir o som de um sim que ela mal pôde soprar. Logo ele exprimiu seu desejo de ir cumprimentá-los e, enrubescendo um pouco, pediu a Catherine se ela poderia ter a bondade de lhe mostrar o caminho.

— Poderá ver a casa desta janela, senhor — disse Sarah.

Henry Tilney se inclinou. A sra. Morland, com um sinal de cabeça, fez Sarah calar-se. Não queria impedir Catherine de acompanhar o sr. Tilney, pensando que as explicações que ele pudesse dar sobre as maneiras de seu pai seriam mais fáceis quando eles estivessem sozinhos. Eles saíram. A sra. Morland não se havia enganado. Henry tinha, com efeito, explicações para dar sobre a conduta de seu pai, mas, primeiro, queria explicar-se. Começou a falar, e tão bem, que parecia a Catherine que nunca havia ouvido palavras mais doces. Estava certa agora da afeição de Henry, e ele agora solicitava a sua. Mas o coração dela — ambos o sabiam — já pertencia a ele. Na verdade, se ele a amava, se se deleitava com o encanto de seu caráter e o prazer de sua companhia, devo confessar que a afeição de Henry teve sua origem em algo como o sentimento de gratidão: porque ela o apreciava, ele passou a amá-la. Essa é uma conjectura toda nova no meu romance e que deprecia terrivelmente a dignidade de minha heroína: se essa conjectura é nova também na vida, será pelo menos minha a honra de ter uma imaginação extravagante.

Depois de uma curtíssima visita à sra. Allen (Henry falou sem saber bem o que dizia, e Catherine, absorvida na sua felicidade, apenas descerrou os lábios), voltaram a sós e Catherine soube então até que ponto exatamente o pai tinha aprovado a iniciativa do filho. Quando Henry voltou de Woodston, depois de dois dias, o general tinha ido ao seu encontro e, em termos rudes, avisou-o da partida da srta. Morland e ordenou-lhe não pensar mais nela.

Tal era o consentimento que Henry podia ostentar. Mas, pelo menos — e na sua dor, experimentou uma alegria íntima —, tinha-lhe pedido sua mão antes de relatar esses fatos que a podiam incitar a uma negativa. À medida que Henry dava pormenores e expunha os motivos da conduta de seu pai, Catherine ia ficando senhora de si: o general não a tinha culpado senão como causa involuntária de uma decepção que seu orgulho não podia perdoar, mas que um orgulho maior teria vergonha de confessar. Era culpada unicamente de ser menos rica do que ele havia pensado. Imaginando ver nela uma rica herdeira, cobrira-a de atenções em Bath, convidando-a a visitar Northanger e decretando que ela seria sua nora. Quando descobriu que se havia enganado, dispensá-la foi a melhor maneira, se bem injustificável, de mostrar seu ressentimento contra ela e seu desprezo para com sua família.

Foi John Thorpe o primeiro a iludi-lo. Uma tarde, no teatro, o general, vendo seu filho cercando a srta. Morland, havia por acaso perguntado a Thorpe se ele sabia alguma coisa mais do que o seu nome. Thorpe, orgulhoso de ser interrogado por um homem de tal posição, mostrou-se alegre e comunicativo; e, como esperava ver de um dia para outro Morland pedir Isabella em casamento, sua vaidade e sua ambição levaram-no a dizer que a família Morland era rica. Sua própria importância exigia que fosse grande a importância de todos aqueles que ele conhecia, e à medida que crescia sua intimidade com as pessoas, crescia também sua fortuna. A herança de seu amigo Morland tinha então aumentado dia a dia a partir do primeiro exagero e mais rapidamente depois que Isabella entrou em cena. Mas, em honra do general Tilney, dobrou a maior avaliação anterior das propriedades do velho Morland, triplicou sua fortuna, incluindo uma tia rica, excluindo metade dos filhos e ficando com uma parte magnífica. Toda a família estava assim exposta a uma luz favorável. Para Catherine, objeto especial de suas próprias especulações e da curiosidade do general, Thorpe havia reservado algo mais: as dez ou 15 mil libras que seu pai lhe daria seriam um belo dote, junto ao patrimônio do sr. Allen. A intimidade de Catherine com os Allen tinha, com efeito, convencido Thorpe de que eles lhe deixariam uma parte de sua fortuna: daí a apresentá-la como a herdeira de Fullerton não havia mais um passo. O general recebera essas informações. Como duvidar de sua autenticidade? A próxima aliança da srta. Thorpe com um dos membros dessa família e o projeto de casamento do próprio Thorpe com a srta. Morland, todas essas coisas de que o narrador se envaidecia em bom-tom eram garantias suficientes. A isso se ajuntavam outros fatos: os Allen eram ricos e não tinham outros filhos, a srta. Morland estava sob sua proteção e, como o general podia julgar desde que os conhecia, eles a tratavam com uma bondade paternal. Tomou imediatamente sua resolução. Já havia observado, na atitude de seu filho, simpatia pela srta. Morland. Cheio de gratidão para com Thorpe, a quem devia tantas informações preciosas, decidiu-se alegremente a derrubar suas mais queridas esperanças. Por esse tempo, Catherine não podia ignorar mais suas decisões do que Henry e Eleanor.

Aqueles, não vendo nada na situação de Catherine que pudesse tanto seduzir seu pai, haviam acompanhado, com espanto e espontaneidade, a persistência e os progressos do interesse com que ele a distinguia. Mais tarde, Henry, quando o general o tinha quase intimado com a ordem de fazer-se amar por Catherine, compreendeu que seu pai acreditava numa aliança vantajosa. Mas até a recente e decisiva conversa em Northanger, não sabia qual era o ponto de partida de tão aventurosos cálculos. Que fossem errados, o general os tinha tomado, em pessoa, daquele que o havia induzido a fazê-los. Por acaso, ele encontrou Thorpe em Londres. Sob a influência de sentimentos diametralmente opostos aos de antes, irritado com uma recusa de Catherine e também pelo malogro de uma reconciliação entre Morland e Isabella, rejeitando uma amizade que não lhe era mais útil, Thorpe se apressou a contradizer sua versão anterior. Disse que ele mesmo se havia enganado: as gabolices de James o persuadiram de que o sr. Morland tinha fortuna e era um homem honesto, o que foi desmentido pelas negociações de duas ou três semanas antes. Depois de ter feito as promessas mais liberais, não as cumpriu — o sr. Morland confessara que lhe era impossível dar aos noivos um dote razoável. Na verdade, era uma família pobre e como nunca se viu e, como tivera recentemente a ocasião de verificar, sem nenhuma consideração na vizinhança. Levavam um padrão de vida que sua situação não podia justificar, procurando se dar o luxo de boas relações. Era uma gente atrevida, jactanciosa e intrigante.

O general, aterrorizado, pronunciou então o nome dos Allen, e seu olhar interrogava. Ainda aqui, Thorpe havia sido levado pelo engano. Os Allen, acreditava, viviam havia muito tempo perto deles, e Thorpe conhecia o rapaz a quem devia caber a herança de Fullerton. O general tinha entendido demais. Furioso contra todos, salvo contra si mesmo, partiu no dia seguinte para a abadia, e já vimos como ele agiu.

Deixo à sagacidade de meu leitor o cuidado de determinar o que pôde ser imediatamente comunicado a Catherine, o que o general disse a Henry, o que ele deve ter pensado para ver claramente a situação e o que foi ulteriormente conhecido por uma carta de James. Grupei os fatos para a comodidade do leitor. Que ele os julgue por mim. De qualquer maneira, Catherine não sabia nada ainda. Com ela pode-se concordar: quando ela supôs o general assassino ou sequestrador de sua esposa, havia apenas forçado seu caráter e exagerado sua crueldade.

Henry sofria ao revelar essas coisas, da mesma maneira que ele sofrera quando as soube, enrubescendo com a mesquinhez de seu pai. A última conversa dos dois em Northanger fora muito pouco amigável. Ciente de como Catherine fora tratada e recebendo a ordem de dar um outro curso às suas ideias, Henry atrevidamente manifestara sua indignação. O general, habituado a ditar leis em sua casa e não encontrar resistência, suportou mal a oposição do filho. Mas a cólera paternal, por mais violenta que fosse, não podia intimidar Henry, em paz com a sua consciência. Sentia-se ligado à srta. Morland e a amava. Aquele coração que ele fora obrigado a conquistar era agora seu.

Friamente recusou acompanhar seu pai a Herefordshire e declarou que ia pedir a mão de Catherine. A cólera tomou o general e eles se separaram em profundo desacordo.

Henry, em um estado de agitação que não se acalmou senão depois de inúmeras horas de solidão, voltou para Woodston imediatamente. No dia seguinte, à tarde, partiu para Fullerton.

XXXI

A surpresa do sr. e da sra. Morland, chamados para dar seu consentimento ao casamento de Catherine com o sr. Tilney, foi, por alguns minutos, considerável. Não lhes havia vindo ao espírito que esses jovens estivessem apaixonados um pelo outro. Mas, apesar de tudo, era bem natural que Catherine fosse amada, e o espanto cedeu logo a um orgulho mudo. No tocante a eles, não tinham nenhuma objeção a fazer. As maneiras encantadoras de Henry e a seriedade de seu caráter eram boas cauções e, não tendo ouvido jamais nada de censurável sobre sua conduta, não eram pessoas para supor-lhe algo desabonador.

— Certamente Catherine seria uma dona de casa bem estouvada — declarou a sra. Morland —, mas nada melhor do que a prática — adiantou.

Em suma, havia um só obstáculo: a falta do consentimento do general. Se eles eram de temperamento dócil, seus princípios eram rígidos. Uma vez que o pai de Henry se opunha a essa união, não podiam favorecê-la. Que o general viesse solicitar a mão de Catherine ou que aprovasse calorosamente o casamento, não pediam tanto, mas, pelo menos, seu pai deveria consenti-lo. O sr. e a sra. Morland não podiam admitir que o sim fosse adiado por muito tempo. Uma vez obtido o consentimento, eles dariam o seu de todo o coração. Eles não queriam, certamente, o dinheiro do general. Algum dia uma considerável fortuna viria para Henry, e ele já possuía alguma coisa que lhe assegurava a independência; do ponto de vista pecuniário, a situação era bem melhor do que aquela que pretendera Catherine. Os dois jovens não ficaram surpreendidos com essa decisão, mas deploraram as reservas do sr. e da sra. Morland. Separaram-se com a esperança de que o general não se obstinaria, e eles se uniriam na plenitude de um amor duradouro. Henry voltou para Woodston para cuidar de suas plantas e fazer melhorias que teriam a aprovação de Catherine. Ansiosamente esperava pelo tempo em que ela deveria estar ali. Não nos descuidemos de saber se o tormento da ausência foi suavizado por uma correspondência clandestina. Nem o sr. nem a sra. Morland se preocupavam mais com isso. Tiveram a gentileza de nada dizer sobre tal assunto, e, quando Catherine recebia uma carta, como acontecia frequentemente, eles olhavam para o outro lado.

A ansiedade nupcial de Catherine e Henry não se comunica, penso eu, aos meus leitores, pois a concisão eloquente das páginas que eles tiveram sob os olhos nos leva apressadamente a todos para um feliz fim. Alguma circunstância poderia agir sobre um temperamento como o do general? A mais eficaz seria o casamento de Eleanor com um homem opulento e considerado: um aumento de dignidade, que provocou no general uma crise de bom humor, não deixando de dar ao filho a permissão para que Henry "praticasse a sua tolice, se assim o desejava".

O casamento de Eleanor Tilney, sua partida de Northanger, onde tantos males o banimento de Henry havia causado, para o lar de sua escolha e o homem de sua escolha, é um acontecimento para satisfazer todos aqueles que conhecem essa moça. Por mim, estou muito alegre. Não sei de nenhuma pessoa que, por seus méritos, tivesse mais direito à felicidade e que soubesse melhor preparar, para sua tristeza cotidiana, uma alegria. Sua afeição não era recente, e o cavalheiro que a desposou havia muito vinha sendo impedido de apresentar seu pedido pela inferioridade de sua condição; mas seu acesso inesperado a um título e à fortuna havia afastado esses obstáculos. Nunca o general, nos dias de convivência com a filha, naqueles dias de ajuda e paciência, amara mais Eleanor do que quando, pela primeira vez, a saudou com o título de viscondessa. Seu marido era realmente digno dela. Par do Reino, rico e amando-a, era o mais encantador homem do mundo. Toda a descrição de seus méritos será, agora, inútil. Pode-se pensar imediatamente no mais belo homem da terra. É-me necessário adiantar (as regras da composição me proíbem de introduzir aqui uma personagem que não esteja ligada à minha fábula) que era o mesmo cavalheiro cujo rol de roupa suja tinha sido esquecida negligentemente por uma criada. E esses róis fizeram parte de uma das maiores aventuras de minha heroína.

A influência do visconde e da viscondessa, posta a serviço de seu irmão, serviu para que o general, desde que consentiu em escutá-los, se informasse a respeito da situação exata do sr. Morland.

Compreendeu assim que havia sido enganado pela primeira informação exagerada de Thorpe a propósito da fortuna dos Morland, e que pela malevolência desse mesmo Thorpe fora em seguida diminuída essa mesma fortuna. Os Morland não eram, absolutamente, pobres ou necessitados: Catherine teria três mil libras de dote. Isso era um fator material tão inesperado que contribuiu para aplacar o orgulho do homem de Northanger, e as informações que obteve secretamente sobre as terras de Fullerton comprovaram que o sr. Morland era realmente seu proprietário, o que autorizava as mais vorazes especulações.

Dominado por essas considerações, o general, pouco depois do casamento de Eleanor, autorizou seu filho a voltar a Northanger. Lá, leu-lhe, solenemente, uma carta em que enviava ao sr. Morland um consentimento muito afável, envolvido de declamações redundantes. O evento, então autorizado, logo se realizou. Henry e Catherine casaram-se, os sinos bateram, todo mundo estava sorridente e, como não se haviam passado 12 meses depois do primeiro encontro, não parecia que as demoras impostas pela crueldade do general tivessem ocasionado um grande prejuízo. Penetrar em uma perfeita felicidade, um aos 26, outro aos 18 anos, não era tão ruim assim. Convenço-me de que os obstáculos, longe de prejudicar sua felicidade, asseguraram-na, fazendo-os se conhecer melhor e fortificando-os no amor. Deixo a quem interessar esse gênero de especulações o cuidado de determinar se este livro se propõe recomendar a tirania paterna ou recompensar a desobediência filial.

Sobre a autora

Jane Austen (1775-1817) nasceu na Inglaterra, viveu no seio de uma família da aristocracia rural britânica, mas, desde cedo, teve acesso à biblioteca de seu pai. Aos 15 anos, começou a escrever, como uma espécie de divertimento, mas não tardou a assumir definitivamente a carreira literária. Suas obras, movidas por uma ironia singular e centradas em aspectos cotidianos, adquiriram notoriedade, sendo adaptadas para o cinema e o teatro. A autora escreveu, além de romances, contos e peças teatrais.

Conheça os títulos da

Coleção Clássicos para Todos

A Abadia de Northanger – Jane Austen
A arte da guerra – Sun Tzu
A revolução dos bichos – George Orwell
Alexandre e César – Plutarco
Antologia poética – Fernando Pessoa
Apologia de Sócrates – Platão
Auto da Compadecida – Ariano Suassuna
Como manter a calma – Sêneca
Do contrato social – Jean-Jacques Rousseau
Dom Casmurro – Machado de Assis
Feliz Ano Novo – Rubem Fonseca
Frankenstein ou o Prometeu moderno – Mary Shelley
Hamlet – William Shakespeare
Manifesto do Partido Comunista – Karl Marx e Friedrich Engels
Memórias de um sargento de milícias – Manuel Antônio de Almeida
Notas do subsolo & O grande inquisidor – Fiódor Dostoiévski
O albatroz azul – João Ubaldo Ribeiro
O anticristo – Friedrich Nietzsche
O Bem-Amado – Dias Gomes
O livro de cinco anéis – Miyamoto Musashi
O pagador de promessas – Dias Gomes
O Pequeno Príncipe – Antoine de Saint-Exupéry
O príncipe – Nicolau Maquiavel
Poemas escolhidos – Ferreira Gullar
Rei Édipo & Antígona – Sófocles
Romeu e Julieta – William Shakespeare
Sonetos – Camões
Triste fim de Policarpo Quaresma – Lima Barreto
Um teto todo seu – Virginia Woolf
Vestido de noiva – Nelson Rodrigues

Direção editorial
Daniele Cajueiro

Editora responsável
Ana Carla Sousa

Produção editorial
Adriana Torres
Laiane Flores
Júlia Ribeiro
Allex Machado

Revisão
Kamila Wozniak

Capa
Sérgio Campante

Diagramação
Douglas Kenji Watanabe

Este livro foi impresso em 2022
para a Nova Fronteira.